人来书往
THE STORY BETWEEN AUTHOR AND BOOK

杨青 著

山西出版传媒集团　北岳文艺出版社

·太原·

图书在版编目(CIP)数据

人来书往/杨青著.—太原:北岳文艺出版社,2020.8

ISBN 978-7-5378-6240-0

Ⅰ.①人… Ⅱ.①杨… Ⅲ.①访问记—作品集—中国—当代 Ⅳ.① I253

中国版本图书馆CIP数据核字(2020)第116516号

书 名:人来书往	选题策划:续小强	封面设计:韩湛宁
著 者:杨 青	责任编辑:李向丽	印装监制:郭 勇

出版发行:山西出版传媒集团·北岳文艺出版社

地址:山西省太原市并州南路57号 邮编:030012

电话:0351-5628696(发行部) 0351-5628688(总编室)

传真:0351-5628680

网址:http://www.bywy.com E-mail:bywycbs@163.com

经销商:新华书店

印刷装订:山西人民印刷有限责任公司

开本:787mm×1092mm 1/32

字数:218千字

印张:11

版次:2020年8月第1版

印次:2020年8月山西第1次印刷

书号:ISBN 978-7-5378-6240-0

定价:59.80元

本书版权为本社独家所有,未经本社同意不得转载、摘编或复制

序

报纸上的副刊版面、书评专刊越来越少,当年天天"八大版"的《深圳商报》"文化广场"文化副刊,其丰衣足食的时代也一去不复返了。不好说办报的人谁重视谁不重视:报纸办给读者看,读者既然陆续狠心离报纸而去,急急转投公号、APP门下,大势不可逆转,我们也只好紧追其后,去学用新武器,开辟新战场。正所谓每个时代有每个时代的文字与之匹配、陪伴,值此转型年代,当年报纸上发表的文字,也就有了见证纸媒时代的文献价值。虽然说文章这么快就变成了文献,似乎急躁了一些,但是又有什么办法呢?君不见,信息生产、传播、储存、消费的科技升级迭代更快。

十几年前我主编"文化广场"时,设立过副刊评论员岗位,而杨青即是评论员之一。她爱读书,尤喜鲁迅,月旦人物,爱憎分明,评说文事,褒贬麻利,她写的文化时评因此成为"文化广场"一角铺满荆棘的花园。她也采访各路名家,或现场,或电话，准备常常一丝不苟，提问往往绵里藏针。如今，她把报纸登载时曾得各方好评的文字召集在一起印出来，虽说不上是著书立说，到底也是为自己、为时代备案存档。而我看中的，正是这报纸文字不可小觑的文献价值。

报纸等传统媒体眼见得风光不再，可是我们是否想过：曾经有那么多报纸那么多版面负责观察记录一个时代；曾经有那么多受过专业训练的报纸编辑记者，终其一生，孜孜矻矻，磨炼眼力、脑力与笔力，热血凝成标题，豪情铺满版面，心怀对文字的敬畏和对使命的信仰，过着黑白颠倒的生活，消耗透支着未来的身体，就为了发几声呼啸，鸣几声不平，以显示这个时代有良知在，有灯塔在，有理性在，有常识在，有温暖在，有力量在，有家园在，有希望在，而由这样一群人和这样一张张报纸陪伴的时代盛况竟然不太可能再现了。正是思虑及此，我觉得我们不能任报纸上曾经登载的文字随各种"风口"而逝，我也因此陆续结集出版了《好在共一城风雨》《夜书房初集》《夜书房二集》。杨青说她也想收拾"文化广场"上的旧文字，让这些纸上的文字一起在纸质书里团聚，我听了极表赞成。大体上说，昔日报纸上的文字和如今移动互联网上的新媒体文字，不仅词法句法章法有所不同，且质地、声调、节奏、表情乃至行进的队形和意义的形状也多有不同。这越来越大的差异，正是报纸文字"文献价值"之特别处。

没有文字意蕴的图像是苍白的，没有文字功力潜入其中的视频是浅薄的，没有文字修养润泽的音频是飘忽的。我很希望那些新媒体"小编"能常翻翻过去的报纸,在版面场景中体会谋篇布局的表达力和图文结合的穿透力。如果嫌麻烦,翻翻报纸文字结集而成的新书也可以。我反复申说这类新书所谓"文献价值",其中也包含这一道理:读读这样的"文献",可以少一些"脑残爆款"和"无脑创意",多一些见识、底气、从容和沉稳。

胡洪侠
2019 年 11 月 9 日 于深圳

目 录

钟叔河：看书看文犹看人　　/ 001

流沙河：读鄙人的文字，保证不苦　　/ 010

小　宝：著为知者道，不为俗人看　　/ 019

葛剑雄：读书有求知、娱乐、研究三种目的　　/ 029

金耀基：读书不能单看购书量，要看阅读量　　/ 036

黄永玉：我是杂食动物　　/ 044

蒋　勋：《红楼梦》里的青春与孤独　　/ 049

李欧梵：我喜欢一切小而美的东西　　/ 057

钱文忠：阅读使我们的精神世界丰足华美　　/ 067

商　伟：中国文化的DNA要传承下来　　/ 073

陈子善：收藏旧书就是收藏历史　　/ 084

孟宪实：为现代化寻找本土文化资源　　/ 092

刘亮程：我信仰"万物有神"　　/101

吴晓波：伟大的作品应该定义一个时代　　/ 106

叶兆言：我是小说家，散文只是玩票！　　/ 112

谢　泳：让历史照亮现实　　/ 121

周　濂：仅靠一本书叫醒国人不太现实　　/129

刘　瑜：乐观是一种义务　　/ 140

陈　明：调动生活积累与经典对话　　/ 151

止　庵：以平常心重读《老子》　　/ 163

俞晓群：要把民国优秀童书都打捞出来　　/ 173

李敬泽：一个游手好闲的阅读享乐主义者　　/ 178

张立宪：编书一辈子，再无他念　　／182

绿　妖：阅读是从自我的世界越狱　　／188

余秀华：别人通过我的诗歌读的是他自己　　／195

刘克襄：铁道旅行是跟更多人分享共同的记忆感情　　／206

刘　禾：我想试着拆掉人们脑里的栅栏、打掉竖着的墙　　／213

何　伟：我的书给中国增加了异域元素　　／225

杨　照：要读那些"读不懂"的经典　　／234

张大春：李白的悲剧在于他错认了那个时代　　／239

唐　诺：我们有义务成为另外一些人　　／248

朱天衣：不曾远离，何言回归？　　／259

李永平：我写的是跨越民族和时空的永恒人性　　／268

阮义忠："摄影教父"的称谓会让我更加怀疑自己　/ 279

许子东：跨界不会损坏学术研究　/ 290

林沛理：在香港认真写评论就等于不断树敌　/ 298

董启章：香港文学的孤独守望者　/ 306

任　祥：我绝对不是名媛，我是农妇　/ 312

王小波：纪念他，但千万别把他当神！　/ 318

范　用：匆匆过客，终成归人　/ 325

后记：《文化广场》二十年三件事　/ 331

钟叔河 /

看书看文犹看人

2012年暑假,携家带口,朋友南下我们北上,长沙会合后,去探访钟叔河先生,现在回头想,整个探访更像是一个持书寻宝之旅。

早就从钟先生写的《我家的摆设》中得知他家客厅书架上的几样宝贝。进了屋抬头先见书桌正对墙顶挂着的长达四米的海外影印件《韩熙载夜宴图》手卷仿本,是钟先生自己裱好的;书架当中题有"沁园"字样的竹筒,也出自钟先生之手,征得钟先生同意拿出来细细打量;书架上还有钟先生被划为"右派"后赖以"吃饭"的两把自制细木工刨,隆而重之陈列着,年久若新,丝毫没有手工制作的粗笨感,倒像是两件精致的艺术品。

钟先生家里墙上挂了好多字画,钱锺书的诗、黄永玉的画、丰子恺的漫画,还有在美国一个集市上淘来的一幅小画,清雅宜人。

黄永玉的画尺幅很大，挂在进门左手的墙壁上，几乎占满了一面墙，画的是荷花，工笔细描，讲究极了，和他挥毫泼墨的写意画风格截然不同。看来，黄永玉对比他小七岁的同乡钟先生蛮敬重。

谈天中，聊到先生文章中提到的、被陈从周教授称为"当今竹人之魁"的叶瑜荪制作的竹制臂搁，钟先生也翻出来，交给我们好好把玩。

敲门时就看到竹刻"念楼"挂在大门旁，临走告别后，在门口拍了几张照片作纪念。

吸引力在思想、气质和趣味上

钟叔河先生作为老出版家，他出的书和写的书让读者受惠不少。

20世纪80年代，刚出狱不久的他就筹划出版《走向世界丛书》系列，当时轰动士林，至今余韵未绝。这套书记录了近代中国人睁眼展望现代文明的第一次，也是近代中国人开始走向世界的早期脚印。这样的眼光和见识，再加上钟先生孜孜不倦地点校整理和书之前所写的叙论，被钟先生称为文章知己的李一氓写信夸赞："这套书这样一弄，真可以传之万世了。你写的那些导言尤有意义。可惜搞改革的、搞近代史的，都没有注意及此。"

钱锺书当时读了钟先生写的序眼前一亮，不仅希望见到钟先生本人,更罕见地自告奋勇为这套书写序。后据杨绛先生告知:"锺书生平主动愿为作序者,惟先生一人耳。"

钟先生写的这些叙论后来汇集出版,书名为《从东方到西方》。

如果说《走向世界丛书》显示了钟先生远大的眼光和见识,那么,主张出版当时争议很大的曾国藩和周作人的书就更需要一定的勇气了。

熟悉钟叔河先生的人都知道,他虽然屡屡因言获罪,但并未因此噤声,反而愈挫愈勇。反"右"时被划为"右派"劳动改造、"文革"又被判刑十年。出狱后因坚持出版周作人的书,被攻击"偏爱汉奸"。2011年出版《小西门集》颇费周折,辗转了好几家出版社才最终问世,就因为里面讲了太多的真话,罗列了不少一手历史材料。

湖南人的"耿"在钟老先生的身上体现得比较突出。

在他书房的墙上挂有一张他的照片,外面用黑纸条剪拼成的栏杆贴在上面,应该是纪念那段身陷囹圄的日子,是提醒,抑或调侃,能直面需要勇气,更需要胸襟。

2009年,广西师范大学出版社的十四册巨制《周作人散文全集》,印制精美,是钟先生编辑出版的集大成者,这套书也深受读者的喜爱。那一年,钟先生七十八岁。

除了编书以外,钟先生笔耕不辍,把一生的悲欣忧愤自相调和,《书前书后》《偶然集》《念楼集》《记得青山那一边》《小西门集》与新出版的《与之言集》,均自成一家,颇堪玩味,甚至他的课孙书《念楼学短》，也被许多人当成课子书。

钟先生说过："看文亦犹看人，身材、长相毕竟不最重要，吸引力还在思想、气质和趣味上。"

这话用来形容钟先生自己一生的出版和文章也正合适，除了勇气、胆识、眼光和见解之外，钟先生的思想、气质和趣味同样很吸引人。

对话钟叔河：**改变中国还是得靠启蒙**

◇ **周作人把李卓吾抬得很高**

问：明末清初三大思想家是李卓吾、王夫之和顾炎武，但周作人更喜欢李卓吾，他称赞王充、李卓吾、俞理初为中国思想界的三盏明灯。你怎么看？

答：李卓吾有很强的反传统的色彩，王夫之是传统思想最强的一个，顾亭林在他们两个之间，这是我的看法。周作人把李卓吾抬得很高，散布了他一些思想，有意讲一些与中国古代观念不同的东西。比如大家认为卓文君不行啊，私奔啊，但他认为很好的，可以找到良偶。在当时的思想界这是离经叛道的，当时文人赞同卓文君是把她当作风流轶事来讲的。

◇傅山是一个很有独立思想的人

问：傅山后来的名声也不小。

答：我对傅山还是有一些了解的，我看过他的两大本线装影印的《霜红龛集》，傅山是一个很有独立思想的人，但用我们湖南话讲，傅青主是一个"畸人"。

傅山跟他们不是一类人，带草根色彩、平民色彩，自己后来当医生，搞女科了，当时中国医生社会地位并不高，跟西欧19世纪不同，那里的医生都是高级知识分子：屠格涅夫的小说《父与子》中的巴扎洛夫是学医的，托尔斯泰的《苦难三部曲》里也有医生。但中国古代的医生是方剂之士，地位不高。

傅山定位不是医生，他是个文人，大文人，大学者，书法名家，他爱好的是民间小戏，他都跟村老汉坐在板凳上，听什么飞龙闹勾栏，消遣时光了。他听的不是昆曲，不是《牡丹亭》这类戏，他听的是士大夫看不上的。

跟他们三个齐名的还有一个孙奇逢，在当地北方学者士林中，孙奇逢比傅山的地位还高，傅山的名气是后来反清复明的时候被抬起来的。

傅山的社会影响不如李卓吾，但是作为一个形象，在读者中有这样一个存在。

对傅山本人的定位，作为书法名家，他的书法成就是很高的。他身上代表了中国读书人一些比较可贵的性格，他有意义的在这方面，不是他大量的诗文和学术著作。他有强烈的个人色彩。中国人的交友方式和古代伦理观念都是要循规蹈矩，并不把傅山作为典型，我认为他是可贵的。

◇改变中国还得靠启蒙

问：做汉奸和失节，一向是国人的禁忌。

答：我如果没有做朝廷的官，我是没有义务，不能爱新觉罗一来，所有的汉人都要自杀啊！在那个时代，一般人认为投身做顺民是很丢人的，但我不觉得丢人。如果我是一个做木工的，你政府不能御敌于国门之外，最后又放弃我们自己跑了，我跟着你跑，你不给我发工资，不给我口粮，晚上不提供我帐篷睡，我到哪里去呢？我的老婆小孩都在这里，我还是待在这里做我的木匠。我卖豆腐还得卖，我当小学老师也继续当。北京当时有几百万人，走的只有几万人嘛，我也得养活我的小孩子，这不能怪老百姓的。

如果是政府公务员，是军人，我就要跟着政府走。军人的职责就应该守着不让敌人来。

◇屈原这个思路我喜欢不起来

问：20世纪80年代你编《走向世界丛书》，让中国人再次张开眼睛打量世界，现在看来，改变中国要靠什么？

答：改变中国还得靠启蒙，让大家懂道理，大家都懂道理就好一些。十年前，美国的两栋楼被炸掉了，周围出现了一些叫好声。我不知道这是什么心理，如果明天人家来炸你呢？当时很多人被反美气氛影响，这些都是不负责任、本能的反应。

问：一提爱国，首先想到的就是诗人屈原。

答：屈原我并不喜欢。首先我就不同意定位屈原为爱国诗人，那时候没有所谓的爱国观念，只忠于君王，忠于楚怀王。君王不要你了，你就把自己比喻成个女性一样，如何如何怨啊，没必要，很扭曲。中国读书人把自己女性化，把自己和国王的关系比喻为小妾和主人的关系，很不健康，屈原这个思路我喜欢不起来。

◇明年还在，就写自传

问：现在工作是怎么安排的？读书、写作？

答：整天坐着，看看校样。我现在基本上退出社会生活了。我现在不用钱了，衣裳不穿新的了，家具也不需要做了。我今年八十二岁了，我估计一两年时间还可以像这样正常交谈和看书，但是也不可能太长。即使人还存在，也不可能思维完全不老化，这是正常规律。

问：2012年重印的书有哪些？

答：我自己编的书和我署名编的书，有人重印我就重印了一次，现在都重印了。《唐诗百家全集》和《唐宋词百家全集》

现在岳麓书社还没有付印，责编做得很慢。另外还有四卷本的《周作人文选》，因为装帧很差，现在找个出版社要重印一下。我以为要研究周作人得买全集。一般欣赏他的文章之美，看这个四卷本就够了。我还有个一卷本在香港印的，叫作《周作人美文》，香港明报印了一版，内地没有出版。假如一般的欣赏，看这个一卷本也可以。

问：我在香港书展买过你编的《曾国藩教子书》。

答：那还是本好书。我写了前言，很薄的。以前岳麓书社也印过，印得不理想的，我想把它重印一下，原来文中有错的还在流传，毕竟我自己有一个改正错误的机会，今年我想把它结束（指看校样）。如果明年还在，我就写自传。

◇杨绛越活越滋润

问：你和杨绛先生还联系吗？

答：一直有联系。我去她信，她就回信。现在杨绛老太太都一百零二岁了，她最近还给我写信来，字写得非常好。她的状态非常好。她的打击就是女儿死了，这个打击比钱锺书死去还大。两个人再好，不可能同时走的，除非自杀，一个先一个后还想得通，可是女儿应该是送自己的，后人死是最大的痛苦，但她也熬下来了，而且越活越滋润。她最近还来过信。

她写的《我们仨》还是很好的。她的长篇小说《洗澡》

好像要重出手稿本。我听有人说，杨绛的《洗澡》可以认为是钱锺书《围城》的续篇。

她挺有意思的。活过了一百岁，这个人就成精了，哪个人能活到一百岁？人活得久就胜利了，谁笑到最后谁笑得最好嘛！

——发表于 2012 年 9 月 20 日《深圳商报》

（注：当时钟先生还拿出杨绛先生的信给我们看。杨绛于 2016 年 5 月 25 日去世，享年 105 岁。《周作人作品集》于 2019 年 7 月由岳麓书社出版，立足 20 世纪 80 年代岳麓旧版，由 88 岁钟叔河先生悉力修订，最新出版。）

流沙河 /

读鄙人的文字,保证不苦

流沙河是一个可爱的老头儿,他的书几乎是一路受追捧,从早年的《庄子现代版》《庄子闲吹》和让人笑到肚痛的《Y先生语录》,到后来的《晚窗偷读》《书鱼知小》,再到他一路积攒的古文字研究:《流沙河认字》《文字侦探》以及这本新出的《白鱼解字》。甚至他在南方周末开设的篇幅不大的文字专栏,都不肯放过。

印象中,流沙河的经历和另一个可爱的老头长沙的钟叔河先生有点像,两个都被打成"右派",一因文,一因言,比较起来,流沙河"右派"的罪名更重,名头相对更响亮一些,但他幸运的是没有像钟叔河先生那样被关进监狱,只是被逐级下放,劳动改造。戴着"右派"大帽子,除了谋生以外,他一头扎进故纸堆里,研究《易经》,研究古文字,读《庄子》,在文字中找到了安身立命之本。他说,读书趣味不仅可以冲淡苦难岁月,更让他的生活变得快活一些。

他的文字通达、乐观、幽默、知足。

孔子曰:"吾少也贱,故多能鄙事。"

流沙河因为"右派"帽子,也多能鄙事:扫地、烧水、拉车、炼铁,六年拉大锯、六年钉包装箱。他自觉比坐在书斋中的文字前辈多了劳动的经验,所以他解读的文字和生活更贴近。别人的说文解字大抵从书斋中来,一股书生气。而他侦破文字也好,道出见解也罢,分明有股浓郁的乡土气息和生活气息,俱是亲历亲见亲感,实践中得来。

《庄子》解读,自古及今,汗牛充栋,但读流沙河的现代版,犹觉得解得切,别人不过是书斋中读着解闷而已,而流沙河一部《庄子》烂熟于心,是支撑他艰难岁月的精神依仗,他对《庄子》除了熟悉和理解,还多了一分亲近。

他很容易知足,也很容易觉得快活。

当了二十二年"右派",家抄了又抄,人跪了又跪,做不完的无偿劳役,写不尽的有罪自怼。到晚年提篮买菜,写字卖钱,他自觉"我得到的仍然比失去的多"。

说到写字卖钱,尤其是谈到《白鱼解字》的稿酬时,我虽然知道现在出书不赚钱,但老人只得了一百本书作为稿酬,按定价228元算,一百本也不过折合人民币两万多块钱。而老人的付出却是两年半的时间和眼睛完全看不清楚不能再用毛笔写字的遗憾。

写一本书,我看到的是辛苦,老人却觉得很快活。尤其是听说简装本出来,老人高兴得直说:我很快活!

在《书鱼识小》的腰封上写着老人的一段话:"我感读者之恩。蒙他们不弃,掏钱包拯救我,使我免于颓丧,免于抑郁,免于癌。倒不是看在钱的分上,而是感念成千上万的陌生人看得起我。这就像小孩,人家喜欢同他玩,他就快乐得做梦都笑醒。"一个老人的感恩天真得像个孩子一样,但一点都不矫情,只有真诚。

但如果你觉得人老了就会变得天真,那是因为你没有看到过他的老辣。老人六十三岁时曾仿东方朔先生著《Y先生语录》,与丁聪先生联手,一文一画,对别人狠,对自己更不留情。

摘录一则:"昔年红卫兵,今朝总经理,别墅落成,来求墨宝。Y先生欣然写一副对联。上联:'革命无罪。发财无罪。思前想后,一贯无罪。'"那位总经理不但不尴尬,反而哈哈大笑。随即裱了,挂在正厅。又派人来敬赠礼品,价值不菲。

Y先生厚着脸收下礼品,说:"他用他的富贵宽容,反衬我的穷酸刻薄。"

上大学的时候,第一次读到杨绛的《干校六记》,心中一亮。关于"文革",见过太多诉苦的文字,从来没见过这般平静如水,在苦难下寻找生存技巧的高人。读流沙河的文字,同样看不到苦难的痕迹。

因为多能鄙事,故人情通达。他曾用打油诗勾勒出一幅自画像:瘦如猴,直似葱。细颈项,响喉咙。眼虽瞀,耳尚聪。能游水,怕吹风。浅含笑,深鞠躬。性情怪,世故通。植过棉,做过工。未享福,总招凶。不务实,老谈空。改恶性,求善终。

他总结自己一生的坎坷经历,劝人言:你可以自得,但不应自傲;你可以自守,但不应自卑;你可以自爱,但不应自恋;你可以自伤,但不应自弃。

不过说一千道一万,各人的手段能耐只有自己最清楚。他在《少年读〈水浒传〉》一文中自道:"我这人谈话啰唆,下笔简明,善用口语,能造短句。文采缺乏,不敢说写得好。但是写得再拙,都能一目了然,容易看懂。读鄙人的文字,保证不苦。"一如知堂自道"国文初通,常识略具"。试问当下写字之人,有几人敢道初通国文,略具常识?又有谁敢保证自己的文字读来不苦?

《白鱼解字》貌似研究学问之书,但解的是我们常用常见熟悉的汉字,经验和见解大多从他自己的日常生活中所得,称得上打通了汉字与生命的隔膜,读来还真是一点不苦呢!

对话流沙河:我是个活着的古人

八十二岁的流沙河先生现在很少接受采访,为了他的新书《白鱼解字》,在出版社的沟通下,终于答应接受本报记者的专访。

他的手稿珍藏本《白鱼解字》限量三千册于2012年出版后,一纸风行,颇受读者追捧。老先生用毛笔小楷在五百字的稿纸格子内一笔一画写的这本探寻中国文字来源的图书,制作非常讲究:带有布制函套,布封面,每本书都附赠带有流沙河印章和签名的藏书票,非常精美。更为珍贵的是他的小楷不仅清秀脱俗，而且页面还保留了勾画更改的痕迹，在网络时代这样的体例，几乎是绝无仅有的。虽然流沙河透露出手稿本的初衷是最大限度减少文字错误，因为书中涉及了大量的篆字和钟鼎文，印刷时容易出错。但对读者来说，翻开此书有点像打开新出土的文物一样，不仅有一种新奇感，更多的则是亲近感。

2013年3月21日下午3点整打通流沙河先生家的电话，记者按他本名余勋坦称呼他余先生，他显然事先知道这次采访，简短的寒暄过后直接进入主题。没想到八十二岁的老人听力很好，我根本用不着提高声调。他操一口典型的四川话，节奏分明，多用书面语，总让我疑心像在听他那位著名的伟人老乡的讲话，好在我们谈的是书。而所谓《白鱼解字》的来历，老人在序中早就交代清楚："白鱼又名蠹鱼，蛀书虫也。劳我一生，博得书虫之名。前面是终点站，下车无遗憾了。"这样一来，大家就明白了，这本书原来是一个书虫解字的书。

◇手写两年半写坏双眼

问：《白鱼解字》是毛笔手写本，随处可见修改的痕迹。上小学二年级的儿子一开始以为是用钢笔写的，知道是用毛笔写的后，惊呼太牛了。他还奇怪，原来是这样改稿子的？你复原了毛笔写作的情境，让这本书从内容到形式都有教科书的味道。

答：我觉得这本书代表了手工书写的旧时代，新时代是电子书写。可能我这辈人死光以后，就不会有人再用软笔在五百字的稿纸上规规矩矩地书写。从这个意义上说，我是一个古人，还活着的、看得见的古人。我本人永远都不可能再这样写文章了。我写这本书两年半的时间，把眼睛彻底写坏了，我再也不可能用软笔书法规矩填在格子里去了。为了写这本书，我的眼底黄斑变性出血。如果再用软笔写，我眼睛看不见，不知道笔尖是否与纸面接触，这笔是否画下去了。我目前写文章，没法再用毛笔，只能重新学习用钢笔。我用软笔写了几十年了，现在又回头像小学生学着写钢笔字。我本人再也不可能那样用毛笔写文章了，从这个意义上讲，写这个文章（指《白鱼解字》）的那个古人已经"死"了。

问：有读者夸赞你的小篆写得真秀气，称《白鱼解字》是可以家传的，你以前学过吗？

答：不敢当。我没有专门学过小篆和钟鼎文，这本书里面写的古文字、甲骨文、钟鼎文、小篆都是我现学的，书里的全部插图也都是我画的。

◇纠正许慎的错，不值得大书特书

问：宣传词上说《白鱼解字》纠正了许慎《说文解字》里的数处错误，具体有多少处？你与许慎相比，解字的优势在哪里？

答：中国近百年来，每一位研究古文字学的专家，都纠正过《说文解字》里的错误。只有一个原因，我们后代的人所掌握的古文字资料远远比东汉许慎所掌握的资料多。因为我们所见过的一些青铜文字是许慎没有见过的，所以我们比许慎在有些方面知道得更清楚些。举一个例子，比如说，君臣的"臣"的甲骨文许慎从来没见过，他根本不知道曾有过甲骨文，如果他知道看见了，他就不会那样解释了。因为甲骨文里面的"臣"，很清楚是画的人的一只眼睛，一只左眼，眼球突出，表明他在用心观察。许慎看见的是篆文，好像一个人在那里佝着背。因此许慎解释"臣"是象形字，像一个文武百官大臣在皇帝面前佝着背、鞠着躬，所以他对"臣"的解释完全错了。

我解释得对是我有幸见到了甲骨文。事实上，每个研究古文字的专家和前辈几乎都在某个点某个词上纠正过许慎，这是根本不足为奇的事情。我纠正了《说文解字》中至少有几十个，可能有上百字。其他的文字学老前辈，人家纠正的比我多得很。事情的真相是这样的，不值得大书特书。

◇我的解释比书斋里的前辈更贴近生活

问：那你觉得《白鱼解字》的特点在哪里？有人说你的解释去除了汉字与生命之间的隔膜？

答：这个可能有些道理。我解释汉字与文字学前辈最大的不同是：以往的前辈专家他们一生都在书斋里面，读了很多书，比我多得多。但他们没有自己做过各种劳动，农业、工业甚至家务劳动，他们对农业知识、常识包括最下层劳动人民的生活方式都不太了解，我比他们了解得多的就是这方面。因此我解释很多汉字，运用了一些科普常识，我亲历的农村知识和生活知识。

◇腰封其实是"妖风"

问：《白鱼解字》腰封上写着：破解汉字奥秘的中国首席大侦探，学者流沙河触摸中华文化之脉的巅峰之作。你怎么看这个头衔和评价？

答：这个是宣传，夸张的，没有什么巅峰。之所以提到侦探，是因为我另外有一本书叫《文字侦探》。我只是觉得做文字侦探很有趣，没有说过什么大侦探，这样说很不合适。尤其是巅峰之作，这个说法最不好，我事先不知道，如果我早知道我一定不同意他们这样鼓吹。

问：腰封很多读者讨厌，因为常有夸大不实之词，觉得是出版社的噱头，你如何看？

答：腰封这两个字可以改一下，"腰"改成妖怪的"妖"，"封"改成刮风的风——妖风。

◇当初钻研古文字是为了趣味

问：你年轻的时候写过诗，出版过诗，也写过小说，还解读《庄子》，现在又钻研古文字研究，现在回顾一下，古文字算不算最大的成就？

答：回顾一下自己的成就的话，我觉得，钻研古文字是我的爱好。因为我在1957当了大"右派"以后，整整劳动了二十年才摘掉帽子。在20世纪50年代，我只好钻研《诗经》、《易经》。60年代我钻研古文字，很有趣味，可以让心里面快活一些，不整天忧愁。当时钻研古文字，并没有想到要出一本书。当时汉字要完蛋了，人们建议废弃汉字，要改用字母拼音。我纯粹由于兴趣去研究，当初绝对想不到还能印成书，也想不到还有人读，更想不到有人来采访我。

◇高中语文教材应该全部是文言文

问：现行的语文教育被人诟病很多，你的自传中提到你中学国文老师不采用国民党教育部审定的教科书，只选讲《古文观止》《经史百家杂钞》。课余又跟老秀才黄捷三先生，听他逐字逐句讲解《诗经》《论语》《左传》《唐诗三百首》《千家诗》。对现在的语文教育有什么建议？

答：几句话说不清，但是我可以把我的主张归纳出来：小学低中年级的语文教科书可以不要文言文，到小学高年级的时候就必须加五分之一的文言文，初中应该有一半的文言文，进入高中应该全部文言文，高中就不应该再学白话文。

——发表于2013年3月25日《深圳商报》

（注：流沙河先生于2019年11月23日下午3时45分，离开了这个世界。好在他的书还在，读书人亦在。）

小　宝 /

著为知者道,不为俗人看

十多年前,《书城》杂志还像四开晚报一样巨大而柔软时,我开始追看上面刊载的小宝专栏。小宝的第一本书是《爱国者游戏》,出版时间是 2001 年。

十年后,没想到在"深圳十大好书"评选现场见到作为评委的小宝真人。拿《爱国者游戏》索要签名,小宝写了一行字:"谢谢你保有一个老人的旧书。"书是旧了,但人远未老。

2010 年,小宝再发力,两本书接踵而至:《老而不死是为贼》《一生只为这一天》。2011 年,又一本《别拿畜生不当人》问世。这几本书书名生猛,文章轻松有趣,旁敲侧击、举重若轻。2012 年年底,小宝的阅读随笔《为坏人辩护》出版,这已经是小宝的第五本书,因为内容集中,编排分类,这本书是读得最开心的一本。小宝也说,这本书给他带来不少新读者、新朋友,是最大的收获。

读书多年,一求思想,二找乐趣。有的书有思想没乐趣,勉强可以咬牙苦撑。有的书有乐趣没思想，只能一笑而过。兼具思想和乐趣的比较罕见。小宝的《为坏人辩护》兼得两者之妙。

早年采访香港导演彭浩翔时，说到阅读，他喜欢交给朋友500元，请人家按自己的喜好和胃口替他买书，借此想扩大阅读的范围，也趁机打量别人的阅读兴趣。读小宝的《为坏人辩护》有类似的感觉，他读的书之庞杂，门类之广博，让人叹为观止。举凡畅销流行、传记文学、侦探小说、经济数学、八卦养生，无所不包，甚至有点旁门左道。小宝很像一个"读书至上的乐观主义者"，开卷均有益，破烂书中也能找到金子。

他谈读书的四重境界：刚开始读书，好比薄幸公子谈恋爱，读一本爱一本，见一个要一个。读书多了，与经典大师厮守，有点像穷书生娶了豪门千金，一跤跌进青云里，那分高兴那分巴结，从此闭门不出，视天下女色为庸脂俗粉。只重经典，不采凡书，那是阅读中的神圣婚姻岁月。接下来曾经沧海仍思水，度过巫山更想云，遍读闲书野史，结交奇士美人，由着性子读书，尽兴就好，开心就好，那是阅读的风流年代。最高境界是飞花摘叶皆为利器，无物不能为我所用。读任何书都心无挂碍，随便取用，用完即扔，得意忘形。

宝爷只道自家只在读书的第二境中补习，在第三境中出入，偶尔进窥第四境的奥秘。

但我读《为坏人辩护》却感觉宝爷身居第四境，飞花摘叶均为利器，无书不为所用。一本文格不高，思想浅薄，故事平庸，品极三流以下，只余耸动书名的《女界鬼蜮记》，他也能看出好来，他喜欢书里的和气，更能从枝叶中看到辛亥以前的言论气象：宽和、开放、包容。

正读，反读，有些书干脆当病例读，方读得明白。

宝爷臧否人物痛快淋漓，毫不遮挡，读来快意横生：《余老师病了》《任志强是一个头脑简单的商人》《杀人如麻的刘心武》，甚至对有"中国第一美女"之称的林青霞发表的作文集也顺道推测，林美人起码要过两三年才会欣赏《徒然草》。

读书文章要写得好看，不隔，一要好眼力，二要好笔力。小宝兼而有之。貌似高深的道理往往被他拉瓜扯蔓打个比方就讲个通透，手中利器有二，一为明星，二为熟人。

讲新星出版社几乎买下劳伦斯·布洛克的全部中文版权，偏没买《小城》，就像哪一天华纳兄弟心血来潮收购华谊兄弟公司，软硬资产统统打包，却把冯小刚漏了。介绍鸳鸯蝴蝶派文人陆澹安，差不多相当于当下的王中军加郭敬明加易中天。他把老罗斯福比作金庸小说中文武兼备、义薄云天以天下苍生为念的大侠乔峰。一句话，让两个陌生人顿时变成了熟面孔。

熟人从毛尖到陈子善、孙甘露、沈宏非，顺手拈来，用完即抛。

宝爷说，读布洛克的小说，走上两步便会撞到几句刻薄的俏皮话。读他的这本书也有这样的好运气。他夸北美最受欢迎的印裔加拿大人彼得斯的成功秘诀是做局外人，永远做一个清醒的旁观者，留意各种小事，以小见大，一语中的，片言破功。这个秘诀好像与他写文章的秘诀根本一致。他还说，好玩之人总能发现好玩之事。这个深以为然。印象最深刻的是他讲愤世嫉俗的数学天才冯纽曼创造的赛局理论，用了书中一个极好的例子，两个自私贪吃的孩子，分一只蛋糕，如何才能最公平合理没有抱怨？

答案是：让一个孩子分蛋糕，另一个孩子选蛋糕。这个案例可以直接分享到育儿课堂中供父母引用。从而也提醒家长，教育并不是要违拗孩子的天性，而是要帮助孩子找到更合理的生存方式。如果你以为这本书只是逗乐的俏皮话，博人一笑的话，那你低估了上海名士的水准。

周作人面对别人指责他抄书，他反驳道：没有意见，怎么抄法？

宝爷看书写书也是一肚子的意见，古书今书，杂七杂八，都以当下为落脚点细细品读，话里有话。他借用四百年前帕斯卡尔的沉思强调："我们的全部尊严在于思想，我们要好好地思想，这就是道德的原则。"

宝爷到目前出了五本书，书名都是抽取书中的一篇文章命名。

我也借了《为坏人辩护》书中的一篇文章"编为知者道，不为俗人看"做这篇文章的题目，只不过改了一个字而已。

对话宝爷：**有趣地讲点正经道理**

◇写晦涩的文章是作者没想明白

问：你读书的来源是什么？平常读纸质书还是电子书？最近在读什么书？

答：我大量的书都是去港台买的，中文书一般喜欢台湾的书，内地的书除非是被公认特别好的我会买，还有一些网上的书。电子书我经常阅读，每天至少在网上阅读两三个小时，一些国外网站我花很长时间仔细地看，挺有趣。电子书不付费的看着顺眼的都下载。我读书凭兴趣，如果要写书评介绍，做研究，就会把相关的书和材料全部搜一下，认真读。现在古书看得越来越多，从最严肃的经书开始看，怪力乱神的东西也很感兴趣。

问：你一年去港台买书多少次？到香港你一般在哪里买书？

答：港台一年能去五六次，每次买几千块钱的书。我去香港三件事：买书、看电影、吃饭兼会朋友。一般去香港旺角西洋菜街的二楼书店，大的书店中华书局、三联书店都会看一些。我最失望的是诚品香港店，简直是内地的新华书店，很多新书都是从内地来的。远不如二楼书店，那里许多内地书的旧版也能遇到。

问： 好多读书人给人的感觉是两耳不闻窗外事，你的书却一点儿也不隔，常用明星打比方，平常看电视多吗？

答： 电视看得很少，明星的新闻充满了网络，你躲都躲不开。再说八卦也是天性，看看也挺好。写晦涩的文章是作者没想明白，去看大师的文章，比如海德格尔的东西是非常难懂的，我不懂德文，但读海德格尔的英文版觉得他表述很流利，讲的东西跟我们的生活有很大的关系。其实最晦涩的大师的书也是言之有物，一点都不隔。用明星打比方是我想让自己的表达有趣，自己写得开心，读者读得欢乐，其实想讲点正经道理。

◇我不会写吹捧文章

问： 除了哲学经济学，书中有不少数学理论，很有趣。

答： 很多人把数学归到自然科学，其实数学跟语言一样是一种工具。20世纪以后，数学开始变得人文化，像博弈论、概率论都是人文性很强的数学理论。作为数学，思想比计算更重要。博弈论出来以后，它本身不太能解决现实的问题，但它提供了互助和妥协的思想。对于赛局理论，相信任何冲突都能找到赛局理论的"鞍点"。博弈论需要大家合作精神，可惜现在的人不知道合作和妥协，微博上随处可见五毛党、带路党。

问： 读你的文章最痛快的是臧否人物快言快语。你下笔时没有顾忌吗？

答：没有顾忌。我选取一个立场。我骂李教，站在消费者的角度来写，李教写《虚拟的十七岁》，我冲着这个广告，花100多港币，发现名不符实，里面尽是不要脸的吹捧，我敢跟他当面对质。中国的文人圈很无厘头，明明有的东西很糟糕，但因为是熟人，所以吹捧，我不喜欢，我肯定不会写这样的文章。

◇最便宜的娱乐方式：读书写作

问：你说过自己办报办早了，卖书卖晚了。现在除了读书写作外，还做些什么？

答：季风书店早就卖掉了。我研究生读的是华东师大，研究中苏关系，毕业后在空军政治学院当过老师。20世纪90年代末办报纸办书店。书店原来也不太管，后来完全脱钩了。现在偶尔给朋友做个顾问。我找到了一个最便宜的娱乐形式——读书写作，花费不多。

问：前几本书有什么遗憾吗？接下来有什么创作计划？

答：前面几本有问题，都没有分类编辑，这本大量跟读书有关的，可能集中一个专题会有意思。我曾在朋友主办的一本旅游杂志上写专栏小说，这种写法国内比较少，想试试看，写了七八篇，后来被停掉了。今年夏天准备再补两三篇，修改好后出本小书。

问：我觉得你读书有点像乐观至上主义者,再不济的书你也能看出好来。

答：钱锺书说过类似的话,大概意思是很辉煌的宫殿有人研究它的架构,但最后留下的好东西往往是它的局部。读书也是这样,有几个局部特别精彩,这本书没白看。阅读上我的满足点低一点,这也是在中国的生存之道。

◇高考完可读金庸、高阳、张爱玲

问：高考结束,如果让你给准大学生推荐必读书的话,你会推荐哪些书?

答：我觉得对现在的孩子来讲,要求要放得极低极低,其他东西会让他们望而生畏。男孩子可以先看金庸小说,再看高阳的小说。金庸的小说是很有中国精神的很伟大的作品。想了解传统中国的政治人物,读帝王系列;想了解政商关系,读红顶商人系列。如果还有兴趣,可以沿着这个线索自己找书看。说到经典,随着年龄的增长,越发觉得好的一本书就是《史记》。女生推荐读《红楼梦》,每三年值得重读一遍。另外,张爱玲的文本也值得一读再读,还有胡兰成的东西也值得细读。国外的经典,托尔斯泰的《战争与和平》是真正的文学,我是蛮喜欢。还有就是劳伦斯·布洛克、史蒂芬·金、伍迪·艾伦的作品。

◇陈冠中的东西比内地任何一个名人的都好

问：内地出版社近几年兴起港台作家热，出了不少书，推出不少人。你比较喜欢谁的书？

答：其实港台作家这一两年在内地的势头开始衰落。好些作家跟我关系挺好的。其实，我对港台特别文艺的写法蛮有保留的，看不惯。骆以军聊天很会谈，写东西的别扭劲儿我一点儿都不喜欢，他们故意让文字和语言脱节。这种实验在我来看，不觉得是十分成功的。你干脆用文言文，能够写当下的事情，也可以接受。他们的句子长，欧化严重。但欧化句子的逻辑是非常明确的，很少有东西看不懂。有一点比较好，就是他们蛮认真蛮诚恳地做这些事情。内地可能因为方向跟他们不一样，在深入阅读以后，我没看到扎实的对他们作品的评论分析。好笑的是，莫言获诺奖后，台湾好多作家大发雷霆，他们认为莫言的文学性比台湾的很多作家差太远。

问：今年香港书展的年度作家是陈冠中，你对他印象如何？

答：陈冠中是一个很有趣的香港人。一般来讲，台湾人喜欢北京，香港人喜欢上海。他是个异类，出生于上海，香港长大，曾在台北居住过六年，但他特别喜欢北京，在北京一待十几年，估计他的后半生就定居在北京了。我给陈冠中的《盛世》写过书评，那么难写的书评。我把《盛世》当一个政治寓言在看,他野心蛮大,通过很深入的旁观者的角度打量。陈冠中是个理论修养非常好的人。就小说言小说,他对个人的认识很准,某种程度上对小说是一种障碍,因为他的概括性太好了,忽略灰色的边缘地带。总之他的东西很好,比内地任何一个有名的人都好。

——发表于 2013 年 6 月 27 日《深圳商报》

葛剑雄 /

读书有求知、娱乐、研究三种目的

葛剑雄不仅是"深圳读书月"的演讲嘉宾,更是深圳的常客。他觉得深圳的讲座搞得比较早,得风气之先,做法也比较规范,效率很高。听众很热情,有互动,提问题有水准,讲座结束经常会有好多人拿着他的书要求签名。有的听众甚至在讲座结束以后,仍通过邮件与他继续沟通联系。有一次在香港的地铁上碰到一位深圳听众,他想约时间再与葛剑雄好好谈谈。

在读者的心目中,葛剑雄是一位严谨的学者,他的《统一与分裂》以深厚的历史事实为依据,对历史事实能巧妙地贯通,有非常敏锐地发现问题的眼光和能力。这本书就像一本预言,澄清了一些历史常识,用翔实的资料和数据说明中国几千年历史上分裂和统一的长短,引领人们走出"分久必合,合久必分"的误区。当时曾引起一片哗然,而现在他的预言正在被越来越多的史料一一证实。

在观众的心目中,葛剑雄口才也颇为了得,早年间作为凤凰卫视《走进非洲》的嘉宾主持触电，让这档节目成为一播再播的经典。2009年开春，他又在央视《百家讲坛》讲荀子的启示、讲地域文化的形成。

其实葛剑雄更是一位自觉的公共知识分子：有担当、有责任感，在当下中国的发展中积极发声，从"雪灾"到"地震"，从"春运"到"山寨"，面对一些热点新闻和重大事件，他都随时发声，虽然有的观点也引起一些反驳，但不乏真知灼见。

与隐身书宅里两耳不闻窗外事的其他学者相比，葛剑雄更像是一位走出书宅活在当下的学者，很时尚，也很新潮。更难得的是他的观点鲜明尖锐，有学术功底，且有话直说。

2009年11月，"深圳读书月"期间，葛剑雄接受了记者的专访。说到深圳已经举办了九届的读书月活动，葛剑雄毫不讳言，认为应该从请嘉宾起，开始改革。

对话葛剑雄：深圳迫切的任务是提高移民的素质

问：你觉得"深圳读书月"这样的大型活动对深圳会产生什么样的影响？

答：我在深圳有几次专门讲过移民跟深圳的关系，因为深圳从本质上是移民城市，本身没有什么文化底蕴。我不赞同把宝安的历史算成深圳的历史，因为深圳不是宝安自然扩展出来的，完全是在宝安外面新建出来的。这样一个新建的城市本身没有什么历史文化的传统，也没有什么原来文化的积累。所以，深圳的文化水平如何，决定于这批移民的素质。要知道深圳移民不可能全部是精英，初建时相当一部分是打工者，因为很多是"三来一补"的补偿贸易和劳动密集型企业，还有一部分是中央各省市行政部门安排来的。

深圳迫切的任务是提高移民的素质，深圳重视读书很迫切，读书月的举办长期来说会起到促进作用。

◇请嘉宾：不要谁名气大请谁

问：到2009年，"深圳读书月"已举办到第十届了，你对这个活动有什么建议？

答：我注意到你们以前请来的演讲嘉宾的名单，发现比较关注的是名人。但是很坦率地说，名人讲的内容不一定最适合这个城市的。怎么样改变？以前好像听众是有什么听什么。我觉得现在应该是需要谁请谁，这是一个重要的转变。

每年的读书月应该是完全不同的，应该有明确的方向和重点。重点放在什么地方要有意识地引导。根据每年不同的需要来请人，不是谁名气大请谁。

要让读书月扎扎实实起到带动的作用，通过推动长期引导，把重点放在提高移民的修养上，应该不同的阶段有不同的主题和要求。

另一方面，经过一段时间以后，也要讲究活动的效果。实话讲，有一些名人，名气大，不一定有实际的效果。不要追求名，要讲实效。尤其不要盲目崇拜《百家讲坛》的嘉宾。我也在那里讲过，《百家讲坛》主要针对初中文化以上的人，不符合高端听众，覆盖面有限，不要盲目认为这些人来能解决问题，要务实。

◇读书有三种目的：求知、娱乐、研究

问：深圳从最初的改革开放的窗口到现在确立以文化立市为目标，读书对这个城市会产生什么样的影响力？

答：我一直讲，读书可以说有三种目的：求知、娱乐、研究。三种目的有不同的需要，大多数人读书不是为了研究，读书界读书是种求知，告诉大家迫切知道的"知"是指这个阶段最新出现的科学技术、新近发生的事，弥补空缺。另一类是娱乐，包括陶冶性情，主要是人文方面，通过读书得到乐趣提高素质，偏重精神层次。大众化主要是指这两个方面。研究是学术的事情，推动让大家认识到求知的角度，明白读书很有益，是轻松有趣的事，持之以恒可以对整个城市形成很好的风气。

问：深圳人的购书量一直居全国各城市之首，但是深圳人苦恼的是销售排行榜上，实用类图书占的比例一直很高，感觉这个城市的人文素质相对缺乏。

答：购书量高有两个条件，一是深圳人的收入曾经在相当长时间比内地人高，但相对于书的价格是一样的，深圳人买书不觉得是负担，这样的收入有益于促进深圳人的购书量。但这个城市往往关心实用类的，股市、房地产、风水、养生，读这样的书也是可以的，但不是引导的方向，对提高城市的整体人文素质不够，这一点一定要慢慢在社会上形成风尚。

我跟出版社的朋友开玩笑，卖给白领的书，在飞机场和五星酒店你可以贵10元钱，包装印刷都可以高档点，加点英文也可以，让买的人感到有面子；如果卖给坐火车的民工，便宜一毛钱也是好的，印刷差一点也没有关系。卖书要看对象。其实，实用类书畅销简单地说是处在阅读的初级阶段，而且阅读也有地域差异，不同的城市有不同的阅读风尚，深圳读书月可以发挥比较高层次的引导作用。

◇趁年轻多看书，一开始可以杂一点

问：你非常有现代知识分子的担当，对时下的一些现象及时发言，涉及的面非常广，我想了解一下你平常的阅读状态是什么样子的？

答：我近年来阅读量不是很大，事情也很忙，从头到尾仔细读书的时间也不多，只有一个例外，研究的时候看这些书非常仔细。平时其他的书只是快速地扫一扫，上网的时间比较多，现在报纸也特别多，书也很多，但是大同小异的很多，感觉新瓶装旧酒，大多不会去看。

问：在海量信息和海量图书面前，读者如何挑选？

答：读者有限的时间了解信息需要挑选。我在一个图书馆长的会上讲过，以前夸耀图书馆有多少书多少光盘，过一段时间这个夸耀不是讲多，而是看谁能根据需要挑出精华给读者。国际上，书摘、文摘类图书之所以长盛不衰就是这个原因，好的书、好的文摘会起好的作用。我自己不大看现在流行的书。我甚至跟我的研究生说，要下决心不看现在的东西，真正有价值的新的东西几乎没有，有的倒还不如以前的东西。

问： 你的阅读从年轻到现在有没有什么大的转向？

答： "文革"中间有什么读什么，当时看很多自然科学的书，很多杂志，像《航空知识》和《国外科技动态》几乎每期都看。"文革"后期基本上是拿到什么读什么。像《朱可夫回忆录》《光荣与梦想》都是那个时候看的。当时年轻，精力充沛，白天混日子，晚上看书，经常一个晚上两个晚上就把一本书全部看完。研究生的阶段，开始有选择地看，读跟自己专业有关的，有多少时间看多少。

现在呢，我可以坦率地说，很少把一本书从头到尾看完的。别人送的书很多，要求我写序、写推荐的书，也只是根据需要来看。我认为太忙的人可以用这种挑着看快速地扫，有的书大概扫一下，看文笔如何，而且好多书有似曾相识的感觉，都是以前的知识。也有的比较有见地，像吴思的《潜规则》很有见地，但他列举的事实我都知道，没必要细看。

我有一个建议，趁年轻多看书。一开始可以杂一些，没什么关系的，有目的、有指导当然更好，看书就像养生一样，没有陈规。

问： 你的《统一与分裂》最近出了新版，对这本书你好像很满意。

答：我觉得这本书有我自己的思想，另外它的很多说法现在都应验了。我一直强调要走出"分久必合，合久必分"的轮回，这种观念当时有很多人接受不了，现在变成了事实，这样的书，多少对社会有作用，对我就有一定的成就感。

问：对你影响最大的一本书，你列出的是《第三帝国的兴亡》，为什么？

答：我读这本书的时候正好在"文革"，读的是内部版本，读了以后非常震撼。另外，这个译文最后经董乐山校订的，译得很好，其实译文对一本书来说很重要。就像黄仁宇的《万历十五年》经过沈玉成润色一样。

问：你作为复旦大学的图书馆馆长，在学校图书的采购和搜求上有什么样的标准？

答：我们是大学，我尽量增加品种，减少复本。科技发展很快，真正原创的好书不多，书的淘汰率又很高。不要看花花绿绿的，很多书只有一本两本的复本量。去年我们的图书中文书复本率是1.8，外文书只有1。除了个别书不够外，基本差不多。有趣的是，实际上我们的图书使用率基本上集中在三分之一书上面，每年的新书有三分之二没有人借。现在好多东西网上有，有书籍库，可以通过网络解决。有的书老师自己买，还有的院系自己有书。对复本要求不大，但有的书，尽管知道没有人看，还是要准备供研究用。

——发表于2009年6月3日《深圳商报》

金耀基 /

读书不能单看购书量，要看阅读量

金耀基，曾任香港中文大学校长和社会学系讲座教授、新亚书院院长。内地出生，台湾长大，曾在美国读书，在香港工作和生活的时间最长。求学期间，曾在德国剑桥大学、海德堡大学流连忘返，集成《剑桥语丝》和《海德堡语丝》两本脍炙人口散文集。从法学学士到政治学硕士，再到哲学博士，最终定位是社会学教授；研究兴趣主要为中国现代化及传统在社会、文化转变中的角色。

内地的读者熟悉和了解金耀基几乎都是从两本"语丝"开始，殊不知金耀基更看重的是他的社会学著作：《从传统到现代》《中国现代化与知识分子》《中国民主之困局与发展》《中国民本思想史》。

近来重新出版的《大学之理念》在内地一纸风行，引发不少大学请他去做讲座。

在香港作家董桥眼中，金耀基这些漂亮的学术著作"可

(韩墨／摄)

劝可戒，可喜可愕，可以广见闻，可以证谬误，可以祛疑惑。"在董桥看来，既能写得出高文大册的金耀基同样写得出小文小说。文学的神韵，社会学的视野，文化的倒影，历史的多情，都在金耀基的胸中和笔底。

◇读书不能单看购书量，要看阅读量

问：您是2008年"深圳读书月"的演讲嘉宾，对读书月活动有多少了解？来演讲前后的具体感受有什么不同吗？

答：过去不是那么清楚，后来他们寄了一些关于"深圳读书月"活动的书给我，还有一些嘉宾的演讲文稿。深圳是一个移民的、经济为中心的城市，能够提出这样的观念，感觉方向很对。读书月的主办人很花心思、很热心。那次去演讲很愉快。听众的素质不那么容易感受得到,感觉有一点小小的隔膜,一些听众并不预期听这样的东西。

问:"深圳读书月"活动到现在举办已经有十年之久。说到它的影响力,有一个可以量化的指标,是深圳的人均购书量在全国各大城市一直占榜首,但深圳的读书氛围还远远不够。以您的经验,深圳读书月如何在这方面做一些推动?如何着手?

答:我在2008年的演讲里提到一些问题。读书不能单看购书量,要看阅读指标、阅读量,最后不仅看阅读量的指标,还看出版书的质量。说到购书量,因为香港人很多在深圳买书。我不知道在购书量上有没有把这个因素考虑进去,也不知道深圳图书馆的阅读量如何。

一个地方要想读书成为风气的话,首先要看一些基本的教育基础的情形,本地的教育,小学、中学特别到大学,这个数量是一个根本性的,是现代读书人的基础。文化的发展都要有文化的基础建设。在我看来,图书馆、书城、体育馆、音乐厅都是文化的基础建设,但最后对整个城市的读书和与书的关系有相当决定性的东西还是教育。我希望深圳在未来的三十年中,至少要有五个一流的大学。以深圳的经济基础和人口结构应该是可以完成的。对城市长远发展至关重要。香港过去三十年在这方面发展可以说是相当多的。

◇不要浪漫化传统地读书

问：您在大学教书兼行政工作三十四年之久，大学的读书氛围从早年到现在有哪些明显的变化？香港的大学又如何？现在坊间弥漫一股新的"读书无用论"，再加上大学毕业生就业难的问题。您如何看？

答：你说有一股新的"读书无用论"，我不知道从何而来。据我的了解来看，中国的大城市里，多少父母拼命让子女进好学校，挤破头。大学生毕业就失业会产生这个心理，这个情况在台湾也很严重。香港这次金融危机也出现大学毕业生不容易找工作的情况。但以内地现在高速的经济发展来看，还是越来越需要大学水准的人才，那么，我相信在很多时候失业不是那么多，不会马上形成长期"读书无用论"的观点。除非中国不发展，不能够发展，否则知识必然成为个人最重要的创造事业的基础。"读书无用论"在正常的社会发展中，这个观念不容易成立。

问：现在年轻人读纸质书的越来越少，他们习惯上网读书。而且阅读内容也以消闲娱乐为主，他们的阅读被称为浅阅读，被认为没有阅读的质量，您如何看？

答：这个现象相当普遍。是整个社会经济结构变化的反映。今天任何一个大学生毕业之后，其出路是多元的。读书的方式的的确确多元化了，网络和电子书作为新的形式出现，更方便，更有效。不要以为这样一来，人们读书就少了，不能简单这么看。像美国很多很好的杂志报纸也因为电子媒体的关系减少了，但基本上还是有存在的价值。传统方式的读书会继续存在，有很多因素，不是其他载体可以取代。不要浪漫化传统地读书，古代只有有钱和有权的富家子弟才能读得起书，中国传统社会向来有很大比例的文盲。现在文盲基本没有了，读书的人多了，读书的方式多了，渠道多了，读书越来越变成了长期的成长过程。

◇阅读应该以自己的专业为核心

问：阅读在老辈学者看来是一种生活方式，也是修身养性的方式，但是伴随电视和漫画长大的年轻一代对文字的阅读能力在退化，对阅读的诉求也起了变化，如何改变这种阅读方式？

答：过去读书基本以人文的东西为主，今天的学校，课本的内容知识不知道变了多少，人文与非人文知识非常遥远。很多人不按传统的理念看书，不同的知识领域都在接触。如果按人文世界为主的东西来看今天的读书情形，感觉大家太不重视人文了。因为以前读书百分之百是人文的，现在人文即使在大学里也只占了几分之几。知识的宇宙整个变了，阅读的方式当然也随之改变了。

问：我采访复旦大学图书馆馆长、历史地理学家葛剑雄的时候,他说,他几乎不读现在的书,而且劝他的研究生最好不要读眼下的书。您对年轻学子在读书方面有什么样的忠告?

答:说实在话,太多的朋友在大学做学问,有的连中文书都不看了,因为专业里面最有深度最有发展的都是中文书里没有的。但是葛先生讲现在的书不看的话,我不知道什么样的情形,指哪一方面,以什么年代为界限,现在的书是不是完全没有价值的?中国文化这一百年来有很多优秀的书,近年来出版界很烂的书也很多,他应该是有所指来讲的。

我心目中的读书要对有相当基础的人来讲,比如大学生以上才可以真正进入对知识的追求上去。我觉得对自己本身的领域要相对集中些,要有自己专门的领域。对自己的专业有一个核心的圈子,核心小圈圈,然后一步步画出去,越来越扩大。在大圈圈外面是一个浅阅读的范畴,但是浅阅读可以变成深阅读。你不把一样东西专门下去,就不会知道什么是真正好的。有一个领域是你有兴趣的、是你的专业所在,要越读越深,连一篇最新的文章都要看。由此,这个圈圈会越来越深、越来越大的。

问:您的读书经历和兴趣从早年到现在,有什么样明显的变化和转变?

答:我基本上从事社会学之后,绝大多数阅读跟社会学有关,尤其社会学某一领域,社会的变迁、社会的现代化和现代性的问题。这个领域中文基本上没有多少书,或者说很少,这个是我读书最多最深的。有空余的时间,我喜欢看看中国的文史艺术的东西。中学之前大学之后的阅读非常广,大学里面我读法律,法律之外的东西看得也很多。我在中文环境里长大,对民族的历史、艺术还是感兴趣,所以有空我也喜欢写写散文。

问: 内地的读者最早了解您是从《剑桥语丝》《海德堡语丝》开始的,在读者圈流布较广。但同样是理性的《大学之理念》相对读者就少一点。董桥说您是两面手,能感性也能理性,能不能谈谈您喜欢的书或者是对您影响较大的书?

答: 我的《从传统到现代》是1960年出版的,内地出过很多版本,盗版不知道出了多少,最近一个是中国人民大学出版社的版本。最近北京还出了我学生时代的书,是我的硕士论文《中国民本思想史》,是五十年前的旧书了。我另外一些书的确还没有在内地出版,《大学之理念》出过很多版本,对内地大学有一点用处。

我记得在北京,录一个比较重要的节目,让我推荐三本书,我几乎脱口而出。第一本是《胡适文存》,第二本是钱穆的《国史大纲》,第三本是唐君毅的《中国文化之精神价值》。这三本书有不同的意思,基本上是自己几十年来研究中国可以走向现代文明这个主题,以及中国如何转变的范畴。

《胡适文存》是那个时代里强调中国人充分世界化,跟世界接轨,不能停留在古老的文化气氛里。这套书我非常欣赏,我自己走的也是这个路子。

钱穆的《国史大纲》是在抗日逃难中写下来的，对中国通史自上而下几千年可以说是贯通的。他的史观不一定所有人都同意，但他笔下的中国历史渗透着强烈的民族情感，你会很自豪自己是一个中国人，当然他的文章也写得好。

唐君毅专门讲中国文化，他是一个哲学家，当代新儒家运动主要人物之一，用中国哲学的观点批解分析阐释整个中国文化，对中国传统是从肯定和爱的观点出发。他这本书是非常特殊的，很少有书写得像这样。现在内地有国学热、文化热，这本书值得看看。今天要提中国文化，恢复中国文化，发扬中国文化，许多人都没有唐先生讲得好。

——发表于2009年7月14日《深圳商报》

黄永玉 /

我是杂食动物

　　黄永玉是中国文化史上的一个奇迹。他有很多头衔："文化流浪汉""鬼才",还有人称他天生一副"法国后现代主义绅士派头"。

　　2004年1月12日到2月10日,"黄永玉八十艺展之特展"在深圳美术馆举办,展出的是他在法国、德国、意大利三个城市创作的近百幅作品,从塞纳河到翡冷翠的人文、风情在他笔下依次展现,还有一套他自创的"旅游个人手册"。这不仅是黄永玉第一次在深圳举办画展,而且也是这批作品在国内首次亮相。

　　2004年1月10日,深圳美术馆把新闻发布会干脆挪到饭店的大圆桌旁。抽着大烟斗,身着粉红衬衣,系着红、黄、绿色小碎花领带,头戴黑色软沿呢帽的黄永玉一脸笑意。正值八十高龄的他看上去精神十足,除了听力不好,一派顽童气息,时有妙语,精彩的故事更是一个接一个。

◇我是杂食动物,我不反传统

问:你和表叔沈从文都是湘西凤凰出来的两位大人物,又都是自学成才。你觉得这样的成长有什么长处和不足?

答:我们都没有受正规的教育,都是自己在社会生活中摸索出来的经验和知识,就好比是杂食动物,因为要活命,要讨饭吃,所以不能挑食,也没得挑,否则就会挨饿。长处是各种东西都是自己实践得来的;短处是比从老师那里学东西要慢,就像绘画暗部需要有光泽,你得自己琢磨原理,但是在课堂上,老师会一下子把原理讲给你听,跟着老师还是要快一点。

问:后来你当过老师,你和学生相处如何?

答:我不能说我比别的老师教得好,但我是一个好老师。有一个学生写文章时写到这样一句,说像我"这样的先生少",我非常高兴,这句话比什么样的褒奖都要好。

问:有人说你的画没有章法,是反传统的。

答:我的画没有章法,但并不是乱来,是有艺术规律的。传统不能切断,不能反传统,我很尊重传统。艺术不存在先进落后,我们曾经推翻传统的一切,现在吃苦头了。湖南怀化有一拨画画的年轻人,画得不错,出了一本集子,前面写着"要摧毁旧的,建立新的"这样的宣言。如果一个人忙着摧毁旧的,哪有时间画画。你要摧毁,被摧毁的就会起来反对,你就有了对立面，太平年岁里的派系之争，一样会耽误事儿。

◇要像戒鸦片一样戒掉画画，戒掉看电视，专心写作

问：你曾说过文字第一，雕塑第二，木刻第三，绘画第四，但前三样要靠绘画养活。你今后的人生计划是不是还是这样排序？

答：我要像戒鸦片一样戒掉画画，还有一样是要戒掉看电视，从今以后专心写我的小说。

问：你平常喜欢看什么样的电视？

答：什么都看。乾隆、康熙、抓特务、抓贪官。因为不用费脑筋，看起来轻松。不过我不看香港的片子，我觉得没意思。

问：你那本自传体小说《无愁河上的浪荡汉子》现在的进度如何？计划何时写完？

答：就是那本，已经写了20万字了，我也不知道什么时候能写完。如果到死还写不完，那就可惜了，不是说我的文字有多好，是因为我经历的那些东西太珍贵了，是一个时代的缩影。我以后还要戒掉画画，拿出百分之百的精力写小说。

◇我没有别的长处，但会容纳

问：谭盾是你的湖南老乡，他的水乐表演别开生面，但

是也受到一些业内人士的攻击，认为他的形式大于内容，你有没有看过他的表演，如何评价？

答：他为湖南人争了气。其实这是一个老问题，艺术和形式从来没有哪个大于哪个的，他又没有拿着枪对着观众。要民主首先要学会容纳，我别的长处没有，但是我会容纳，我不会拜倒，但我会冷静对待，说不定哪年哪月这种形式又成了主流。我还想，见了谭盾以后，建议他用河边的鹅卵石撞击，搞场音乐，说不定也很有意思。

问：可能创新者都会遇到类似的指责。

答：开辟一个新的领域，对自己也会有用的。但是我发现，本行的人最容易反对本行的人。就像王朔的小说，拍成电影很有意思，但不少同行反对他。

◇我爱好拳击，但只打过一次人

问：听说你爱好拳击？自己打拳吗？

答：我家的屋檐下就有沙袋，经常打。2014年大年初二我请了20多个历届全国拳击比赛的冠军，在湖南凤凰我老家举办了一次拳击比赛，有的拳手年龄很大了，但大家看得很过瘾。

问：你打过人吗？

答：我只打过一次人。画毛主席纪念堂的画时，有人一直跟踪着记录我们的话，想向江青告状。后来，我找了个机会打了他一顿，以后就再没有打了。

问： 听过你和侯宝林大师的一个故事，是说"文革"时学生与他反目的事。沈从文也遇到过一个学生对他很不礼貌。你的学生中也有这种人吗？

答： "文革"时期也有学生打过我，揪我的头发。后来学生良心发现，跟我道歉。我说，用不着，害过我的人排起队来，你都排到深圳了，还轮不上你。更有意思的是李苦禅。有人问他说，某某某打过你，他是你的学生吗？李苦禅说，他不是我的学生，是我爹。（举座大笑）

——发表于2004年1月11日《深圳商报》

蒋　勋 /

《红楼梦》里的青春与孤独

"你是记者吗？能不能呼吁一下，这个厅太小了，不要低估了深圳人的文化素质。"2011年11月26日下午两点半，在深圳图书馆五楼报告厅，一位听众对记者建议。当时报告厅一楼几乎坐满了人，偶尔散见的零星空座上都摆着包或者书，表示此座有主。二楼入口早就拦上了栏杆，宣告客满，而前后门还有听众不断涌入。

引发众多粉丝热捧的主讲人是台湾著名学者蒋勋。下午3点到5点，是他关于"《红楼梦》里的青春与孤独"的一场讲座。现场听众手里几乎都拿着蒋勋的书，有的不止一本，还有的听众更期望听到蒋勋讲美术和书法，托记者给主办单位捎话，能不能请蒋老师明年"深圳读书月"再来讲一次？

蒋勋刚走进门，听众就爆发出一阵热烈的掌声。黑夹克、深蓝牛仔裤、一条红绿相间的围巾，衬上满头的白发，出场的蒋勋儒雅淡定，他双手合十，向听众深致谢意。开讲前，他体贴地关照坐在地上和站在过道两旁的听众，累了可以动一动，不要太辛苦。

在两个小时演讲后的互动环节，一位听众被讲座触动，讲述自己的家事，哽咽飙泪，而蒋老师也尽职尽心充当了一个现场心理师，细心抚慰后开出了药方。蒋勋以青春与孤独为主题，结合自己的读书经历，从独特的角度讲述了自己眼中的《红楼梦》，许多听众听后很有感触，打算借用崭新的眼光，回家重读一遍《红楼梦》。

《红楼梦》是青春期的知己

蒋勋说自己在十二三岁身体发育的时候，生活在一个儒家传统家庭里，时常感觉一种恐慌，觉得自己身体里有一个很难以启齿的东西在骚动。可是自己的那个年龄，没有网络，不能跟爸爸妈妈说，也不敢跟老师谈，身体的变化只能自己孤独地去探索："我的身体发生了什么问题？为什么会有很多的欲望？"

蒋勋年少时第一次读《红楼梦》，看到第五回，贾宝玉梦游太虚幻境时也是十二三岁的孩子。中国的古代小说很少碰到青春期的问题，也不知道青春期对于一个生命的成长过程是多么重要，甚至不愿意去谈它。他记得大人的世界非常看不起年轻人，也觉得在与大人相处的环境中，青少年基本没发言的余地。在那样孤独的状态中，自己的知己不是父母、老师，也不是同班同学，而是一本书——《红楼梦》。

蒋勋说："我想所有经历过青春期的男孩子，都有过不敢跟任何人讲的私密被讲出来了，我非常感谢曹雪芹帮我渡过了一个难关，让我忽然发现原来不是我自己那么孤独。父母当时不许我读《红楼梦》，我就躲在被窝里，打着手电筒读。"

《红楼梦》有太多的人性在里面

蒋勋说，不同年龄读《红楼梦》，对角色的理解也不同：十几岁时喜欢的人物，到了二十几岁会不喜欢；而十几岁时非常讨厌和觉得不堪的人物，年龄越大，越多了几分同情，感觉挺可悲的，比如贾瑞与薛蟠。

曹雪芹对书中的人物都有一种悲悯，贾瑞也好，薛蟠也罢，作者有不忍之心，这就是悲。像赵姨娘和贾环，几乎所有的读者都不喜欢这两个人，凤姐骂贾环的话很粗俗，但是从他们的角度看，也很可悲。赵姨娘是丫鬟，没有地位。贾环更痛苦，他什么都不如哥哥，长相、聪明都不如，没人喜欢他。卑微的人一定会变态，作者在写这些人的时候，写出了他们的痛苦，因为慈悲是没有界限的。

蒋勋说自己在生命的几十年间，重复读《红楼梦》，也不断反省在生命的每个阶段对他人的态度。十二三岁的时候读，就像贾宝玉一样，对抗大人世界。等到了三四十岁，自己当了大学生的系主任后，有一次，一位女生因为失恋失踪一周，急坏了学校和家人。等她回来后，蒋勋了解情况，知道是为了谈恋爱失踪就骂她"荒唐"。话刚出口，他惊悚，忽然发现自己变成了贾政。

作为经典，他觉得《红楼梦》有太多的人性在里面。

大观园是青春的保护伞

蒋勋说，青春的生命是孤独的，书中每个女孩子的生命就像一朵花一样。大观园就像一个青春王国，在元春王妃的许诺下，这些年轻的弟弟妹妹住进了大观园，而大观园也成了青春的保护伞。

按说元春是享得富贵的，嫁给皇上。但在回家省亲的时候，父母只能远远地跪着，而且隔着帘子。父女成了君臣。元春哭着说，当初干吗把我嫁到那个不得见人的地方？嫁入皇宫，就等于青春消失。作者对所有女性都充满悲悯，因为她们都无法自主自己的命运。让弟弟妹妹入住大观园，可以看作是元春对自己失去青春的一种补偿。

专访蒋勋：城市最重要的是有不同阶层的对话空间

台湾学者蒋勋，又称"红楼班主任"。在台湾，他既给高雄的贩夫走卒讲《红楼梦》，也给台北高官财商的太太和女儿讲《红楼梦》，他的讲座是林青霞眼中的"半粒安眠药"，那段听讲时光被林青霞视为一段特殊的修行。2011年11月26日下午，蒋勋在深圳开讲《红楼梦》之前，在花园格兰云天酒店接受了记者的采访。

深圳漂亮的图书馆让我十分惊喜

11月26日一大早起来，蒋勋来到下午讲座的深圳图书馆五楼报告厅勘查现场，一见之下有惊艳之感。他没想到深圳有这么漂亮的图书馆，尤其它的音效设施是一流的。本来有人邀请他来深圳讲美术，他不敢讲，怕设施太差，播放的PPT效果不好，影响讲座的质量。现在看到这么漂亮的设施，他很后悔，觉得不讲美术史有些惭愧。

说到城市的定位，他觉得一个城市有不同的性格，不要被绑住。在巴黎留过学的蒋勋，说起巴黎与深圳的区别来，感触很深，他觉得巴黎有点老，是一直活在19世纪光荣里的一个城市，随便推开花神咖啡屋，这个位置是萨特坐过的，那个是毕加索坐过的，会让人肃然起敬，但时间长了会觉得压力很大。

深圳是一个年轻的城市，年轻的好处是可以踢开所有的东西，还原到零，重新开始。深圳还是一个滨海城市，海洋文化是开放的、流动的，敢于冒险的，但目前深圳的海洋文化没有发展起来。

城市最重要的是有不同阶层的对话空间

　　蒋勋说，现在他正在台湾的报纸上写有关《清明上河图》的文章。在上海世博会上做成动画片的这个展览吸引了众多的观众，现在《清明上河图》的动画片展览来到台湾，在台北就有70万人观看。他觉得这是全世界最详细的城市描绘，而且它描绘的是1120年至1125年的北宋首都。12世纪，世界上人口超过100万的大城市很少，而北宋的首都汴梁就有150万人口。

　　他觉得《清明上河图》的画师张择端就像一个大导演，虽然是奉宋徽宗之命而绘画，但他没有歌功颂德，只是忠实纪录：他画的城墙的一段非常精彩，有一个被贬出城的官家人推着行李正要离开，有一个断腿人正向他乞讨，两个人正在对视的场景。他的学生问他，这个官家人到底有没有施舍？他觉得这不重要，重要的是他们在对视。一个城市里贫穷和富有的人之间有一个对望，这个意义重大。

　　他一直强调在一个城市多元的重要性，不同行业不同阶级之间可以对话，或者有对话的空间，甚至吵架也没有关系。一个城市如果非常繁荣稳定，没有纾解的渠道，是非常可怕的。像汴京，张择端画的是1120年至1125年的城市，两年后，北宋灭亡，汴京沦陷，辽国占据了这个城市。

　　张择端的这个画，把800多人画在其中，富贵贫贱都在里面，非常了不起，罗浮宫里也没有类似这样精彩的收藏。

他说曾在上海世博会看过两次《清明上河图》，第一次作为VIP嘉宾没有排队，第二次专门排队又看了一次，挤在那些拿着豆浆、油条的老头、老太太中间，回到普通人当中去看，非常感动。

蒋勋说，自己是搞美术研究的，而普通观众不搞研究，他们看画是因为这幅画的主角正是他们这些生活中的普通百姓。在家里，对着这幅画，他经常用电脑放大放大再放大，精研细读，不断有惊喜发现。

他建议，如果现代人用张择端的观点拍一个纪录片，纪录一下台北或深圳这些普通人的衣食住行是怎么供养的，应该是非常有趣的题目。

经典活在百姓生活，不是供奉在学院中

蒋勋说，经典是一直活着的东西，有资格称为经的东西为数不多，《十三经》《圣经》《佛经》《可兰经》。这些经典不仅传递知识，更讨论生命的价值，世世代代可以存活。

他一直觉得经典不是学院中供奉的，而是应该活在百姓生活中的。

他写的《孤独六讲》和《生活十讲》都是20世纪80年代的产物，当初并没有多少人听进去。现在看来就像预言，正好讲到了人们的痛处，因为问题发生了。所有发展经济的地方都会遇到物化的问题。富士康跳楼的都是年轻的生命。

如果说黄花岗七十二烈士是清朝政治压迫的牺牲品，那么这些跳楼的孩子就是现代经济压迫的牺牲品。这些个案在警告我们，经济发展必须与其他东西平衡，照顾到人们的脆弱性。繁华的背后一定要有东西支撑，这个东西可以是宗教，可以是哲学，也可以是心理。

他说，看到内地最新出台的"十二五"规划增大了文化的比重，这是好事，但文化的核心是人，强调人的价值，让人觉得温暖、安慰，不恐慌、不焦虑，这才是关键。

——发表于 2011 年 11 月 27 日《深圳商报》

李欧梵 /

我喜欢一切小而美的东西

"香港年度作家展"设立六年,从刘以鬯、西西、也斯、陈冠中、董启章,到2015年,这顶桂冠终于落到李欧梵头上。年度作家专区将以"只缘身在此山中"为题,配合李欧梵文化人、学者、业余爱好者三个身份,展示他在多元领域的成就。这样的布置很容易让人想到"狡兔三窟",而李欧梵因著有《狐狸洞话语》,早就是学界闻名遐迩的"狐狸洞主"了。

自由主义先驱之一的以赛亚·伯林受希腊《刺猬与狐狸》的寓言启发,把人分为狐狸型和刺猬型,刺猬专一精深,狐狸则狡猾多变。李欧梵屡屡借用,最后反被套及自身,他索性以"狐狸"自况,在学术上每每"喜新厌旧""东摸西碰",著书立说也尽量避免做"刺猬"式长篇大论,多从闲谈入手。

李欧梵是哈佛大学名教授,本行是中国现代文学,又是一个通俗文化的追捧者,在报纸杂志上写专栏,评点各种文

（韩墨／摄）

化事件，偏好音乐、电影、建筑，热爱美食，喜欢声色。他在中英双语、中西文化、文史之间、雅俗两端自由穿梭，活色生香又有鲜明的"偏见"。他自嘲是"二流学者、三流作家"，但香江文化正因为有了这只独特的"狐狸洞主"，多了几分韵味，香港学者的调性也逢他见涨，调高几度。

李欧梵1939年生于河南太康，毕业于台湾大学外文系，在美国哈佛大学获博士又前后任教哈佛十载，最后从哈佛退休。先后执教于美国和香港六所大学，涉猎颇多，著述甚丰。

他的哈佛求学生涯，费正清教授形容他为freespirit（放荡不羁者），这点很像汪曾祺在西南联大逃课泡茶馆的经历。汪曾祺毕业后四顾无着，恩师沈从文劝朱自清收汪为助教遭到拒绝，朱自清的理由是一个在校期间都逃课的人，毕业后怎么有资格助教？相较而言，李欧梵的运气远比汪曾祺强，费正清只是在论文答辩时狠狠难为了他一下，事后又大加安慰。

吊诡的是李欧梵的求学生涯虽然一路大师名家加持不断，从夏济安到费正清、史华慈、杨联陞，但谁都阻挡不住他拐到旁门左道的脚步，中国现代文学是他的"老本行"，文化研究是他的"新欢"，通俗文化成了他的"业余爱好"。

他曾说："书呆子的定义是：对书看得发痴。不过，我的毛病是，我只对闲书发痴，看正书是没有多大兴趣的。"

他还交代："闲书看多了不见得有学问，我绝不承认自己是一个满腹经纶的人；书看得太杂，没有一样精通，而且——让我从实招来——大部分的书我都没有看完。"

看到著名教授和文化学者类似凡夫俗子的自供，大多读者都会心头一松，哈哈大笑，如逢故友，兴味大增。

他自称喜欢所有晚期的东西，像晚唐的诗、晚明晚清的小说。理由是在一个朝代的晚期，它的文化积累一定是最丰厚的，与外在的危机撞击，在这样的背景下产生的文学作品一定精彩。

他喜欢一切小而美的东西，喜欢多元，反对任何形式的独大。

他觉得一个城市光有大型的书城是不够的，还应该有经济型的中等书城和小书店。他理想中的模式是"书店 + 咖啡店"，哪怕咖啡再难喝，也应该是书店的标配。

他觉得，对新生事物不能总是站在道德学问的高地责问，应该发现正确途径悉心引导。电影、电视、网络都是媒介，可以通过它们把读者真正带入阅读的世界，不是一个取代一个。对学生发怵难啃的大部头经典名著，他的建议是先从轻松的电影看起，最终回到阅读文本。

葛剑雄建议他的研究生不要读新书，李欧梵也建议他的研究生要看真正好的经典理论，而不是时髦的理论。还要多看一些外国书，因为中国人很容易自大，多看不同语言的外国书，懂不同文化和种族的东西，会让人心态平衡，眼界开阔。

说到读书的顺序，他觉得最好先读历史再看文学，一些基本的、大家公认的经典，任何人都要读。历史入门的话，钱穆的《国史大纲》是最好的。另外，余英时的文集，还有陈寅恪的文章都是非常好的选择。至于现代文学，鲁迅一定要看。

猜猜他给学生布置的暑假作业是什么？

去——旅——行。

对话李欧梵：**不能总站在道德学问的高地责问**

联系采访李欧梵是在 2009 年 6 月初。他的一位姓张的香港学生告诉我，李老师现在美国，不过 7 月份香港书展的时候他会回港做演讲嘉宾。事实上，李欧梵在香港书展期间，除了做演讲嘉宾，讲《老残游记》以外，还担任了林毓生演讲时的主持人。

2009年7月24日,在主持完林毓生的演讲后,李欧梵转战旁边的贵宾厅,兴致不减地接受了记者的专访。

◇鼓励读书的方式可以是多元的

问:您是深圳的常客了,除了做"深圳读书月"的嘉宾外,我还在"物质生活"听过您的古典音乐讲座,在您的书中也发现您经常来深圳小游。想听听您对"深圳读书月"的了解和评价?

答:像深圳这样的移民城市,本应该是以商业经济为主,能举办读书月这样的文化活动,我觉得很了不起。我在"深圳读书月"做演讲时,听众反应热烈,场面太大了,他们的热情把我吓坏了。我喜欢什么都是小型的,多元的,不喜欢大的,因为大的场面很容易制造明星效应。

问:"深圳读书月"举办十年了,和香港书展相比,您觉得有哪些异同?有哪些可以互补的?对"深圳读书月"有哪些建言?

答:我曾经给芝加哥市市长建议,建议全芝加哥市民一年只读一本书,目的是带动全城的读书风气。香港书展每年会选十本书,也是带动风气。我觉得深圳读书月可以让大家一个月之内读十本书。让全市不同阶层、领域的人都来读,而且引发多元的讨论。我觉得除了秋天的读书月外,深圳春天可以再来一个读书节,电视台也可以弄一个专门的读书节目,谈文学。鼓动读书的风气是多元的,不是唯一的。

问：2000年，在深圳第二届读书月举办第一届读书论坛时，您写了一篇《深圳，发现文化动力》。在文中您提到，在您的心目中，这个不到二十年历史的新移民城市，在您的印象中也是"文化沙漠"。十年以后，您心目中的深圳文化有什么变化没有？

答：好久没去深圳了，深圳变化很快。上次去深圳是2007年10月参加深圳音乐厅的开幕典礼。我一直主张深港互动，我觉得最好的项目就是深圳的建筑双年展与香港互动，各有特色。除此以外，还可以在戏剧、音乐多方面互动。其实作为一个双子城，现在深港两地联系越来越密切，但只是经济互动密切，文化落在后面。就图书来看，深圳卖简体字版，香港卖的是繁体字版，这些都是需要弥合的差异。

◇理想的书店模式是"书店+咖啡店"

问：您曾写过，自己感受到深圳人的购书狂潮，在深圳书城，人潮汹涌，挤得水泄不通，和台湾诚品以品位精粹为标志的特色大异其趣。你理想中的书店应该是什么样子的？

答：我觉得一个城市应该有各种各样的书店，光有书城是不够的。我理想中的书店模式是"书店+咖啡店"。全香港没有一家咖啡店有书，有的只是杂志。台湾这种"书店+咖啡店"的模式很多，像诚品就是，虽然它的咖啡很难喝，卖得也贵，我还是喜欢去。像上一次我在台湾看到一个叫"波希米亚人"的咖啡店,我就冲着这个店名进去了,进去了大吃一惊,发现他们提供顾客翻阅的书架上居然有卡缪和卡夫卡的小说,一打听才知道这些书都是附近的顾客赠送的。这种惊喜读书人最喜欢。在内地,上海的季风是一个好例子,我反对任何独大,除了大型的书城外,还应该有经济型的书城,小书城。

问:您说过,好的读书风气是要培养的,中小学老师责无旁贷,好的书店和媒体的书评应该是辅助学校教育的两大功臣。那么大学呢?我知道您一直在美国和香港的大学教书,能否谈一下一所大学对一座城市读书风气的影响?

答:一所大学对一座城市的读书风气的形成相当重要,但不见得有了大学,城市的读书风气就好了。像香港有九所大学,但读书的风气很差,很多人看报、看杂志,但读书的人很少。前不久,中山大学校园里有一家小书店就倒闭了。想想看,中山大学的学生,每三十个人买一本书,都可以维持这家小店的生存,可最后还是倒闭了。但是大学多开几间小书店,绝对对一个城市的读书风气有好处。

◇**不能总站在道德学问的高地责问**

问:您认为电子书绝不能完全取代印刷书。但现在年轻的一代都是从网络上阅读,阅读的介质变了,阅读也变成了轻阅读,您在教书中有没有遇到类似的现象?

答：这种担忧是正常的，但应该想办法。多媒体的阅读，电影、电视、网络都是媒介，可以通过它们把读者真正带入到阅读的世界。不能总是站在道德学问的高地责问，而是应该发现正确途径悉心引导。我教书从电影教起，像《生死朗读》可以先看电影，再到图书阅读，做跨媒体的研究，最终回到阅读。像英文版的《战争与和平》卖78元，但一场电影就要70元。而且书还可以反复看，我觉得太值了。法国有一个调查，对网上可下载的书、软体书，60%的读者不喜欢，因为闻不到书的味道。生活是折中调整，而不是一个取代一个。书商可以利用现代化的手段和新媒介搞一些创意性的东西。

问：您在美国有三十多年教书生涯，分别在哈佛等六所不同的大学任教，也在香港中文大学任职。海外的学生读书风格有什么不同？葛剑雄建议他的研究生不要读新书，您对您的学生又提出过哪些读书的建议呢？

答：我在国外主要教中国现代文学。我在香港跟学生建议多看一些外国书。中国人很容易自大，多看不同语言的外国书，懂不同文化和种族的东西，会让人心态平衡，眼界开阔。还有一个是学生要多旅行。我给他们的暑假作业就是去旅行。我觉得研究生要看真正的好的经典理论，而不是时髦的理论。那些书往往出得很漂亮，但很多废话，翻一翻即可，可以看得很快。但托尔斯泰你看快就不行，因为每句话都很精彩。本科生要多看与自己专业不同的书。大学四年是建立一个全面的做人知识的时期。我最推崇的是《我的名字叫红》，作者奥尔罕·帕慕克把阿拉伯的细密画写得很丰富,吸引我很想去阿拉伯看画。读书是这样,其实看得越多,就越知道经典的重要性,因为经典经得起时间的考量。

◇最好先读历史,再看文学

问: 您的阅读习惯和爱好从年轻时到现在有没有变化?

答: 我七十岁了,基本可以做到随心所欲。我逼自己开课,不重复自己开过的课,这样就得大量地读书。我逼自己做演讲,像这次香港书展做《老残游记》的演讲,就得再好好看一遍书,我看得津津有味。我所有的阅读方法都是比较。像白天看莎士比亚的书,再看研究莎士比亚的书,晚上看莎士比亚的电影,三个不同的渠道都是讲莎士比亚。还有我看三个不同版本的电影《战争与和平》,回过头来再去看小说如何写。不断地重读、积累,有的重要章节要读两到三遍。还有就是打破原来的顺序,跳着读,对年轻的学生可能不适用。我现在事情太多,每天只有三个小时是属于自己的时间,尽量早上起来看书,不看电邮,不做杂事,中午不出去吃饭,晚上不去约人。

问: 能不能给一些普通读者提点读书方面的建议?

答: 一些基本的、大家公认的经典,任何人都要读。中国的就不必多说了,像《红楼梦》我看了三遍,一般最少应该读三到五遍。从文学的立场看,我觉得最伟大的小说是俄国小说,《战争与和平》《安娜·卡列尼娜》《卡拉马佐夫兄弟》。我最近终于把《尤利西斯》读完了。我一直看卡夫卡的短篇小说，卡尔维诺的《看不见的城市》也很好。《罪与罚》太过激情，我喜欢有历史感的东西。《白痴》如果没有对希腊宗教情操的了解，不太容易读懂。我不看《复活》，说教性很强。我觉得喜欢读书的年轻人，应该先读历史的书，再看文学书。现在美国很多人在看金庸的书学中文，我反倒主张应该先看一些历史的书。入门的话，钱穆的《国史大纲》是最好的，另外，余英时的文集，吴晗的《朱元璋传》，还有陈寅恪都是非常好的选择。现代文学，鲁迅一定要看。不过我已经边缘太久了，是少数派，未必合深圳读者的口味，这些书单足够了，如果都看完要花很多的时间，肯定会打折扣。

问：您觉得"深圳读书月"可以借鉴香港书展的哪些成功经验？

答：深圳不必走香港这条路，要发展另类书展，搞香港书展没搞的。如果开最佳动画书展，说不定香港会有几十万人跑过去，也可以搞科幻小说展。先找一些另类的读者，说不定全世界有几千人飞往深圳看这个另类的书展。我觉得深圳、香港、珠海和澳门最好四地联手搞一个流动书展，利用地缘优势，可以更互动、更灵活。

——发表于 2009 年 8 月 5 日《深圳商报》

钱文忠 /

阅读使我们的精神世界丰足华美

复旦大学教授、《百家讲坛》嘉宾钱文忠,可以说是一个最冷门的专业出来的一个最热门的学者。

梵文、巴利文冷到什么程度?不仅听说过的人很少,就连钱文忠1984年入北大东方语言文学系就读该专业的时候,同学也仅有8名,而现在没改行、留下来坚持本专业的仅有钱文忠一人。

这个从事冷到不能再冷专业的学者,2007年3月登上央视《百家讲坛》开讲《玄奘西游记》后,迅速拥有了一批为数不少的追随者。他们统一自称为"潜艇",要以钱老师为榜样,强调素质、勤奋、爱心、坚强、理智、孝顺、谦虚。

2009年2月,钱文忠又在《百家讲坛》开讲《三字经》,稍后又亮相上海电视台艺术人文频道为他量身打造的一档文化批评节目《文中有话》。钱文忠的频频亮相发声,也使得"潜艇"队伍日益扩大。钱文忠的梵文书法《心经》在网上被下载的次数很多，很多喜欢《心经》的人认为这才是"真经"。

钱文忠在书友中名头很响，因为他个人藏书有6万册之巨。2008年钱文忠作为读书月的演讲嘉宾来深圳演讲，谈论当下的读书现状，介绍老一辈学者的读书生活，强调读书的重要性。

2009年记者回访读书月嘉宾，谈到对深圳读书月的建议和对读书的一些看法，钱文忠读书的"痴"和"忠"，颇让人动容。

◇ 让读书月成为深圳的城市脉搏

问："深圳读书月"到2009年已经举办了十年，您作为2008年的演讲嘉宾，对这个活动有什么样的感受？

答：我的感受只能用四个字来回答，那就是"功德无量"。深圳是中国改革开放的象征性和标杆性城市，读书月活动是建设和增强深圳文化软实力的极其有效的措施。

问：每年"深圳读书月"的主题确定是一道难题，您有什么样的建议，对读书月未来的走向有何良策？

答：假如我们把读书当作生活的一部分，而不仅仅是获取知识的手段，那么就谈不上什么难题了。真正的问题是，我们还在将读书培养成生活习惯的努力过程中，类似的困惑还会持续相当长的一段时间。我唯一的建议是，坚持办下去，使读书月成为深圳的城市脉搏，形成一种城市传统。

问：您理想中的城市应该有什么样的读书生态？

答：这不是一个抽象的问题，理想中的城市应该是有读书人喜欢的书店，在书店里、地铁上、公交车、咖啡店、绿化地带，随处可见手持一卷、怡然自得的读书人。

◇什么也侵占不了我的读书时间

问：您2008年在"深圳读书月"的演讲是《老一辈学者的读书生活》，讲他们是怎样读书的，他们是怎样在生活中安放读书的位置，是怎样来体会和认识读书的价值的。我想问的是您的答案，您现在如何读书，怎样在生活中安放读书的位置？尤其是上了《百家讲坛》又主持《文中有话》节目，电视这个介质对您的读书生活有怎样的影响？

答：读书是我生活的一部分，是永远不能没有的一部分，没有任何事情可以将读书从我的生活中挤压出去。因此，无论我的生活中多了什么，也不会侵占读书的位置；无论我的生活中少了什么，也不会少了读书的习惯。

问：您从北大到留学德国，毕业后漂泊一段再到复旦大学。不同的人生阶段，您的读书生活有什么明显的变化吗？读书的内容和选择有没有明显的区别？

答：随着年龄和阅历的增加，所关注的书籍自然会有所变化。这样的变化是很自然的，我自己并没有很明确的感觉。我读的书很杂，从小学开始就很杂，现在也很杂，将来也一定很杂。

◇我还是喜欢纸质书的书香

问：在《百家讲坛》您从《玄奘西游记》讲到《三字经》，从专业本行讲到经典国学启蒙，感觉跨度很大，跟您的读书方向有关吗？这一段在读什么？

答：这和我的读书方向没有什么关联。我不赞成为了做某一件事情而临时抱佛脚地去有选择性地读书。当然，在某一段不长的时间里，集中读某一些书，是可以理解的。然而，读书就是读书，最好不要明确地为了什么课题。读书本身是生命的积累，我这一段依然是随手拿起本书就读。最近，手头比较多的是启蒙类书籍，以及和教育史关联度比较大的资料，如此而已。

问：老一辈学者读书爱书藏书，敬惜字纸，但新一代人上网读书，与纸质书的情怀淡薄了，有的甚至割断了。对这种网上阅读您如何看？这种新兴的阅读方式对传统而言会断裂还是会延伸发展？

答：这是没有办法的事情，尽管我觉得可惜，终究还是感到无奈。我个人无法接受没有纸质的阅读，虽然今天的纸质书的书香已经远远不如过去的木版书，却依然让我依恋。网上阅读只要是阅读，总比什么都不读好，我不相信纸质书在我们的阅读生活中会完全消失。假如会的话，那恐怕也要很长的时间。或许，未来的纸质书会少而精。反正，我还是喜欢纸质阅读。

◇ 重要的是激发阅读兴趣

问：一般人读书往往是消遣，图的是轻松有趣。但您去年演讲提到老一辈的读书，读经典除了难度还有态度，感觉那样的读书真不是一件容易的事。像王元化的"沉潜往复，从容含玩"，很少人能达到那个境界。您觉得在学校和研究之外，这样的阅读提倡有必要吗？理由何在？

答：比大多数的其他消遣要好吧。假如阅读真能让读书人觉得轻松有趣，那可是一件天大的好事。

问：现在很多人担心从小看电视的孩子长大后，阅读能力会下降，其实成人的阅读能力也在逐步下降。作为政府主办的"深圳读书月"，在下一个十年如何提高市民的阅读能力？

答：我没有这样的担心。我也不相信大家的阅读能力会下降。我想，问题恐怕应该是如何激发大家的阅读兴趣和情趣。

◇ "黄金屋"不仅是物质的，也是精神的

问：在深圳，"书中自有黄金屋"不再是一种虚幻，不少通过读书自学成材的人可以找到工作，或者跳槽到更好的单位，提升了自己的生活。在深圳，实用类图书的销量一直大于人文类，被这个城市的知识分子一再批驳。但转型是缓慢的，需要积淀，您对这种现象如何看？

答："书中自有黄金屋"是一种正常的状态，为什么要排斥呢？用阅读以及阅读带来的知识改变自己的命运，难道不应该是天经地义的事情吗？我们所要注意的是，这里的"黄金屋"不仅仅是物质的，也是精神的，阅读也可以使我们的精神世界丰足而华美。

问：您2008年在深圳讲演时说过，"阅读是一种修身养性的方式"。我们需要读书，读书应该成为我们生活中最重要的部分，为什么这些常识被一再质疑？我们的时代、我们的社会、我们的生活，到底出了什么问题？

答：因为我们曾经有几代人，在强大权威的动员和号召下，全民狂热地贬低、唾弃、摧残、毁灭我们自己的传统，实际上也就是在摧残我们的生活。没有历史蕴藉的生活，必然是一种虚幻的、荒唐的生活。所以，我们应该有的常识才会受到质疑。我们的社会、我们的生活和它们的传统土壤，尤其是和传统的优良沃土脱节了，这是极其严重的问题。

——发表于2009年6月23日《深圳商报》

商 伟 /

中国文化的 DNA 要传承下来

"一部好的古文选,就是一部中华传统文化的读本。读一本好的古文选本,也就是经历一次古典文化的精神洗礼。"畅销 300 万册北岛主编"给孩子系列"2019 年春季又出新品,知名学者商伟耗时三年主编的《给孩子的古文》面市。

提到古文,读者首先会想到清朝康熙年间绍兴吴楚材、吴调侯编辑的大名鼎鼎的《古文观止》,三百多年来一直充当各种各样的教材,十分走俏。但是在一些学者和专家看来,世易时移,三百年前的选材和眼光,与当下学子和读者之间拉开了不小的距离。知名学者商伟编注兼导读的这本《给孩子的古文》,精选从先秦到现代的古文 80 篇,眼光独特、另辟新章,让人眼前一亮。

商伟现任美国哥伦比亚大学东亚系杜氏中国文化讲座教授,他的学术经历颇为亮眼:北京大学中文系本科、硕士,哈佛大学东亚系博士,曾师从袁行霈、林庚、宇文所安、韩南等泰斗级学者，学术视野开阔、造诣深厚。2019年5月8日，记者通过电话独家专访了商伟教授，就《给孩子的古文》的编选立意取材做了深入的交谈和探究。

◇**唐宋注重名篇，明清选了一些冷门**

问：您在编《给孩子的古文》时是以《古文观止》做模板增减，还是推倒重来？

答：我参考了一些古文选本，但并没有专门针对《古文观止》，我想今天的读者对其中收入的许多公文体裁也未必有多大兴趣。为了了解古文教学的情况，我请《活字文化》的编辑协助汇集了国内主要省份的初高中语文课本中的古文篇目，但目的还是希望能超出它们的选择范围。在我编选的过程中，国内开始实施统编教材。同省编语文课本相比，统编教材中古文和诗词的比例的确有所增加，可是入选的古文篇目总数却减少了。《给孩子的古文》正好可以做一个补充。

问：您的选篇很独特，先秦诸子《老子》《论语》各选一条，《庄子》两条，《列子》却选了五则；《左传》不选，《国语》不选，感觉卸载了文史中的"史"，还把文以载道的"道"也放下了，回归文学的纯粹。

答：这个集子是循序渐进，先易后难。给孩子读，需要有一个渐进的过程，别一上来就是《尚书》什么的,把孩子吓一跟头。《给孩子的古文》的开头部分基本上是节选的古文片段，篇幅不长，包括有趣的寓言和笑话。从曹丕的《与吴质书》开始才出现完整的文章。唐宋部分注重名篇，明清时期选了一些自己喜欢的、有特色的篇目，虽不见于一般的文选，但都是天下第一流的好文章，很值得一读。清人编选古文，有他们自己的偏见，比如说，他们往往看不上晚明的小品。此外，他们还承受了"文以载道"的使命，负担太重，难免顾此失彼。像刘侗、金圣叹、李渔和郑板桥等人，都自成一家，别有特色，好文章不少。

问：金圣叹居然连选三篇。

答：是的，我节选了金圣叹的评点文字，主要是想让现在的读者看看前人的评本是什么样子，也借此了解他们是怎样读书、读文章的。金圣叹的评释不仅提示了阅读的门径，还可以让我们感受到阅读所带来的智性的快乐。他笔下的文字元气充沛，欢蹦乱跳，融进了他个性鲜明的语吻和灵气，哪像我们通常批评的那样，是什么历史的化石或死掉的文字！这样的古文极富于弹性，也有着强大的感染力，不信可以拿他的集子来读读看。

问：明代的袁中道和刘侗都写到北京的西山一带的风景，好像您对那里情有独钟？

答：我上大学时经常去西山游玩，而且出了北大西门不远就是水田——没错儿，要不怎么叫海淀呢？我选了袁中道写的《寄四五弟》《寄八舅》和刘侗、于奕正的《帝京景物略》的三篇，自然有个人的情感因素。但我喜欢袁中道的这两封短信，首先是因为他写得真叫放松啊！晚明小品我读了不少，有的摆名士派，难免矫揉造作，或者形成了新的套路，也未见得出色。

但袁中道的这几封信脱口而出,就像文人的写意画,率意几笔,画完了又像是未完成。散文好就好在一个散字,太紧张了不行,不随意还能写随笔吗?但形散而神不"散",这才是最高的境界。

◇不同篇目之间有内在联系

问:这本古文选是按时间顺序编选的,但是看您的导读文章发现不同的篇目之间有不少的关联,前后有所呼应。

答:我在选篇时设计了不同的主题,一方面希望体现古文的丰富性和多样性,既有夏完淳的《狱中上母书》,"死生大矣,岂不痛哉!"也有郑板桥写给堂弟的书信,诙谐俏皮而又不无自嘲;另一方面又希望这些不同的作品之间还是有一些线索,将它们贯联起来。也就是单篇之间可以互通声息,产生关联性,获得整体感。

比如说,我从《世说新语》中选了有关陶侃的一节,他是陶渊明的曾祖,又选了陶渊明的《五柳先生传》,还有一篇出自《晋书·列女传》,写陶侃的母亲。这样一来,它们之间就可以相互呼应了。有些关联与主题或者写法相关,有些涉及意象或观念。例如,李贽的《童心说》、龚自珍的《病梅馆记》和梁启超的《少年中国说》,在观念上和意象上,形成了前后延续发展的一条线索,放在一起读就可以看出来龙去脉了。

文体或体裁也是我关注的一个重点。同样都是为赠别而作的"序",韩愈的《送董邵南序》这一篇,写得曲折婉转。

从中我们读到了为文的艺术，也读到了为人的艺术——你看韩愈写得何等体贴入微、何等含蓄有致。宋濂《送东阳马生序》上来就写自己当年苦学的经历，一反赠序的常规写法。他写到少年时家贫无书可读，不得不四处借书抄书。这样的经历现在城市里的孩子都不曾有过，但与我们"文革"中的读书体验是相通的。我们小时候也曾经借书抄书，有时不仅自己抄一遍，还得替借书给我的那位抄一遍，因为他也是借来的。今天书多得读不完，不稀罕也懒得读了，至少城市里的孩子再也无法体会无书可读的饥饿感。但幸好还有宋濂的文章在，我称之为自述体的劝学篇。他似乎料到别人会指责他借此自我炫耀，在结尾处预先做了回应。无论如何，这两篇都是为赠别写的，但内容和写法却截然不同。

问：导读是这本书的精华和亮点，您怎样谋篇布局？

答：我在选篇中优选罕见于教材和选本的篇目；已有的名篇，在导读时尽量引领读者看到一些平常不注意的方面，也就是找一个入手点，从文本里读出新的东西来。这当然是说易行难了，但又正是我着意强调之处，因为在我看来，没有什么比培养文学的阅读能力更重要的事情了。读小说诗歌是如此，读古文也不例外。培养文学阅读能力，就不能只是围绕着时代背景、作者生平这些外围的东西打转转，或者拿文学作品来印证我们早就知道的那些观念和说法。文学之所以成为文学，就是因为它是无法替代的，就是因为除了文学的形式之外，没有其他的形式足以承载它所承载的丰富意义。

导读出现在每一篇文章的前面,不能特别长,也不能事无巨细。我的做法是长短搭配,每一次变换一个角度,这一篇讲结构,下一篇讲修辞,再下一篇讲其中的一个母题。综合起来,可见阅读古文的不同取径。

《岳阳楼记》是我们耳熟能详的名篇,好多人可以背诵得滚瓜烂熟,滴水不漏。但如此熟悉,也造成了阅读上的一些习惯性障碍,误以为其中的每一段、每一句都天经地义,本该如此。实际上,范仲淹并没有遵循这一体裁的惯例。他笔下所写的是想象之辞,因为他本人并没有来过岳阳楼。他的文章起笔和架构也避开写楼,而着重写了登楼人在不同季节可能看到的湖景与相应的心情。至于"先天下之忧而忧,后天下之乐而乐"那两句,更仿佛是划空而来,令人猝不及防。这些都是《岳阳楼记》的不同寻常之处,不能因为太过熟悉,反倒视而不见。

◇古文不是用来翻译的,是用来阅读的

问:"作文、古文、周树人"据说是中学生三怕,再好的古文选本也会让孩子有"怕"感,有没有什么独家窍门可以让孩子们快速读懂古文?

答:首先,没有什么古文是专门为孩子写的,我们得接受这个现实。其次,没有什么古文,一遍就能彻底读懂。读懂也分不同的层次,可以把每个字都弄明白了,姑且算是读懂了字面的意思,但这不等于真正读懂了文章的寓意。好的文章往往意蕴丰富，或意在言外。因此，阅读古文不仅需要语言能力，还需要培养文学阅读的能力。文学阅读是一种能力，有没有大不一样。第三，古文不是用来翻译的，而是用来阅读的。不要一心一意只想着把古文翻译成现代汉语，就大功告成了。翻译不能替代阅读，更不是阅读的目的。

问：很多人阅读古文，首要任务就是翻译成白话文，书店有各种版本的白话文古书畅销，是阅读古文的拐杖，您为什么说古文不能翻译？

答：白话翻译只是临时的拐杖，能站立行走就用不着了。过分倚赖拐杖，你永远也站不起来，更谈不上学会走路了。古文不能翻译，有很多原因：首先，翻译就是选择，把古汉语翻译成白话，就是从古文的丰富含义中选取一种，用现代汉语的方式重新表达出来，而把别的含义过滤掉、屏蔽掉。译文经过了译者的选择、咀嚼和消化，是二手货，与原文已经产生了距离。别的姑且不说，像《帝京景物略》这样的文字又怎么翻译呢？它写景具有直观性，将画面直接呈现在我们眼前。现代汉语受到欧洲语言的影响，讲究连续性，但古汉语未必如此。从《帝京景物略》不难看到，它具有相当的弹性和跳跃性，以语义丰富取胜。这也正是为什么我们必须回到原文，重读原典。

◇通过阅读培养审美意识

问：您的选篇文体特别多样，《古画品录》序、董其昌跋米芾《蜀素帖》，还有《长物志》中《悬画》，感觉不仅在强调阅读，同时也在开启审美。

答：是的，通过古文阅读可以培养审美感，提高鉴赏力。审美意识没有边界，渗透进生活的方方面面。古文的内容也是无限的，囊括了社会人生的每个角落，也涉及日常起居的环境。比如说文震亨在《悬画》中说，客厅只能挂一幅画，而像西门庆那样四壁挂满就俗了。此外，画的内容还得对景，根据不同的季节和景色来更换，要求很高，这就难了。这是文人的趣味。

归有光的《项脊轩志》写的都是日常生活里的琐事，"当时只道是寻常"，但其中的氛围况味，却弥漫在静美的时光中，令人留恋不舍。郑板桥给他堂弟的信里交代买房一事，原本繁琐烦人，但在他的笔下却生趣盎然，成了一大快事。这两篇对照来看，可以看出古人的生活情趣和审美态度。

从古文中读到的人生，有许多即兴的快乐，就像王子猷雪夜驾舟访戴安道，乘兴而来，兴尽而返，一时传为美谈。我们今天有了很多的人生规划，但规划太多了，乐趣就被扼杀了。快乐不是规划出来的，人毕竟不是机器。

◇中国文化的 DNA 要传承下来

问：听说您带两个女儿读过《春江花月夜》，很想知道还带她们读过什么，读过古文吗？

答：两个女儿正在美国读十一年级和九年级，大女儿

2020年就要上大学了，我还有机会陪她读一读古文，这也是我编这本书的动力之一。之前跟她们一起读过一些古诗词、现代散文，读过鲁迅的一些散文、小说，还读过屠格涅夫的《猎人笔记》中的几篇——我朗读英译本，她们朗读中译本，对照起来读，但古文读得很少。我还没有拿到这本书，拿到之后会一起读读看。

问：您曾说年轻的一代是长在瓶里的豆芽，不接地气，他们和自然之间的关系要通过古文中描写的场景打通，回归，有可能吗？

答：借由古人的美文回到真实的自然，听上去有些绕，却是一条正路，因为文学作品让我们重新发现了生活中被遗忘的美好瞬间。像苏轼的《记承天寺夜游》、张岱的《西湖七月半》，还有唐诗《春江花月夜》等等，都是写月夜的。没有月光，中国文学就会黯然失色。

《记承天寺夜游》让我们了解到历史上曾经有过一个无足轻重但却无比美好的夜晚：苏轼即兴去敲朋友的门，一起夜游承天寺，白天熟悉的庭院在月光下变成了一片积水空明，水草交横。我们的孩子已经很少有在月光下看人看物的体验了。

现代城市的灯光太亮、诱惑太多。我们对月光和土地都逐渐失去了感觉，住在高楼里，看不见月亮，也不接地气。尽管月亮从我们的日常生活和情感体验中退出了，但并没有就此消失。这是我们文化传统中的DNA，仍将凭借着文学和艺术得以重温和延续。

◇阅读古文可以让我们成为更好的现代人

问：阅读古文能给现代读者带来什么样的变化？

答：阅读古文包括掌握古汉语，也包括前面说过的培养文学阅读的能力。古汉语是一个极为重要的工具，为我们打开了通向过去的通道，可以了解历史的兴亡和古人的哀乐。阅读古文足以启迪心智，增长智慧和见识，也可以培养我们的文学敏感，丰富审美感受，加深对他人的同情与理解，从而成为更好的现代人。

王羲之的《兰亭集序》，我们想必都读过了。它就像是一首交响诗，在短短的篇幅内，把感受的触角完全打开了：一个敏锐的心灵在敞开的状态下，可以瞬息之间经历情感潮汐的起落，领略从欢乐到悲伤一直到超越于悲欢之上的宇宙意识。心灵不这样打开，既领悟不到，更写不出来。就这样，我们通过古文而重新遇见自然，重新发现自我，并且重建了与当下生活的关系。

问：很多人觉得读古文被语法绊住了手脚，要从学语法开始；有的人觉得读多了自然就懂了，没有必要专门学，学语法是读古文的前提吗？另外，因为要求背诵，孩子往往视古文为苦差。读古文是否必须背诵？

答：我在注释中讲解了一些语法现象，像被动句和判断句，以及宾语前置和动词的使动、意动用法等等，都不难掌握。

读古汉语，了解一些语法法则是必要的，但够用就行。语法只是工具，被工具绊住了手脚，要么是工具掌握不得法，要么就是工具过于繁琐，没起到辅助的作用，反而变成了累赘。就学习经验而言，掌握足够的词汇和相关的古典文史知识恐怕才是关键所在。

背诵当然很好，可以把前人的文字融化为自己的记忆，但更重要的是把它变成自己的生命血脉。发现了一篇好文章，反复几遍读下来，哪怕没有刻意背诵，也能记一个大概。尤其是孩子，记忆力是惊人的，他们真正喜欢的东西，忘也忘不掉。背诵不必强迫，强迫记诵的东西，过不久就还给老师了。重要的还是提高文学阅读的能力。否则，一时勉强记住的古文，到头来还是读不出好来。

读到一篇好的古文，知道古人竟然有如此奇妙的想法，有如此精彩的文字表述，对我们来说是一次难得的相遇。而我们自己对于千百年前的文字，仍然感同身受，心有戚戚焉，又是多么值得珍惜的经验！这样的相遇和经验让我们拥有了一个更广阔、更丰富，也更自由的精神世界，可以将头脑与心灵从功利行为和世俗事务的束缚中解放出来。这是一切创造性的前提，也是人生意义感、成就感和幸福感的重要源泉。我们当下的教育万万不能忘记这一点。

（商伟老师对采访内容进行过仔细修改，特此感谢！）

——发表于 2019 年 5 月 16 日《深圳商报》

陈子善 /

收藏旧书就是收藏历史

在上海华东师大教授、作家、文学理论家陈子善看来，旧书的主人是什么样的人？这些书有过什么样的经历？是怎么买来，又为什么流了出来？有无数答案，也给人无限联想。就像动植物有生命一样，每本书都有自己的命运，旧书也有自己生命的轨迹。

2012年11月6日，陈子善在深圳中心书城多功能厅开讲"旧书店与我"的故事。他不仅梳理了20世纪50年代以来旧书店在国内的发展轨迹，也穿插了他在世界各地披星戴月、像"饿狼"一样寻访旧书的传奇经历。说到旧书店的未来和历史，他说自己保持审慎的乐观，希望旧书店与网络结合起来，也期待旧书店的现代故事可以继续，变得更精彩。

一个现代化城市如果没有旧书店是非常可怕的

陈子善首先界定了旧书的概念，他认为二手书店、特价书店和旧书店是互相交叉有重叠的,有人认为只有真正意义上的古籍才称得上是旧书,陈子善认为这是一种狭义机械的理解,在他看来,五年、十年以上的书都可以称得上旧书,这其中当然包括二手书,也包括特价书。

旧书店的发展从书摊林立,到公私合营后的统一收回,门禁森严,再到改革开放后的逐步复苏,又出现了旧书店、旧书摊、旧书集市,一直到网上网下的拍卖。旧书业也逐渐拓展,从旧书到作家的书信、日记、手稿,都成了藏家纷抢的对象。

陈子善说,他在微博上与一些朋友讨论,曾引发轩然大波。他认为,一个现代化的城市,如果没有旧书店是非常可怕的。但是年轻人却认为旧书店过时了,它的生命已进入了倒计时。陈子善觉得传统书本退不出历史舞台,电子书与纸质书可以并存,网络如果取代纸质书是一件可怕的事情。不要以为互联网可以取代一切,文字全部变成数据进入网络还需要一段时间,更何况很多文字不一定可以变成数据,说不定人类到时会发明比互联网更互联网的东西。互联网不是终极,只是多元中的一元。

1.5 元淘到《边城》初版签名本

陈子善从初三开始,每天下午三点放学后就在上海的旧书店泡着,一毛钱、两毛钱一本地开始买旧书,旧书店成了他文学知识起步的摇篮。

而立之年，他去北京人民文学出版社从事《鲁迅全集》的注释工作，当时北京的图书馆不能满足他的需求，他就继续跑京城旧书店，慢慢地就变成了旧书店的常客。

可惜当时的旧书店等级森严，读书是有等级的，当初上海旧书店有个二楼书店，是内部书刊供应部，需持盖大红章的单位介绍信才可以进去采购。

神奇的是店内有店，内部书刊供应部里面有个更小的店，需要更特别的通行证才能进去。当时像《人民日报》的记者姜德明、上海新闻出版局的倪墨炎都可以畅通无阻。这时候，陈子善手持的华东师范大学的大红章和介绍信就失去了效用，眼看宝库近在咫尺却无缘亲近，内心痛苦不可言说。但他常陪着姜德明、倪墨炎去，难免就有捡漏的机会。

有时候，姜德明会带一两本书出来跟他说，这个你肯定喜欢，售货员睁一只眼闭一只也就算了。有一次倪墨炎买重了一本书要退掉。陈子善一看之下，大吃一惊，没想到是沈从文的《边城》初版本，还是毛笔签名本。倪墨炎要退的理由一是贵，二是他有复本，三是他不收藏签名本。陈子善要求转让给他，于是1.5元顺利收入囊中。

陈子善后来还为此专门写信给张兆和，询问这本书上沈从文题名送的那位小姐是何许人？张兆和回信告诉他是她在苏州的一位同学，相当于现在的闺蜜。

旧书也有生命轨迹

20世纪80年代中期,陈子善在北京灯市口收到一批研究鲁迅的旧书,那是他第一批购买的旧书,当初一个月的工资36元,他花了30元,也算是大手笔了。这批书买了以后一直搁置,直到后来搬家时,打开一看才发现这批藏书是赵燕声的,里面夹了很多纸条。陈子善曾采访过与鲁迅来往密切的章廷谦、唐弢。唐弢在20世纪40年代去北京劝朱安不要出售鲁迅藏书的时候认识了赵燕声,并且在后来研究搜集鲁迅资料时得到过赵燕声的帮助。

在陈子善看来,旧书的主人是什么样的人?这批书有过什么样的经历?是怎么买来,又为什么流了出来?有无数答案,也给人无限联想。就像动植物有生命一样,每本书都有自己的命运,旧书也有自己生命的轨迹。

陈子善与陆灏曾在香港旧书店淘到南星的《甘雨胡同六号》,不仅纠正了南星回忆录里误把这本散文集当成诗集的失误,也发掘了现代文学史上一段美好的回忆。"甘雨胡同六号"在现代文学史上是一个有名的地方,"九叶派"诗人南星和王辛笛都曾住在那里,周作人的弟子沈启无也住在那里,而他淘到的这本书正是南星送给王辛笛的签名本。为此,自称作文一向枯燥的陈子善写了一篇《那美好的小院子》,发表在陆灏主编的《无轨列车》中,他说在这篇文章里他抒了一点情。

陈子善说，正因为旧书带着很多记忆、很多故事，所以他始终保持了对旧书的爱好，买旧书的热情一直超过新书。

买旧书"青史留名"

在上海鲁迅纪念馆的石碑上，在捐赠人的名单上刻有"陈子善"的名字，陈先生笑说，他算是名留青史了。好多人奇怪，他捐赠了什么？

说起来这也是陈子善最得意的一笔购买经历，但买的不是书，而是信。

1997年10月，陈子善在日本做访问学者时，是旧书区神保町的常客。一次他在一家小得没有门面、只有办公室的东城书店的目录上，看到了鲁迅写给内山完造的一张便条，大意是，日本出了一本《聊斋志异列传》，如果到了内山书店，他要一本。信很短。陈子善当时给上海鲁迅纪念馆打电话问他们是否要，对方要研究后回复。

陈子善跟日本教授去店里看实物鉴定真假，结果老板让他们不用付一分订金可以先把东西带走，价格可以再谈。确定是真迹后，上海鲁迅纪念馆让他垫付代买，当时他付了相当于人民币8000多元。上海鲁迅纪念馆后来跟他结了账，还请他吃了一餐饭答谢，把这封信算作他的捐赠。

有人认为陈子善这次"青史留名"名不副实，只是代买，没有捐赠。其实不然，因为故事还没有结束。一个月后，陈子善在日本内山书店，突然在乱书堆里看到了鲁迅在这封短信里提到的这本书，日本文求堂印制的，价钱非常便宜。他当即买下，在交还代买的鲁迅信件时，一并把自掏腰包买到的这本旧书捐赠给上海鲁迅纪念馆，书和信，算是配套了，而他的捐赠也算名副其实了。

《传奇》签名本等了六七年

作为张爱玲研究专家，拥有张爱玲签名本是一件幸福的事，但对陈子善来说，这种幸福来之不易。

很多年前，他听朋友说，有一个上海旧书商转行，以后只收中外名人传记，其他的书要散出来。他去得晚了，只淘到了一本中华书局出的《吴宓诗集》初版本。

那个书商跟他说："有一本书你肯定喜欢，但我舍不得割爱。"他说的正是张爱玲的《传奇》签名本。

陈子善知道，人和书的缘分有时候也急不得，不能强求。他跟这位书商约定，有朝一日如果他想出让这本书，陈子善有优先选择权。六七年过去了，这位书商在上海开了一个大的百货商场，里面专门设有一层旧书区，陈子善不仅常来逛，还顺手写了一篇文章帮他宣传，内地和港台朋友都有书友前来，这位老板非常高兴，就忍痛割爱把这本《传奇》出让给他。

陈子善的经验是，收藏旧书要有耐心，急不得，你与旧书的缘分到了，书自然也就来了。

专业敬业的旧书店老板

陈子善说起旧书店老板的专业和敬业精神，赞叹不已，他的不少书就缘于他们的相帮和出手才没有错过。

在上海福州路古籍书店四楼柜台，黄裳的《一脚踏进朝鲜的泥沼里》出了再版本，陈子善已经有了初版本，但老板提醒说，再版加了初版没有的后记，陈子善一翻看，果然，赶紧收下。

在另一家旧书店，老板递给他一个线装的小册子，是文言写的《祭母文》。他看过也不以为意，老板提醒他，看看作者是何人？一看才知道是文学创作研究会的创始人王统照。当时他获悉《王统照全集》正准备出版，赶紧打电话给编辑，编辑完全不知道有这篇文章的存在，甚至王统照的儿子也从来没有听说父亲还写过一篇祭悼奶奶的文章。这个发现如果没有旧书店老板的提醒，很有可能被历史湮没了。《王统照全集》的编辑专门在后记里特别提出，表示感谢。对陈子善来说，他为现代文学史又补了一块缺漏，也是非常有成就感的事情。

国外的旧书店老板同样敬业，陈子善说自己在日本一家专卖中文书的旧书店，想淘一本林文月翻译的《源氏物语》初版本，当时老板说比较难找，让他留下地址、电话，说如果找到就寄给他，陈子善没抱多大希望。没想到半年后，他在上海接到这位旧书店老板的电话，说在上海和平饭店帮他找到了这本初版本，几乎是全新的，让他来取，价钱也很合理。

旧书店老板的敬业真是让他感动，他们的职责是为旧书找到合适的买主，也为买家寻找所要的旧书，像一座桥梁一样。

1987年夏，陈子善去德国参加学术会议，会后去汉堡大学，承关愚谦教授介绍，到汉堡唯一的中文书店——天地书店访书，见到梁实秋著《谈徐志摩》和《槐园梦忆》等许多台湾出版的文学书初版本。没想到二十年后，他在香港市立图书馆演讲，会后一位中年人找来，问记不记得他，原来他就是德国汉堡天地书店的主人梁兄，由书缘到人缘，缘分不浅。

本雅明说，复活一个旧时代，这是驱使藏书者去搜求新藏品的最深层的动机。由此，一位旧书收藏者比豪华版搜集者更接近于收藏的真谛。

用陈子善的话说：收藏旧书就是收藏历史。

——发表于2012年11月8日《深圳商报》

孟宪实 /

为现代化寻找本土文化资源

2009年8月14日晚8点,孟宪实在深圳中心书城作为《深圳商报》"书广场"的第二位嘉宾登台演讲。他自觉稍显专业的演讲题目居然吸引了满场的观众,可见孟宪实的号召力。

演讲题目从预告初起就引发不少听众的好奇心——《古代民间社会的民主实践》。在两千年皇权的专制下,古代社会何谈民主?在大多数人的认识中,中国古代社会里民主是稀缺的元素。

他的演讲内容来自他的新书《敦煌民间结社研究》,孟宪实将十年心血浓缩为一个小时的精华,倾囊而出。通过对敦煌经洞经书的研究,他在别人忽略和看不见的地方发现了中国古代社会的民主传统元素。通过厚重的史实,中国百姓戴了几千年的"民智未开"的大帽子被他一举摘掉。

当时,国内学界从事结社研究的人为数不少,但是孟宪实是第一个致力于从结社发现民间民主传统的学者。他认为中国并不缺少民主的传统,也不缺乏民主的本土资源,这正是我们发掘的正面传统,对中国现代化有积极的意义。讲座内容先从藏经洞的故事开始。

敦煌藏经洞的喜与悲

1900年的6月22日,是慈禧太后向八国联军宣战的第二天。就在这一天,敦煌莫高窟的王道士有了惊天的发现,这就是著名的敦煌藏经洞17号窟,可以称得上最著名的文化宝库。藏经洞里的古物,无论历史价值和文化价值都无与伦比。现在一本宋元刻本可谓价值连城,而王道士在藏经洞里发现的古物多是唐朝宫廷手写经卷。唐朝的书法成就为历代最高,而宫廷手写经上的书、画更是美轮美奂,这些古物的价值根本无法用金钱衡量,因为它记载了现有传统文献所未记载的史实。但让人痛心的是,这些国宝却有很大一部分流落国外。

1907年,英国人斯坦因来到敦煌,先后两次从王道士手里连买带骗,拿走了两万件写本;1908年,讲得一口流利汉语的法国人伯希和说服王道士,走进了藏经洞,挑走了一万多件精品;1909年,清朝政府在罗振玉主张下将藏经洞里的所有古物运往北京,王道士得知后,将藏经洞里的文物藏了一部分;1924年,俄国人奥登堡挖掘和收购了一部分敦煌文献。目前世界上有几十个国家拥有敦煌文献,而大宗文献主要分布在四个国家:英国、法国、中国和俄罗斯。

敦煌结社闪烁出古代民间智慧

中国有五千年的历史，有编年体记载的历史也有两千多年，但传统的史书大多数记载的是朝廷、王侯将相的历史，对民间百姓生活记载特别少，敦煌文献中最珍贵的是对唐、五代和宋初老百姓日常生活的记录，这些在同时代其他文献和地区都没有的记载，在敦煌出现了。

在这些文献中，大量记载了关于敦煌当地人民结社的信息，目前在已公布的文献中，有500多件关于民间结社的资料，清晰地记录了在一千多年前老百姓以什么方式组织起来进行生产和生活。

在研究的过程中惊喜地发现，虽然当时老百姓文化水平普遍不高，有的连自己的名字都不会写，但却能很自觉和熟练地运用民主结社的方法解决生活中的问题。通过对敦煌文献记录内容的阅读，孟宪实总结出了当地结社组织的一些原则：首先所有的结社都是老百姓自愿组成；其次社里无论大事小事，都由社员大会决定；再次每个结社都有自己的结社章程，称之为社条；第四，社里领导人都由选举产生。在结社里，大家都以兄弟相称，"长者为兄，次者为弟"，在惩罚制度上一视同仁，社领导并没有特权。同时，社里的所有账目都置于全体社员的监督之下，在大家意见存在分歧的时候，则根据少数服从多数的原则来表决议案。

在敦煌的文献中，孟宪实就发现了有一个结社为了通过给予出差社员一些福利的决议，从而召开了社员大会，这次大会有些社员并没有参加，但是决议仍然通过了。从这些珍贵的史料中可以看出民间结社在当时是普遍存在的，最大的结社达到100多人，最小的仅有两人。结社的类型也五花八门，有女人结社、官员结社、亲戚结社等等。综上所述，不难发现，敦煌的民间结社是一个民主组织，它的组织原则、运行方式，无一不闪烁着民主的光芒。

敦煌结社摘掉了"民智未开"的帽子

以梁启超为代表的立宪派和以孙中山为代表的革命派，1905年曾在日本进行过一场辩论。梁启超等人认为，中国经历了两千多年的君主专制社会，人民未经民主教育，国民没有能力实现民主共和，当时有个流行的说法叫作"民智未开"。而孙中山则希望"毕其功于一役"，"民智未开，以革命开之"，虽然孙中山希望走民主共和的道路，但他也承认了梁启超的"民智未开"的说法。

近代以来，先后也有很多学者对这种说法提出过质疑，但是一直找不到坚实的史料做依据。敦煌文献的出土，可以说有力地反驳了"民智未开"的理论。如果生活在一千多年前敦煌这样一个小角落里的民众就能用民主的方法来解决问题，那说明对于老百姓来说，民主也并不算是太深奥。所谓"民智未开"全是无稽之谈。

对话孟宪实： 发掘新的传统，非从民间不可

问： 您提到最早是在1994年听荣新江先生讲"敦煌学概论"的时候关注到民间结社问题，五年后着手研究，花了十年工夫而成此书。当初是什么引发了您的兴趣？

答： 我国古代史官方记载得非常多，民间史料一直较少。中国古代社会和政府不是一回事，有互动又有区别，国家是什么样从官方史上可以了解到，但社会是什么样却很少记载。历史学的研究受史料的限制太大。对有兴趣的题目自己找材料，明清时期的民间史料很多，但唐宋时期的很少。我觉得民间是一个大富矿，发掘新的传统，非从民间不可。

敦煌藏经洞的史料是1006年封闭的，1900年才发现，九百年的时间其实各地类似结社的资料也有，但没有保存下来。我们面对的历史是皇权社会，在巴金的《家》《春》《秋》中，家族和朝廷是一样的，家族也是专政主义的一部分，是专政的社会存在。这就可以理解为什么一个王朝覆灭后另一个王朝会迅速重建，因为有家族这样广泛的社会细胞存在，可以迅速复制。

结社是说老百姓如何过日子，人类如何过群体化的生活。历史以人类进步为考察的重点，过去人们关注的是国家这个最发达最有利的组织如何运转。而现在人们关注普通人的社会生活。社会组织有家族组织、宗教组织、结社组织这样的类别。其中结社是资料最少、研究最少,也最不受重视的一个领域,需要新的研究。

问:结社是唐宋时期特有的产物吗?

答:其实明清也有民间组织,像东林党、复社。辛亥革命和民国时期也有民间组织,只不过这类组织大多是秘密结社,是地下组织,像青洪帮、白莲教会、哥老会。它们往往有一定的政治目标,不合法,不公开,内部组织结构像黑社会一样,律条相对残酷,是一种特殊的民间组织。我研究的唐宋时期的结社是一种正常的组织,是研究多数民众一般组织性的生活。

◇学术与社会之间需要媒介

问:"民间结社"听上去是一个崭新的题目,但看了您书内的导言部分,才发现从1937年到现在,结社研究在学者领域已经有七十多年的历史了。看来学术圈和普通民众的隔膜还比较深。

答:一般的学术最初都是由学者发现、研究,得出结论。学术与社会关系之间需要一种媒介。普通民众很少接触学术前沿性的刊物,而学术界象牙塔般不注意学术的传播。再加上历史研究的政治化让不少学者还有后顾之忧。以往学术研究的目的是为政治服务,而不是为民众和社会服务,这样的观念还遗留，影响不小。

现在大家往往喜欢以阴谋论的观点看待任何一种文化现象，总怀疑背后有什么。其实近代以来学术已经充分自由化，得到保障，学者可以根据个人的爱好兴趣和学养选择不同的研究方向。学术研究总希望被理解和被接受，成为知识和常识。不可能有的研究成果只划定一个小圈子，只是学界知道，终究还是会扩散的，我觉得主动积极的传播更有意义。按传统的传播渠道，学界认可的观点作为一个知识点进入大众视野通常需要二十年以上的时间。从学界认可进入大学教科书，再到中学教科书为大众所知就需要这么长的时间。如果借助大众媒体，可以一夜之间妇孺皆知。像电视剧《走向共和》里面的史实在二十年前的学界就是老生常谈了，但制作成电视剧一播放，还是举国惊叹。这就是大众和学者之间的距离。

问：现在受众好像有类似的需求了，各种题材的历史类书籍持续走俏。

答：现在是娱乐至上、娱乐至死的时代，学术和思考好像远离大众。但经济发达后会出现一个有闲阶层，他们不缺文化素养，想研究和思考一些学术问题，但学界提供的材料少，话题也不够多。现在业余的国学教育特别发达，形成了一股巨大的潮流，北京有上百家国学培训单位，就是应市场需求而生，像人大的国学班也是学校的自发行为，不是国家和教育部的意思。不少人从国学中寻找智慧，也有人从国学中寻找解决自己或自己公司问题的答案。

◇发现一件史实比发明一种理论更重要

问：我从这本书的"导言"里发现，民间结社的研究跟史料的发掘大有关联，从法藏敦煌资料到英藏敦煌资料，再到俄藏敦煌资料，每一次资料的公布都会大大推进研究的进展。

答：历史研究最重要的是找材料，没史料就没史学。现在敦煌的史料基本公布完毕，研究可以更上一层楼。我觉得史学家的任务不仅是发明一种理论，更重要的是发现一件史实，事实胜于雄辩。从某种程度上讲，我觉得发现一件史实比发明一种理论更重要。

问：结社研究在学界的地位和受重视程度如何？

答：结社研究有很多人在做，在研究，国外以及内地和台湾都有学者在研究。但我是第一个致力于从结社发现民间民主传统的。这个研究很个性化，它不是具体问题的研究，有方法论和方向性的意义。在被忽略和看不见的地方发现传统元素，有现代意义。因为现代化建设需要本土文化资源。

问：有一种看法认为农民没有实行民主的基础，所谓民智未开，看来历史的真相不是这样的。

答：有人说农民就像一个个分散而孤立的马铃薯，散漫、目光短浅。而王权就像麻袋，把土豆装了起来。这完全是文学性的描述。究竟农民需要专制，还是专制需要农民？这两者完全是不对等的，专制是建立在军事征服的基础上，它定的规则只需要农民遵守，而不需要他们同意。这是奴隶主征服奴隶的方式。而结社是充分表达个人的意愿。我在大学开课讲《中国古代社会史》，其实在南北朝的时候也有类似的组织，为了逃避战乱，成立了坞壁组织。组织的章程需要所有人同意，领导是签选出来的。一旦采用选举，就说明是一个民主的组织。这样的组织跟人的社会性是联系在一起的，没有任何一个人天生愿意放弃自己的权利或者主动让出自己的权利。

——发表于 2009 年 8 月 17 日《深圳商报》

刘亮程 /

我信仰"万物有神"

打量刘亮程有两种方法,一种是他者,一种是自我。

在别人眼中,他是一个生长在新疆沙湾县黄沙梁的汉人,当过农民,种过地,放过羊,当过乡农机站管理员,后来进城当了报社编辑,现在是新疆作协的副主席。1998年他在新疆出版了散文集《一个人的村庄》后,文坛像发现了一位世外高人,反响热烈,赞誉不断,"20世纪中国最后一位散文家"和"乡村哲学家"的头衔慷慨而至。作家李锐用博大、朴素而沉静、丰富来形容读到刘亮程散文的感觉。蒋子丹感叹:"刘亮程散文中透出的那种从容优雅的自信,是多少现代人已经久违了、陌生了、熬长了黑夜搔短了白头也找不回的才华。"

一个远在新疆的作者,只写他生活的那个村庄的生活,却获得文坛和读者一致的认可。这不能不引发人们的思索。而刘亮程却没有停下,从诗歌到散文再到小说,新疆一直在他的关注和讲述中。2001年4月获"第二届冯牧文学奖"文学新人奖。2010 年,他的小说《凿空》入选亚洲周刊评选的年度十大小说。

 至于他怎么看自我,刘亮程曾在《新疆时间》一文中交代个人底细:"我的长相既像维吾尔人,又像哈萨克和蒙古人。我应该是匈奴人的后裔。据记载,河西走廊一带的匈奴,在汉代多改姓皇姓,我的祖先把什么样的姓氏丢掉,改姓为刘?我的目光肯定是这个地方的。地域的辽远和开阔,使我的眼球朝后凹进去,目光变得深邃而锐利。这是一种新疆人的目光,中亚人的目光,也是汉史中时常描述的'窥中原'的目光。他看见的事物肯定会不一样。"也许正是这种不一样的目光,带领着我们从寻常熟见的情景中看出了不一样的味道。

 刘亮程认为孤独是人性的。在他的作品中,孤独像一种慢慢散发出来的味道,密密地缠上来,从头到脚包裹你,让你无法突围,甚至找不到出口:从早年的散文集《一个人的村庄》到近年的小说《凿空》,刘亮程说他是从写一个人的孤独到写一个地方、一个群体的孤独,在读者的心目中,刘亮程成了一个孤独的体验者和享受者。刘亮程觉得新疆给了他一种脱离时间的可能,一直向后走的可能。他说:"在新疆的漫长时间里,获得了我的目光、口音、味觉、走路的架势和文字。"

 大家都知道深圳和新疆的距离,2012 年,在他的新书出版前,记者对刘亮程的采访先通过电话,再通过邮箱,然后有了以下的问答。

◇故乡在身体里，被我的思念养活

问：能介绍一下你将出版的新书《在新疆》吗？

答：《在新疆》是《一个人的村庄》之后的散文结集，是"一个人的新疆生活"。

问：在中国文坛上，作家与故乡的关系非常密切，故乡成了作家的创作源泉，读者跟着贾平凹认识了商州，读莫言知道了高密。从你的笔下了解了黄沙梁。你曾说过故乡不仅是一个人的出生地，还是一个人的生存和精神寄托。现在你住进城里了，跟故乡的关系有没有改变？

答：故乡在身体里。小时候它是养育我的怀抱，长大后它是我身体的一部分，像一个婴儿，被我的思念养活。土地会"长"出自己的言说者。

问：现在写新疆的还有一个年轻的作家李娟，在网上你们的作品推荐紧挨着。不知道你有没有看过她的作品？评价如何？

答：她的作品中有一种被我们疏远和遗忘的"游牧精神"。所谓游牧精神，就是边疆精神。它植根于游牧文化，对待自然环境、生老病死，以及贫穷苦难，都有自己不同的观念，它更达观开放。在我们的传统文学中，农耕精神和游牧精神曾经并存过，在唐代，李白的诗歌中就有浓烈的游牧精神，他和同时代杜甫的诗歌多有不同，杜甫的诗歌则是农耕精神的代表。

◇我信仰"万物有神"

问：新疆的作者总能给文坛和读者带来惊喜，当年你的《一个人的村庄》像天降奇兵一样，让大家发现了一位世外高人。李娟的作品也给文坛刮来一阵清新之风，被赞为浑然天成。你觉得是不是跟地域有关？一个作者所处的地域对写作会有什么样的影响？

答：一方水土养一方作家。土地会像长出苞谷和麦子一样，长出自己的言说者。

问：你说过人越老到写小说才越好。五六十岁也不晚。2012年正好是你知天命的年龄，以后的创作计划有没有侧重？会不会以写小说为主？诗歌还在写吗？

答：我不太在意文体。在我心中，诗歌、散文、小说是一个东西。我不愿意将它们分太清。

问：当代作家中你喜欢的是谁？你平时的阅读状况是什么样的？像与你同时入选"亚洲周刊十大小说"的香港的董启章，内地的张炜、韩寒，台湾的施叔青，还有美国的哈金，这些人的作品在你的阅读名单上吗？

答：我信仰"万物有神"。记得写《一个人的村庄》时，我可以对花说话，跟草言语，刮过耳旁的风都明白意思。那时候我眼里有神，看啥都神。现在有点神情恍惚，心里还是有神。万物有神应该是一个作家的基本信仰。至于阅读，我不是一个好读者，阅读三心二意，不专注，没耐心，好像很少从头到尾读完过哪部书，所以少谈读书。

◇喜欢"中国式的孤独"这个评语

问：你从一个人的写作到成为文坛的热点，这对你的创作心态会产生什么影响？

答：就像人对一棵树的赞美不会长进树的年轮。我的心态会随着年龄变化，但不会受人言影响。

问：你说过写作对读者的期待不高，写作要有足够的自信才能支撑。我想问你写作的动力是什么？诉说的欲望，交流的欲望，还是一种自我的实现？

答：是我对生活还有异常新鲜的感受，不说出来会头疼。

问：《凿空》入选"2001年亚洲周刊十大小说"，评语介绍说是描写中国式孤独的罕见的作品，并比作是意大利卡尔维诺寓言小说的中国版。你对这个评价如何看？

答："中国式孤独"，我喜欢这个评语。我早期的散文是"一个人的孤独"，《凿空》是一个地方、一个群体的孤独。有"孤悬塞外"的味道，孤独是人性的。

问：在你的博客上看到你编的柳条筐，好漂亮，尤其是那个浑然天成的提手。还看到你写的书法，很朴拙。除了写作外，平常还有哪些爱好？

答：我的爱好是走路、晒太阳、冥想，都不花钱。喜欢手工活，又不太喜欢动手。写作是一个不爱动手的人的理想工作，所有想法在文字里实现。当然，如果仅冥想而不写成文字，最好。

——发表于2012年2月23日《深圳商报》

吴晓波 /

伟大的作品应该定义一个时代

著名财经作家吴晓波,毕业于复旦大学新闻系,曾任新华社杭州分社财经记者十三年,"蓝狮子"财经图书出版人,国内第一档财经脱口秀"吴晓波频道"的创办人兼主讲人。2015年4月25日、26日,吴晓波在深圳开讲"传统企业转型"的千人大课前夕,他接受了记者的专访。

跃上新媒体的潮头搏击

吴晓波花十年时间调研写就的《大败局》于2000年出版,到2015年已经卖到130多万册,成为畅销书,到现在每年的销量还有10万册,随时间流逝此书长销不衰,反倒价值凸显,令人称奇。

2015年,他又壮士断腕,抢先一步,跃上新媒体的潮头继续搏击畅游。2015年5月8日,他停掉了所有传统媒体上的专栏，开创微信公众号"吴晓波频道"，在爱奇艺独家播出，一年不到的时间积攒了 67 万的粉丝。《去日本买只马桶盖》的文章创下了 161 万的点击阅读量，在以 10 万 + 为统计单位的微信公众号传播时代，这样的天文数字正是一个传统媒体人全面拥抱新媒介获得的红利。

《财经》杂志在 2014 年的一篇访谈中以《吴晓波决心成就李普曼式人生：理想和市场兼得》为题，称赞吴晓波始终能够把市场的需求和自身的人文理想平衡得恰到好处，并实现了相互促进。

似乎是为这篇文章佐证，吴晓波 2015 年从春节起半年不到的时间内，上了三次央视的《新闻联播》，还受邀走进中南海，成为全国一季度经济形势座谈会的座上宾，被总理问计。

但这次记者却锁定阅读话题，专门聊书：他的书房是什么样子？他读过些什么书？正在读什么？哪些书滋养和丰富了他？哪些书又改变和影响了他？

喜欢沈从文早年的东西

吴晓波说，小时候家里书都没有几本，哪里还谈得上书房。上大学的时候，书房就是每个人带的木头箱子，里面装几本书而已。因为短缺，有的书明知道一辈子不会再去看，但就是放在那里不肯扔掉。在复旦大学四年，他在图书馆里"住"了四年，他称自己的读书方法是最傻的一种，按书柜排列一排一排地把书读下去。现在他家里的书房就在客厅里，每年增加一个书架，看过的书、准备看的书、自己写的书统统罗列其间。

在谈到喜欢的作家前，吴晓波说："我不喜欢鲁迅的作品，我觉得鲁迅的个性太决绝，喜欢猜测别人，特别对小孩来讲，我觉得没有必要让他们觉得人世间是那么的阴暗。周作人还好一点，不过他的东西太过清淡了，周家两兄弟我都不喜欢。我喜欢早年沈从文的东西，《湘西散记》里的记述，有种阳刚气，也就是他在青岛教书，追他太太那几年写的东西。"

吴晓波觉得沈从文的《中国古代服饰文化》也一般，他说："这本书没有定义，好的书要定义，定义一个行业，这本书无非是个作品而已。伟大的作品都是能定义一个时代、定义一个行业的作品，哪怕毛躁点没有关系，但要有定义能力。"

出人意料的是，吴晓波说他蛮喜欢早年的郭沫若的作品，他的《青铜时代》《十批判书》蛮有才华的，吴晓波曾认真读过《十批判书》。很多人不喜欢郭沫若，但不能否认他很有才华。

第五遍读《鹿鼎记》

吴晓波说他的私家珍藏，不断反复看的一个是沈从文，一个是金庸，张承志的《心灵史》是特别好的东西，很难被跨越。他是从四十岁以后开始看张爱玲，不过只看她20世纪30年代的东西，因为她写得最好的东西差不多就集中在那两年左右的时间。

现在正在进行的是《鹿鼎记》,他说:"已经是第五遍读了,我已经很熟悉那个故事了,有时候会从写作者的代入感来想。金庸写这本书是'文革'时期,他写神龙教洪教主和夫人,有很多影射。再加上他写这本书的年龄大概就是我现在这个年龄,四十七八岁,我觉得跟他早年写《书剑恩仇录》时的文笔差别还挺大的,会更从容一点。第五次看可能从写作者的角度想得多一点,谋篇布局啊、起承转合啊,跟一般读者看情节不太一样,会比较关注文笔的流畅性。"

吴晓波说,旅游出行他一般会带一些稍微休闲一点,偏历史、偏文学的书,这次来深圳讲课带了两本书,一本是霍布斯鲍姆的《帝国的年代》,另一本是董桥的《记忆的脚注》。他说喜欢董桥很多年了,感觉董桥的文字还是早年的好,尤其是20世纪80年代的。现在他的作品讲的大都是考古、插画、藏书、小古董,有点遗老遗少的味道。

对旅游出行的书单,吴晓波推荐的还有加缪、桑塔格、卡尔·波普尔、三岛由纪夫、北岛……他说这些人的文字美到极致、知识密度极大、厚薄适度,利消乏助睡眠。

必须建立自己的"经典书目"

回想从小到大的读书历程,吴晓波遇到的第一本课外书是《三国演义》,此书为他打开了一个英雄林立、豪气满怀的历史世界。

尼采的《偶像的黄昏》是改变他价值观的一本书。十八年里所接受的"集体主义"价值观瞬间被颠覆,要成为独立的、有思想的人从此成了他的新型价值观。

萨缪尔森的《经济学》对吴晓波来说就像阿里巴巴的咒语,改变了他的人生轨迹。因为读过萨缪尔森,他很轻松进入了新华社杭州分社,并由此成了一名财经记者,最后成为一名财经作家。

不过熟悉吴晓波的人都知道他的职业偶像是李普曼。

吴晓波曾感叹道:"我不知道有多少年轻的传媒人是从罗纳德·斯蒂尔那本厚厚的《李普曼传》里寻找到梦想的种子的。"起码他是。大二那年十九岁的吴晓波在复旦大学图书馆里读到这本传记以后,李普曼就代表着一种新闻理想,给他指明了方向。沃尔特·李普曼是美国历史上最伟大的新闻记者和最负盛名的专栏作家,持续写作了六十余年,发表了三十多本著作,对社会产生极大影响。二十六岁的年轻编辑李普曼被介绍给美国总统罗斯福,总统说:"我早就知道你了,听说你是三十岁以下最著名的美国男士。"

吴晓波写过一篇文章《我的偶像李普曼》:"我幻想能够像李普曼那样知识渊博,我幻想成为一名李普曼式的记者,在一个动荡转型的大时代,用自己的思考传递出最理性的声音,我进入了中国最大的通讯社,在六年时间里我几乎跑遍中国的所有省份;我幻想自己像李普曼那样勤奋,他写了三十六年的专栏,一生写下四千篇文章,单是这两个数字就让人肃然起敬。"

吴晓波从1999年起保持着每年创作一本书的节奏,作为职业作家的自我约束。这些书有的畅销一时，有的默默无闻，有的还引起了纠纷诉讼，"但在我，却好像农民对种植的热爱一样，既无从逃避，又无怨无悔。"从《大败局》《激荡三十年》《跌荡一百年》《浩荡两千年》到《历史经济变革得失》。谁都看得出来，李普曼指引着他的人生航向。

吴晓波写过很多非虚构类的作品，茨威格是他阅读的常客：《异端的权利》《人类群星闪耀时》《昨日的世界》。他看了很多遍《人类群星闪耀时》，也收了很多不同的版本，精致、准确，历史的宽度很大是他推崇这本书的理由。

他认为，读书要带着问题读，要动手做笔记，要跨界读，打通各学科间的任督二脉，还要反复读。他很认同卡尔维诺的说法，即一个人必须建立自己的"经典书目"。因为"我们年轻时所读的东西，往往价值不大，这是因为我们没有耐心、精神不能集中、缺乏阅读技能，或因为我们缺乏人生经验。"所以，一个人的成年生活应有一段时间用于重新发现青少年时代读过的最重要作品，"当我们在成熟时期重读经典，我们就会重新发现那些现已构成我们内部机制的一部分恒定事物，尽管我们已回忆不起它们从哪里来。"

——发表于 2015 年 4 月 28 日《深圳商报》

叶兆言 /

我是小说家，散文只是玩票！

叶兆言 2013 年 6 月和 7 月两个月内出了四本新书：散文集《陈年旧事》，小说《一号命令》，这两本书引发的动静儿还没消停，中篇小说集《美女指南》和散文集《动物的意志》又接踵上市。

有 142 万粉丝的叶兆言微博也因此变得热闹起来。先是《陈年旧事》中写《汪辟疆》一篇有一句断语引发争议。接下来《动物的意志》的腰封让叶兆言哭笑不得，也引发网友的热议。

2013 年 7 月 30 日上午，记者电话专访了正在南京家中的叶兆言，听他谈"腰封门"，谈新书，谈新作。

在作家父亲叶至诚因为写作被打成右派后，叶兆言一直被警告远离写作，他当过四年钳工，最终考入南京大学中文系，一直到硕士毕业。在接到了三十万字的退稿后，他终于认定自己是一个可以靠写作吃饭的人。于是违背家训，走上了写作之路。在这条路的前头，祖父叶圣陶的盛名压着他；这条路的后面，女儿叶子步履不停，咄咄逼人。而他一直按自己的节奏稳步前行。

"腰封门"：同情并理解

2013年7月29日，叶兆言发了这样一条微博："新出两本书，编辑希望转播，一直忍着，所以忍，因为郁闷。一篇小文章中，我曾经写道，'书的腰带又不是裤带，不束好就会有伤风化地掉下来'，现在这样子，真是有伤风化。"这后面跟着一个哭脸。没过多久又接着发了一条："《陈年旧事》上苏童的话，也是三十年前玩笑，我也不知道会用，其实很遭人骂，好在苏童是朋友，大家一笑就过去了。"

腰封和封面上到底写了什么？《动物的意志》腰封上这样写着："中国具备夺取诺贝尔文学奖实力的作家不止一个，除了莫言，至少还有叶兆言。"其中"除了莫言，至少还有叶兆言。"黑体大字，非常醒目，这也是叶兆言郁闷的主要原因。

《陈年旧事》的封面上写着苏童的这样一句话："叶兆言的性格为人绝对是儒家的，他是一个真正的读书人，满腹经纶，优雅随和，身上散发出某种旧文人的气息。" 相较而言，苏童的赞誉还容易让人接受，"除了莫言，还有叶兆言。"的腰封实在太过拙劣。赵瑜建议："叶兆言老师应该要求出版方更换腰封。"叶兆言这时倒反过来安慰："把腰封扔掉就行,没有裤带就好了。出版社也不容易,我做过编辑,知道编辑的苦处难处。拿到书时已这样,也怪我自己,应该要求先看一下。"这一回应倒是应了苏童说他的"优雅随和""儒家性格"。

说到"腰封门",电话那头,叶兆言解释:"我自己出了一百多本书,很少有在出书以前看到样书的。其实我跟读者一样,看到的就是成品书。书设计成什么样子,封面写了什么话,我统统不知道。很多网民读者不理解,以为出书前作者会找人设计封面。我不知道别人怎么样,我的书的封面设计没人问我同意不同意。再说好多书是成套出的,我的只是其中的一本。所以不是我好不好说话,因为我自己以前也在出版社干过,可以理解。我的漂亮的书都是台湾出的,当然也有出得不好的,所以出书跟买彩票一样,运气好出了好书,运气不好就出不好。"

《一号命令》:强烈的反战小说

作家总是有意无意写作历史。

叶兆言的《一号命令》是指1969年10月中旬,林彪向军队颁发命令,要求全军进入战备状态。包括北京、南京等大城市的退伍军人、家属等都被要求紧急疏散到农村。当时作为"社会名流"的叶圣陶也收到了紧急疏散的命令。他想投奔远在河南干校条件差,且地处偏僻的伯父,老人坚信:"这场战争最后会解决一切问题。"叶兆言说,小说《一号命令》的灵感就来源于祖父的家书。只不过男主角赵文麟作为国民党的军官,他经历的抗战史跟我们以往历史书上看到的抗战史截然不同。

叶兆言强调,还原历史是不可避免的,也是小说家的基本功,但是小说家更重要的是传达思想。这是一本强烈的反战小说。他觉得,一切灾难都是战争造成的。今天很多毛病,腐败也好,计划生育都和战争有关。自满清以来,军国主义思想一直植根在中国文化人和老百姓中间,我们是一个不善战的好战民族。清朝一直灌输大国沙文主义。战争说到底就是老百姓死来死去,被调来调去。今天这个社会是可以坐下来谈判的理智的社会。"我写小说本身不只是还原历史的问题,是对战争的反思。我有非常强烈的反战思想在里面。我觉得我们民族要反思,要善于思考。"

距离感让小说家从容出手

说到两个月出了四本新书,叶兆言解释,完全是偶然,作家的创作和作品的面世有时间差。这四本书几乎都是以前的旧作,《一号命令》2011年就发表了,2013年出了单行本;《陈年旧事》是报纸上写了三年专栏的结集;《动物的意志》和《美女指南》都是自选集,涵盖了二三十年的东西。2011年出了一套五卷本自选集,还有三卷的短篇自选,还有长篇集,上海书店出了四卷本的散文集。这些书都是成套的书,印数不高,部头又大,也没有媒体报道,年轻人不愿意买。所以我想出两本导读一样的东西,大家看了有兴趣,也可以去买成套的来看。

叶兆言说:我这两年一直写的是《很久以来》。这是一直很想写的小说。《一号命令》写一个军人的故事。《很久以来》写,两个女性的故事,其中有一个被枪毙。这样的故事写还是不写我一直很纠结,因为在20世纪80年代,这是一个很热的报告文学题材,我不太愿意写的原因就是因为太热门,太像报告文学的热门话题,太文学主流了,也太像当时流行的伤痕文学和反思文学了。用小说讲述这样的故事不是我愿意的。那个时候类似的小说挺多的。我动了写作的念头是奥运前在北京和东欧诗人一起聊天。他说,我们欧洲人不太关心中国,来之前以为中国人还在体育馆枪毙人。

叶兆言说,他们对中国的印象还停留在"文革"时期。这次谈话触动了他写作的念头。现在来看,这样的故事离我们太远了,完全模糊、荒诞,变得很奇怪,是该用小说的形式再现那段历史了。避开热门,控诉,从汪伪时代一直写到2008年北京奥运会,结尾到2010年上海的世博会。更多展现时代的画面,没有做过多的评价。到2013年这个题材不是热门话题了,因为大家对它没有兴趣了,是小说家该出手的时候了,这个距离感可以让小说家很从容地出手了。

叶兆言说,《很久以来》写了一两年,现在在修改,估计一两周可以杀青，出版可能到了2014年初。

微博：怪诞的东西，太即兴

叶兆言的新浪微博粉丝到2013年6月底有142万，关注300多个，微博不到400条。2013年7月初的微博上，叶兆言转了南京先锋书店推荐《陈年旧事》的一条，摘录的是他写《汪辟疆》的一段文字："话说抗战胜利，国民政府风风光光还都南京，时不时搞些文化活动粉饰太平。有一次蒋委员长设宴，招待各界名流，汪辟疆是著名教授，蒋非常业余地提问，说汪先生博览群书，有没有看过一本《文心雕龙》。汪先生说，蒋先生乃党国要人，应以治国平天下为己任，就没有必要研究此书了。"这段文字看上去没什么要紧，但接下来叶兆言还有两句评价："对一个做学问的人来说，《文心雕龙》是一本入门的书，委员长想卖弄，想套近乎，欲深入反而显得浅薄。与毛主席他老人家相比，蒋虽虚长几岁，文人气息差远了。" 结果这一段文字引发不少网友质疑。

叶兆言回复：文人给点自由，就喜欢顺竿子爬。蒋委员长也是脾气太好，本来人家跟你敷衍，也是统战，仿佛领导跟你聊诺贝尔奖，你非要说领导不懂文学，这种人不打右派，不"文革"，不进牛棚，天理不容。这个看上去满是反讽的推断结果又引来不少批评，他被扣上"文革"余孽的帽子，有人批评他对父亲的苦难没有反思，有人觉得他不服气就是虚伪，叶兆言不得不上阵反驳。

当记者问起他眼中的微博，他觉得这是一个很怪诞的东西。上去时间不多，偶尔上去只看两屏，看到什么就是什么，完全是一个即兴的东西，所以他觉得他看到的微博是不真实的。他说自己控制尽量少发言，因为不善于互动，只能维持。不过他承认微博上读者的回馈还是让他觉得很受益。

非畅销书作家：我认命

当记者问到作家的稿费是不是太低？靠写作谋生日子如何时，叶兆言说，我自己做过编辑，在出版社干过。从一般讲，书畅销作家自然多拿，书卖不动，拿很少的钱，这是商业规律。

作家拿版税，这是国际惯例，没什么可抱怨的。他说，我是认命的人。我不是一个畅销作家，我经常有这种郁闷，到书店看不到自己的书。可是后来也想明白了，凭什么你写了书人家一定要买呢？

说到作家的生活，叶兆言说，很难回答，我们这些体制内作家，没有任何理由抱怨，有一份固定的薪水，这也是中国作家一直被诟病的话题。不过这也是全世界作家面临的基本问题。一般作家很难避免被包养的命运，不是被大学、基金会包养，就是被大老板或企业包养，这是写作者的尴尬，但作家必须保持思想自由，写自己想写的东西。

他说，我庆幸的一点是没有人要求写什么，写多少。父亲是作家，祖父也是作家，从自由写作来说，我比他们幸运多了，所以你写不好不能怪任何人，机会条件太好了，外界给我的东西太够了，写不好只能怪自己水准不够。

叶兆言说，我写作的时候从来没有条条框框。有的文章在报刊上发表时会删减，但我写的时候不会考虑这些，而且出版书的时候可以恢复被删掉的部分。《一号命令》虽然出版时换了出版社，折腾了几次还是折腾出来了，但在写作时是自由的。

背叛：这是作家的使命

叶兆言在《陈年旧事》中提到，祖父能写一手很不错的毛笔字，但并不赞同儿孙练书法，也不要求学古文，我看到这里还是有点吃惊。不知道叶兆言骨子里的老派来自何处？他从祖父那里又学到了什么？

叶兆言说，祖父是"五四"一代人，有新思想，对旧学恨透了。他完全不一样。作家必须要背叛的。

不过他说，我跟祖父学来的是好的性格，我比较坐得住。我祖父是不写作也能坐几个小时的人，我确实是每天要写几个小时的人，我习惯也挺喜欢这个事儿的，成就感却谈不上，因为有成就感就有失落感，对我不是太重要。写作就像习惯抽烟、喝小酒、看看体育频道一样，比较真实。

苏童曾说过，女儿是叶兆言最好的作品，叶子早年出国留过学，回国后在复旦大学读博士，叶兆言担心过她的就业，《一号命令》里赵文麟和女儿的隔膜也多少映照了他现实生活中与女儿的关系。问到叶子的现状，叶兆言说，她已经毕业半年，在南京大学做老师，但不能进编，因为所有的人都这样，大学里现在竞争非常激烈。 说到做父亲，他觉得自己是一名最普通的父亲，特别传统的父亲。 说到他的身份认定，叶兆言说，我就是一个小说家，写散文只是玩票。

自成一体的"逍遥派"

叶兆言，1957年出生，南京人。1974年高中毕业，进工厂当过四年钳工。1978年考入南京大学中文系，1986年获硕士学位。当过大学老师，出版社编辑，现为专职作家，写有400万字的作品。叶兆言早年的小说被认为是从民间角度写历史，在朋友苏童的眼中，他有老派文人的气息。

2013年，苏童的《黄雀记》、马原的《纠缠》、余华的《第七日》先后问世，他们曾是中国文学中的"先锋派"，现在不管是销量还是实力，又被看作是文学的"掌权派"。叶兆言的小说创作一直不断推出，但他和他们好像划不到一派，他早年不先锋，现在也不掌权。他自认不是畅销书作家，只是一个习惯写字的小说家，讲究与生活的距离，拿捏出手的时机，自成一体，可以看作是文学里的"逍遥派"。

——发表于2013年8月1日《深圳商报》

谢 泳 /

让历史照亮现实

　　谢泳很忙：2013年12月18日，他出席了在北京举办的搜狐教育年度盛典，指出中国高等院校重理工轻文史的现状。2013年12月22日冬至日，他在深圳少儿图书馆开讲《当代中国作家的人文精神与现实困境》，勾勒中国作家群像，分析他们面对现实时在个人作为和作品中乏善可陈的状态。2014年1月11日，新年刚过，谢泳又带着他的新书《往事重思量——杂书过眼录三集》在厦门和读者交流，探讨史料搜集背后的故事和创作中的心得领悟。他说："学术如果不是发自内心的兴趣，其实是一件很苦的事。我自己感觉比较幸福的就是从来不在专业内，以业余为荣，一切都发自内心。四十岁后，我绝对不做自己不感兴趣的事。"

　　2007年仅有中专学历的谢泳因学术成绩突出被厦门大学破格聘为教授，成为社会热点新闻事件的主人公。他的教学生活和学术研究如何？2014年年初，本报记者电话专访了身在厦门的谢泳。

新作不断，旧作再版

2007年5月，在谢泳的人生中绝对是一个分水岭，他告别山西《黄河》文学的副主编职业，南下成为厦门大学文科学院的教授。谢泳以专科毕业的学历破格晋升为教授，他的人生转变成为媒体聚焦的新闻事件。谢泳因业余研究"一个人、一本杂志、一所大学"而受到读者关注，产生不小的影响力。他研究储安平、《观察》杂志和西南联大的文章和图书，先后进入公众视线，也引发了公众的探究热情。

说起大学教书，谢泳觉得不是比口才好坏，关键是要有东西教给学生。过去傅斯年讲过一个类似的意见，就是说他不相信有人自己没东西，而能教好书。他说自己也有这样的感觉。

前三年他给本科生上课，第四年开始只给硕士研究生上课。在厦大他开过《中国现代文学史料概述》，这个讲义后来印成了《中国现代文学史研究法》。还开过《王瑶与中国现代文学学科之建立》《胡风研究》《钱锺书和围城》《陈寅恪晚年诗》《中国批判作家运动历史》等选修课。除了《中国现代文学史料概述》是一直开的基础课外，剩下的课，都是不重复的。每年开一门新课，因为重复的课没有热情。据谢泳的学生反映，谢老师的课不仅有料，醒神醒目，而且他

(韩墨/摄)

的口才也很好,深受学生欢迎。

这几年谢泳新作不断,除了 2010 年 12 月出版的《中国现代史文学法》,2012 年谢泳编辑的《独立评论文选》由福建出版社出版,翻看目录就不难发现,其中的文章除了具备文献价值,更有着强烈的现实意义。引发了不少读者的激赏!2013 年 4 月出版了《思想利器——当代中国研究的史料问题》,同年 11 月,谢泳的《往事重思量——杂书过眼录三集》问世,收录了作者这几年翻阅 40 多种图书或者油印资料留下的感想。

除了新作不断,谢泳的旧作也一再重印。2013 年 2 月,他的旧作《逝去的年代:中国自由知识分子的命运》全新修订出版,增订了约 14 万字。谢泳认为,个人研究对象能够进入公共领域里,取决于研究者本人对研究对象本身价值和当下现实之间的关系有清晰判断。在《思想利器——中国当代研究的史料问题》一书的后记中，谢泳重申："我多年的学术工作均有当下现实感情在其中，我的努力是让历史照亮现实。"而人们关心历史，其实正是关注现实。

说到对中国当代历史研究的方法，谢泳的看法也很简单，他觉得道理古人已讲完，西人也讲完。我辈所能做的只是搜集史料，如此而已。一如傅斯年当年所提倡："上穷碧落下黄泉，动手动脚找东西。"

当代中国作家的人文精神与现实困境

谢泳在深圳的演讲中，提到近十几年来作家在人文精神上的表现，用了"乏善可陈"四个字。

他说，20世纪90年代以后，尤其是近十几年来，公众对作家身上体现出的人文精神的评价，他个人判断是趋于失望的。所谓作家的人文精神，主要是对作家关注社会的热情和他对现实社会批判的勇气，强调作家的勇气和良知。在中国社会每一次重大的变革当中，几乎看不到作家用自己的作品或言行参与公共事务。近几年来能引起社会公众广泛关注的文学作品，感觉上也不是很明显。

过去经常说20世纪30年代中国作家的人格或者说独立性、自由精神，相对来说都能够得到一定程度的张扬，作家这个职业的特点是体现为自由职业。中国作家协会的制度形成，在初期得到了一些作家的好感，单位也会给你一些对应的好处，坏处是它要把所有的作家都"养"起来。你成为单位的人，要听单位的指挥，受单位制度条约的约束，同时也要执行单位给你的相应指令，把作家的创造性及有可能展示的空间压缩得非常狭窄。

而作家的人文精神只有在自由所对应的那种制度的刚性保证条件下才容易体现出来。开放时代的主要特征就是各种思潮和各种文化在这个空间里面可以自由传播，在这个条件下成长起来的作家，精神气质明显不同。

如果没有制度保障，就取决于个人内心的良知和勇气，我们只能在一定层面上要求这个作家有这种追求。如果他没有这种追求，我们也不太便于苛求这个作家。

人文精神和小时代

现代作家当中最具人文精神的是谁？既非 20 世纪 80 年代文学活动中最重要的"右派作家"群体，也不在被主流特别认可的"知青作家"群里，谢泳给出的答案是"二王"——王朔和王小波。他认为王朔和王小波的作品体现出对社会比较敏锐的观察，或者说始终如一保持了批判态度。但这两个人都属于非主流、边缘作家。谢泳认为王朔作品当中体现出对社会生活中那些东西的敏感性，对这个社会和制度有自己独特的理解。在独立人格方面，他在中国的作家里应该是一个带有表率作用的。

更年轻的一代作家体现人文精神比较好的是韩寒。谢泳说，韩寒的作品他也看得很少，但是对他的言论比较留意。如果说我们时代中哪些作家有人文精神，哪些作家摆脱了现实困境的，他认为韩寒是一个。韩寒一方面在体制外生存，靠赛车、写文章，不依赖于任何团体；一方面他对这个时代的变化敏感程度和关注程度始终没有减弱。

提到郭敬明，谢泳说，郭的小说他看的不是很多，他的电影也没有怎么看，但他觉得郭敬明用"小时代"总结对了我们这个时代。小时代的特点就是多数人都在追求物质的利益，思想价值的地位都开始动摇，变得不那么重要；大家都很现实，或者说大家都在追逐物欲的东西，这些都是小时代的特点。小时代在社会生活变革的特点，就是凡事都要谨小慎微，凡事慢三拍。大时代的特点是认准了这个事情马上就办。

谢泳提醒道，网络时代到来之后，公共知识分子在社会进步当中承担的责任和产生的结果，还是要从正面给予肯定。因为作协制度，所有从事创作的人，如果你想在体制内过得好，或者想从体制内分一杯羹，你期待这些作家身上体现出浓郁的人文气质精神也不容易。被体制束缚是一方面，另外他在体制里面的知识和立场也可能潜移默化地发生一些变化，慢慢地成为他内心的需求了。

对话谢泳：现在为吃饭的学术太多

问：你的学术研究从 20 世纪 80 年代初的报告文学起步，后来经过了"一个人、一本期刊、一个大学"，现在你对史料的关注度比较高，为什么？

答：我以为在中国现当代文学研究中，史料的地位还没有确定起来。研究者重论述轻史料的学风还没有根本改变。我把学术重心移到这方面来，一是因为自己曾经搜集过史料，有一点积累，二是希望真正的学术研究能经得起时代的检验。我相信有史料的学术不会随时间流逝，而缺乏史料基础的研究，最终要经得住时代考验是相当难的。

问：你以前收集英语字典，现在开始收集 1949 年后旧文人的油印诗集，油印诗集是小众边缘的东西，为什么会对这个感兴趣？有什么新发现？

答：一般来说，一个时代终结前后都有过渡期，而这个过渡期常常为人忽视。"五四"以后，中国文学的主流是新文学，是白话写作，但旧时代曾经有过旧文学修养的作家、学人并没有完全退出，只不过他们的写作不再成为主流。"五四"后那一段还不是完全为文学史遗忘，而 20 世纪 50 年代到 70 年代旧文人私刻的油印诗文集相当丰富，这也是当代文学史的重要内容，但因为私印流传不广，人们现在极少提起，我想先用史料方法把这一段弥补起来，让更多人来研究。我可能会先编一个"书目提要"一类的东西出来。

问： 每到年终岁尾，各种各样的年度好书榜单层出不穷，想问一下你个人的2013年年度好书榜榜单上有哪些书？

答： 陈徒手的《故国人民有所思》。杨奎松的《忍不住的关怀》。

问： 青年学者中你好像比较推崇胡文辉，浙江大学2012年年底出了一套吕大年、高峰枫编辑的青年学者的六合丛书，有胡文辉的《洛城论学集》、高峰枫的《古典的回声》、高山杉的《佛学料简》、张治的《蜗耕集》等，你有看过他们的文章吗？你眼中的优秀学者的标准是什么？你看好的青年学者又有哪些？

答： 这些书我都看过，我喜欢他们的主要原因是他们真正喜欢学术，学术是他们内心的真实需求。现在为吃饭的学术太多，我们需要更多有趣味，甚至有点游戏味道的学术，因为学术也是智力活动，到达比较高的境界时，一定不能少了趣味，而"六合丛书"的作者多数具备这种趣味。

——发表于2014年1月24日《深圳商报》

周　濂 /

仅靠一本书叫醒国人不太现实

《你无法叫醒一个装睡的人》这是一本你光听书名就无法忘记的书，更是一本带领着你站在思想的高墙上的书。

在崔卫平眼中，作者周濂写作的时候处于飞翔的姿态，从概念的高处飞往粗糙的地面，然后又从沟壑飞往天空，飞往理想的所在。

梁文道夸赞周濂作为最被看好的新生代学者之一，既有深入线团的分析能力，又有拆解乱绪的言说本事，此书堪称评论典范的佳构。

这本貌似题材小众、道理高深、书名独特的书2012年4月出版后不胫而走，成为销量十多万册的畅销书。不仅受到读者的热捧，更入选前不久出炉的"深圳十大好书"第五名。2012年12月15日，记者通过电话专访了在北京的周濂，听他解释书中的话题和书外的自己。

◇畅销说明越来越多的读者不愿意装睡

问：你说过这本书畅销是个意外，原以为卖一两万册，没想到卖了十多万册，获"深圳十大好书"是不是更在意料之外？

答：这本书之所以受到一些读者的欢迎，我猜想是因为在过去的三五年中，读者的阅读层面和关心的问题有了大幅度的转向，面对各种各样层出不穷的公共事件，人们在知其然的同时还想要知其所以然，在关心究竟发生了什么事情的同时，还关注在当前的社会生活下如何自处的问题。也许是因为有着太多的纠结，所以才需要思想上的解套。哲学思考虽然不能一劳永逸地解决这些纠结和困惑，但是至少可以通过概念的分析、道理的梳理，给我们一些启示。我相信这本书的标题击中了一些朋友的软肋，刺激他们开始反省自己的生活，也许它的畅销意味着越来越多的读者不再心甘情愿去装睡。

问："深圳十大好书"评选中，你这本书的推荐人是刘苏里，他说本书最大的贡献，是拨动了时代精神状态的心弦……但愿该作的广泛流播，能成为振醒国人沉睡心灵的黄钟，从而找到通向尊严的生活道路。你怎么看？

答：这当然是溢美之词，仅靠一本书叫醒国人不太现实，而且这本书的力道也没有那么强。我非常感谢在我之前的那些公共写作者，比如梁文道、崔卫平、刘苏里、许知远等等，是他们的不懈努力，抬高了观念的水位。怎样才能过上一种有自尊不自欺的生活？我相信归根结底这是每个人自我努力的结果，绝非这本书所能承担的。其实既言"装睡"，也就无所谓"叫醒"，根本问题在于装睡的人自己是否愿意醒来，决定什么时候醒来。

◇哲学教会我用复杂的眼光去看这个世界

问：你上大学选哲学系是想借道哲学杀向文学，有点曲线救国的味道，现在这本书的成功，你觉得是文学梦的实现？还是哲学专业的胜利？

答：这是个好问题。自从我学了哲学以后，文学梦就离我越来越远了，因为枯燥的哲学思考会伤害文学的能力。对我来说，这本书更像是一次总结和一场告别，书中有我二十多岁时作为文艺青年写下的一些青涩的作品，像一些影评以及某些心情小贴之类的东西，随着年龄的增长，我会越来越少写这种文章，但会继续尝试专栏随笔，努力用通俗的文字讲哲学。

问：哲学对你的用途是什么？你从哲学里最大的收益是什么？哲学最迷你的地方又在哪里？

答：我最初学习哲学的动机就是想让自己活得更明白一些，但是慢慢地我发现，真正的哲学不是用一两句教条或者原理去肢解人和世界，恰恰相反，哲学教会我用更加复杂的眼光去看这个世界，它要求我们在保证多元丰富性的同时发现关联与秩序，这是哲学最让我着迷的地方。

◇ 谁说了算？谁得到什么？

问：政治以前是一个高深的名词，甚至有人觉得肮脏，认为政治不过是权力的角逐，很多知识分子唯恐避之不及。现在才发现，政治与每个人休戚相关。福柯说过，如果我不对政治感兴趣，那我将是瞎极，聋极，愚蠢至极。你的这本书把政治哲学拉进我们的日常生活，如果要你简单通俗地介绍政治，你会怎么说？

答：政治事关两件事：谁说了算，谁得到什么。小到班集体，中到一个单位，大到一个国家，都存在谁说了算这个问题？用专业的术语来说，这涉及政治权威的理由和根据，以及公民的政治义务的问题。另外一件事就是谁得到什么？比如大学里评奖金，获一等奖和三等奖的理由是什么？差别在哪里？说到底，政治最根本探讨的就是这两个问题。某种意义上，政治可谓无处不在，它与我们的衣食住行、生活起居息息相关。过去在意识形态教化下，我们习惯了不思考也不追问，凡事都由国家和政府说了算。现在我们的公民意识、纳税人意识、个体的权利意识都在觉醒，逐渐认识到小到小区的管理，大到国家的政策，都应该有自己独立的思考和判断，并且努力发出声音。

◇ 一个偷偷摸摸的乐观主义者

问：大家都知道你是自由主义知识分子，但你提出过"不自负、不迟疑，也不骄慢"的"三不主义"，其中有一种积极入世的态度。你在微博签名里曾经引用苏格拉底的那句名言又透露出一股中庸之道，有强烈的儒家色彩。我知道给一个人贴标签简单又片面，但如果你给自己贴个标签的话，会是什么？

答：你对我的观察挺到位的。其实一个人完全可能在政治的层面上坚持自由主义的立场，在日常生活中成为一个温良恭俭让的儒家，二者并不矛盾。自由主义所坚持的宽容原则与儒家的中庸之道是有相通之处的。如果非要贴个标签的话，我愿意承认自己是政治上的自由主义者，文化和伦理上的保守主义者，经济上的罗尔斯主义者，也即主张对不受约束的自由市场做出某种限制，强调分配正义，缩小贫富差距。

问：比起"我不相信派"和"我呸"辈，你是乐观的"我想要相信派"，你自称是一个偷偷摸摸的乐观主义者，你乐观的底蕴在哪里？

答：我相信每一个人是有理性的人，虽然有时会被激情和欲望绑架，但总会在人生的某一刻开始反思，如此这般的生活值不值得这样过？我坚信多数人在经过认真的思索之后，会选择过一种积极向上的生活，而不是沉沦、苟且地活着。这就是我乐观的原因。

◇ 我并没有强迫每个人成为战士

问：在你眼中，犬儒主义者成了权力的共谋和帮闲，是你批评的对象。难道知识分子一定要挺身而出吗？像张中行因为不愿意革命被杨沫在《青春之歌》里写成了一个落后分子的代表，但张中行最终自成一家，成就不比杨沫差。知识分子难道没有中间道路可以走吗？

答：我批评犬儒主义者，但并不强迫每个人都成为战士。如果有人因为家庭背景、学识、性情的原因，选择远离政治，走皓首穷经的学术道路，或者过寄情山水的逍遥生活，我完全尊重他的个人选择。我憎恨和鄙夷的是那些自欺欺人甚至反咬一口的人，他们不但甘心做坏体制的合谋者，并且为此还沾沾自喜，指责嘲弄那些为了自由民主、为了崇高价值奋斗的人，这是我所不能接受的。

◇ 我不是启蒙者，我只是"思想的导游"

问：钱理群说过"我们的一些大学，正在培养一些'精致的利己主义者'，这种人一旦掌握权力，比一般的贪官污吏危害更大。"你也说过大学教育更忧虑的是赢家并不因此成就卓越，反倒可能在为熟谙了各种潜规则而变成蝇营狗苟的现实主义者。作为大学老师，你觉得现行制度最缺失的是什么？需要从哪里补漏？

答：作为一个老师，面对庞大的教育体制，有点螳臂当车的无力感，钱理群教授十年前从北大退休，投身中学教育，但挫败感很深，现行高考制度的独木桥让很多中学生削尖脑袋被塑造成精致的利己主义者。

其实，大学是社会的缩影。如果制度没有根本性的变革，仅凭教师的一己之力也是徒唤奈何，事实上许多大学老师也成了潜规则的执行者。就像我在《大学生的"德性"》这篇文章里所说的，目前最缺乏的不是智慧、勇敢、节制这样的古典品质，而是公平游戏的现代精神。

我反复重申我自己也是一个局内人，这本书里的许多文章都源自我和学生、朋友的交往，既描写了他们的困惑，也刻画了我的困惑，我尝试从学术、理论、概念的角度进行分析，努力给这些困惑寻找一个答案。但是我特别不愿意说自己是一个启蒙者，因为"启蒙"这个词有一个特别强烈的居高临下的姿态。而事实上，我和读者一样身在其中，这些问题既是提给你们的，也是提给我自己的。我希望这本书可以起到一个作用，就是"思想的导游"，我希望带读者去浏览一些风景，我从我的角度告诉他们，这条路上哪些风景比较好，哪些风景不那么好，我会给出我的理由，我也希望他们在阅读过程中不断地跟我辩驳，提出他们的观点。

◇形态各异的社群会让庞大而陌生的城市生活变得丰盈

问：你认为现代文明的必由之路是从乡村到城市，从礼俗社会到法理社会。在法制之外，建立各种纵横交错的熟人社区。可梁漱溟曾在20世纪二三十年代就指出乡村建设是中国的唯一出路。现在也有不少知识分子秉持这一理想，回到乡村，你怎么看？

答：乡村社会是千百年来中国人最熟悉的社群形态。2010年冬天，我回到浙江老家，发现很多地方在重建宗祠，但是不可否认的是，更多的人背井离乡进入城市，离传统的社群生活越来越远。在今天这个时代，我们需要有充分的想象力设想新型的、大大小小形态各异的社群形态，唯其如此，庞大而陌生的城市生活才有可能变得意义丰盈。

梁漱溟先生提倡乡村建设的时候中国还处于农业化时代，当时城市生活不是主流。但是时移世易，过去几十年中国的城市化进程异常迅猛，人口过百万的大规模城市很多，相比之下，工业革命的发祥地英国除了伦敦拥有七百万的人口，像利物浦、曼彻斯特这些城市的人口才四五十万。在这种情况下，与其重提"乡村建设"，不如改称"社群建设"，因为乡村仅仅是社群生活的形态之一种，我们要有充分的想象力在庞大的国家和原子化的个体之间建立形态各异的社群生活。

◇我们有批评他人的自由，也负有把握批评他人尺度的责任

问：读你的文章，我觉得你是一名讲故事高手，像《射象者布莱尔》写到最后，你才揭底说他长大后成了写出《动物庄园》的乔治·奥威尔。《节庆、传统和革命》这么严肃的题目的结尾，你却用《大话西游》中无厘头的台词做结。文章中还引用过现代派诗人尹丽川的诗，随处可见你文青的底色。我想问你喜欢的作家有哪些，文学层面受过谁的影响？

答：国内的作家非常喜欢余华，比如《在细雨中呼喊》《活着》和《许三观卖血记》；韩少功的《马桥词典》，还有王安忆的《纪实与虚构》对我有很深的影响。国外的作家我喜欢茨威格、布宁、加缪、昆德拉，当然还有村上春树，十年前他曾经是我的最爱。

问：莫言获诺奖是2012年的大事件，你喜欢他的作品吗？对他获奖怎么看？

答：莫言的小说我读得非常少，我不是特别喜欢他的文字风格。但是让我困惑和不解的是，此次莫言获奖，国内绝大多数的声音，包括左右两派，似乎都在愤怒地声讨之，而且几乎清一色的都是政治的视角。我当然也不喜欢莫言在政治上的犬儒、滑头以及自鸣得意的农民式狡黠的表现。作为公众人物，你可以对一些政治事件保持沉默，但不应该玩弄文字游戏，顾左右而言他，这不是一个有担当的文学家应该

有的态度。

但这毕竟是文学奖,即使有再多的政治因素,还是要拿作品来说话的。作家有自由选择对政治表态或不表态。事实上,莫言在他的小说中已经鲜明地表明了自己的政治态度。一个作家没必要像公共知识分子一样表态,我们对此不能苛责。

我不是说不可以批评莫言,我只是觉得在对他人做道德评价时,我们必须时时刻刻检视自我,看看我们的主张是否有足够的理由,我们的道德优越感是否仅仅基于无知或者无明,所有的道德要求首先是提给自己的,然后才是提给别人的。

其次,即使自己通过了类似的道德要求,也不意味着就拥有了指责甚至审判他人的权力。也许因为我自己是一个有着太多七情六欲的俗人,所以我总是对于"道德优越感"抱有极深的警惕。当然,这并不意味着就此放弃道德批评,而恰恰意味着当我们在进行道德批评的时候,应该对尺度和分寸有充分的自觉。

在当下的中国舆论环境下,时常出现全民狂欢式的道德批评与审判。就此而言,量刑适度很重要,应该有理有据,有几分证据说几分话。我们有批评他人的自由,但与此同时,我们也负有把握批评他人的尺度的责任。这是我想说的话。

◇ 退出微博是想多练内功

问:微博是国民参与公共生活的一个重要平台,事实上微博也发挥了不小的功用,这和你的主张也吻合,你个人为什么退出这个平台呢?

答：我退出微博是一个非常个人性的决定。2010年到2012年，微博对于中国的政治生态产生非常积极和正面的影响，但是与此同时，它也伤害了我的日常生活的完整性。比方说每当一个公众事件发生后，就会有很多人@你，要求你发表自己的看法。发表后，你又忍不住去看转发和留言，几乎每隔三五分钟就会刷新一次，这种状态会上瘾，会把你的生活切割得碎片化。此外，微博讨论的氛围以及140个字的限制，也不能系统完整地表达自己的观点，这让微博发言很容易蜕变成一个简单的表态和站队。过多地上微博也会让我被当下热门的问题牵着走，丢失个人的问题感，所以我决定远离微博，沉潜下来，多读书写字，多练内功。

问：一个畅销书作家背后肯定有不少出版社的邀约，接下来有什么写作和出版计划？

答：你知道这本书是过去十几年文章的合集，这些文章不是一气呵成的，而是断断续续写下的。我不是一个笔头特别快的人，我不喜欢也不擅长对当下发生的公共事件做即时性的反应，在这个意义上，专栏写作其实并不适合我。的确有一些出版社约我写书，但都被我婉言谢绝了。我希望自己能够保持自己的节奏，在有所感有所得的时候再下笔。另一方面，我毕竟身在高校，学术研究才是我的重中之重，未来我会把更多的精力放在学术研究上。

——发表于2012年12月17日《深圳商报》

刘 瑜 /

乐观是一种义务

刘瑜的出现，修正了两个概念，一是政治学，二是女博士后。

她的新书《观念的水位》上市不久，就成为微博和坊间关注的热点，这是她继《民主的细节》和《送你一颗子弹》后出的第三本书。

刘瑜的经历很亮眼：哈佛大学政治学博士后，英国剑桥大学政治系讲师，现为清华大学政治学系副教授。早年驰骋网络，以"醉钢琴"为网名四处论战，她写的美国时政专栏被梁文道称为"时代最需要的营养剂"，而《民主的细节》这本通俗化的学术书奇迹般地销售30万册。在被她删空、不着一字的微博上居然一直固守着77万庞大的粉丝阵营，可见她的影响力。

政治原本是一个枯燥、生硬甚至乏味，让人避之唯恐不及的词汇，在刘瑜笔下却把它家常化、生活化、通俗化。当她把观察一个地方的政治首先与观察这个地方的垃圾挂上钩时，你再也不会觉得政治有多高深、多复杂。作为女博士后，她美丽时尚，文章深入浅出，既有专业的厚度，又跟现实密切相关，下笔犀利又不失幽默，既无学究气更不会掉书袋。

《观念的水位》是一本给人阅读快感的书，读她的书你会以为她是彻头彻尾的乐观主义者，但她却说，骨子里她是一个悲观主义者，生活中容易焦躁，总担心把事情搞砸。之所以在文章里写得那么乐观，是因为周围的朋友太悲观，所以下笔的时候就强调乐观的一面，她觉得作为一个知识分子，乐观是一种义务。这也许就是公共知识分子所谓的担当吧！

2013年1月21日上午近11点，记者打通在北京的刘瑜电话，她正感冒着，邻居好像在装修，她问了稿件所需的长度和采访需要的时间后，挑选了一个相对安静的房间，接受了记者的采访。

◇中国未来变化的火车头

问：《观念的水位》上市，微博上大家讨论最热烈的就是这本书的名字，很多人提议如果用"你比你想象的更自由"或者"没来的请举手"，可能卖相会更好一些，为什么选这个名字？

答："观念的水位"当时是我坚持的。实际上我也犹豫过，尤其是在"观念的水位"和"没来的请举手"这两个书名之间，跟周围的朋友征集过意见，也跟出版商讨论过，大部分人投给了"没来的请举手",因为这个书名更醒目。但最后我还是觉得这个题目有点情绪化,价值判断的意味过重,乍一听很亮,但没有回味的余地。"观念的水位"虽然听起来不那么亮,但可以想象和发挥的空间更大,更平和、中性。而且我觉得"观念变化"是中国未来变化的火车头,是我们在一团乱麻中理解中国走向的一个头绪,所以将"观念的水位"作为书名也传达了我近年思考的一个要点。

问:有读者觉得你新书的封面太过简单。2013年第一期《人物》用你和柴静的半边脸做封面,柴静的新书也用她的工作照做封面。为什么你在自己的书封中不肯露脸?出版商有过建议吗?

答:如果有读者觉得封面不理想的话,不能怪设计师,主要怪我,因为核心的想法是我提供的。设计师最初的主要方案是一个老鹰扑向一个小孩子,我觉得这个意向太直白露骨了,没有深意。用我的照片做封面也是设计师提供的方案之一,我立刻就否决了。柴静是出镜记者,她的封面用采访图片,反映她和采访对象的关系,我觉得挺合适。我只是个大学老师,这样做不合适。后来我自己想了一个idea,门里面有一个水位,有点想象的空间,又有点文艺,而且比较简约干净,是我能接受的风格。说实在的,我觉得书的内容比这些形式的东西更重要。

问:你的新书很多是专栏的集结,出版时有删节吗?

答:删节不是很大,不过有个讨价还价的过程,有些我觉得没有大问题的文章反而磨了挺久;有些当初在报刊上想发发不出来的，收进书里反倒挺顺利的。所以我感觉各层级各地方的查校标准好像挺莫测的。

◇ 柴静的路径比我的更有效

问：《人物》介绍你和柴静时你说过："之所以把我们想在一块，不是因为我们俩有多么相像，而是可能像我们这样的人太少了。""我们这样"的少数到底是什么样的？

答：说句自嘲的话，就是女性公知，也就是"母知"。"母知"毕竟不多，相对少一些。我跟柴静挺不一样的，不管是思维还是行文方式，但是我们的社会角色和社会功能有点像。

问：柴静的《看见》底色是如何接近本真，事物的和人性的，你的三本书底色都是自由和民主，虽然都倡导个人的独立思考，都信奉学术和思想的自由，但根本上还是有区别的。

答：这也是一种表述。用柴静自己的话来说，她最关心人的命运，因为她是做新闻调查和人物访谈的记者，当然对人的关注最后往往也会落实到对制度的反思。我更关注制度这样相对抽象和概念化的东西，但是另一方面来说，对人的命运的关心又是我关注制度的原动力。所以两人也有相似之处，但侧重不一样。

两个人的文笔也不一样，她的文字比较舒缓沉静，"跟着感觉走"，我更强调结构感和论证意识，强调数据和逻辑。从社会传播的角度，她的路径比我的路径更有效，因为讲述人物的命运更能打动人。以前我只相信理性的力量，觉得说理就该只凭逻辑和数据，不应该诉诸情感，一诉诸情感就成了煽情，后来我意识到对人的感性维度过于警惕也是一种不诚实和狭隘。比如马丁·路德·金的演讲，哪有什么数据和逻辑？就是一系列的排比句，我有一个梦想，我梦想这个；我有一个梦想，我梦想那个，这不是煽情吗？这种煽情就那么可恶吗？或者像《辛德勒名单》，它不煽情吗？多少人看得眼泪哗哗？谈论政治就一定要干巴巴冷冰冰吗？未必。在特定的社会历史时刻，尤其在公众和社会相对麻木的时刻，诉诸人的情感来传播某种价值观念，也是很有意义的，只是别滥用人的情感，别用那个东西来否认或替代说理就是了。

◇ 衡量社会走向要多给点时间

问：在新书的序言中，你说自己是一个乐观主义者。生活中的你也是个乐天派吗？

答：其实我天性很悲观。之所以在书中多次提到乐观这个说法，只不过我乐观的标准和很多人可能不一样。如果乐观是指我相信政治转型后天下会一片祥和，转型过程会一帆风顺，那我就是悲观派。转型的过程肯定会有很多艰难险阻，街头政治暴涨，经济暂时动荡，议会揪头发或者街头约架，这些都有可能出现。

我的乐观是就改革是否存在动力而言。因为我身边有一些人，他们总觉得还指望社会变革，做梦去吧，中国民族性就是那样。我的乐观是针对这种情绪来说的。我书中也阐述了，我认为中国的社会结构在变化，中国人的观念在变化，国际环境在变化，这些变化很可能迫使政治精英做出一些反应。在这个意义上我是乐观的。

前两天我看见一句话，大意是乐观是一种义务。只有一定程度的乐观，才愿意有所行动，才能推动社会的变化。某种程度上讲，每个活着的人都是在用活着本身来表明一种最低限度的乐观态度，如果真觉得前途一片黑暗，什么都没指望了，那还活着干吗？

问：悲观的人是不是视野太短了？心太急了些？

答：我读各国转型的案例，确实觉得我们很多人在判断一个社会的走向时，时间尺度太短了。往往期待今天上台，明天就有变化。比如台湾基层选举，20世纪五六十年代有了，但领导人直选是抗争了几十年，到1996年才实现。韩国20世纪五六十年代就有多党制了，但是真正公平自由的选举也是抗争了几十年，到1987年才出现。衡量社会走向，我觉得应该用比较大的时间尺度，很多人往往没有耐心而流于暴躁。当然另一方面，有些人会以"慢慢来"为理由无限期拖延改革。前一段有人发微博说：啊，给祖国一点时间，祖国赶不上知识分子的急脾气等等。问题是不管你走得多慢，应该要有走的意向和动作，走得慢和根本不走，还是有本质区别的。别人一抬腿就按住不让走，说这叫"慢慢来"，这是逃避现实。

问：我还以为你相信"人之初，性本善"。

答：我不相信人性是善的，人性也可以是非常恶的。"文革"中爆发出来的人性恶，还有土改中爆发出来的人性恶，都是例证。恶是有传染性的，用哲学家慈继伟的话来说，叫"非正义局面的易循环性"，要看制度提供什么样的机制。

◇就是换个位置"踢球"

问：做记者写时评，总觉得文字的力量有时候就像你说的"以蝴蝶的重量影响哑铃的平衡"，无济于事。常识一再提及，观念一再普及，但水位死活不见涨，难免灰心。你有过类似的感受吗？

答：在中国做记者和时评者，的确挺痛苦的。在某些国家出了一些事情之后，记者一报道立刻引起制度上的变革，比如我写过的英国议员报销丑闻，和英国小男孩皮特被继父打死的事件，一个新闻事件延伸成一个政治问题，很快引起制度的调整。但国内发生的事件，报道以后很难引起关注，即使关注了，往往只能使个别事例得到解决，很难引发制度变革。这就把记者和时评者逼成了祥林嫂，因为同样的悲剧不断地发生，每发生一次，你就重复一遍已经说过的话，这个重复的过程不但让被批评者觉得你很讨厌，读者也会烦，因为"审恶疲劳"，觉得你提供不了新鲜话题和思想，甚至你自己也会讨厌自己，觉得自己在原地踏步。

我也写一些时评,克服厌倦感的方式就是尽量发掘新的角度去评论同一类事情,或者将时事和学术上的一些发展勾连起来,就好像正面短距离射门不行,就尽量从侧面、从远处射门,但新的角度毕竟是有限的,自己的知识储备也有限,到后来还是会有厌倦感。这也是为什么我说接下来两三年不大想写时评了,想写更学理化的东西。这不是说我不关心时政了,或者不想参与现实了,就是换个位置"踢球"吧,不想做前锋了,厌倦了,改一段时间后卫吧。

问: 读《观念的水位》,感觉你写学术文章时克制、谨慎,写书评、影评时反倒自由果决。写两种文章哪种成本更高,哪种消耗的零食、咖啡、衣服、化妆品更多一些?

答: 你不说,我倒没注意到两种文章在结论的清晰度上有很大的区别。影评、书评和我的感受联系在一起,可能更容易些,只需对我的感受负责。写更政治、更公共的话题,因为这种文章本质上是对话,要争取他人的理解和同意,所以更需要谨慎一些。

审慎是学者基本的素质。有时候我确实在很多问题上拿不准,觉得自己的知识储备不够,或者干脆就没想清楚,或者想来想去觉得事情的两面都有其道理,那我就老实地呈现我的犹疑。一个学者不是一个布道者,犹疑和含糊未必是坏事,可能恰恰是思想开放的标志。此外就算有些事我想清楚了,有自己的结论,我觉得也不能强加于人。从传播的效果上而言,把一件事情说得斩钉截铁咄咄逼人,可能别人反而会有逆反心理。

◇喜欢毛姆和纳博科夫

问：中国近当代知识分子里你最爱的是胡适和顾准。作为写过小说的女文青，你喜欢的作家有哪些？

答：我虽然号称女文青，也写过小说，但我小说看得不太多。这两年读到的最打动我的是纳博科夫，之前两年是毛姆。他们的作品中有对人深切的悲悯，有神性的东西在发光。

问：岁末年初，很多媒体评2012年的十大好书，推荐一下你2012年读过的好书。

答：如果国外和国内分别推荐一本的话，国外的是福山的《政治秩序的起源》。这本书很厚，我也还没读完，但我觉得他的问题意识特别好。20世纪90年代以后，随着第三波民主化的深入，很多政治学者的问题意识都落到了制度上：民主还是专制？民主化的动力是什么？民主化稳固的条件是什么？民主化的路径有无优劣？威权制度是否还有生命力？但慢慢地，很多人意识到只关心制度选择是不够的，有些民主化的国家发展并不如人意，出现了空心民主、形式民主等现象，之前对民主自由过早的乐观态度受到经验上的挑战。在这个方面，福山的反思走得最远，他回归到20世纪六七十年代亨廷顿的问题意识。亨廷顿认为政治不仅仅是一个制度选择问题，而且是一个"治理深度"的问题。福山就重新捡起了这个传统，所以这些年，他谈论"国家建设""政治秩序"格外多，也特别关注中国。这本书也是他这些年思考的一个总结性表述。他的结论我们不一定赞同,但他的问题意识很好。

国内我推荐袁伟时老师《昨天的中国》。这本书浅显易懂,但是我非常受益。内容主要是讨论辛亥革命和北洋时期的。我当然早就意识到小时候教科书里对辛亥革命的很多判断是有问题的,也东一耙子西一爪子地知道哪些点上有问题,但是这本书帮助我系统地重新认识辛亥革命,它还原出一个全新的同时也是逻辑上更自恰的辛亥革命和北洋时期图景,给我带来很大的启发。比如我们会不假思索地说辛亥革命失败是由于"资产阶级软弱性"带来的,袁老师会问资产阶级的软弱性到底是什么?事实上清末民初商会的力量很强大,对建立初级宪政框架起了很大作用。又比如什么是辛亥革命的失败?失败的标志到底是什么?是我们常说的"袁世凯夺权"吗?这本书破除了很多我们早已习以为常但漏洞百出的看法。

问:你在《琥珀之城》一文中提到罗素和王小波,想听听你对罗素和王小波的看法。

答:很欣赏,他们代表的精神中国很缺乏。王小波的书我在20世纪90年代读过,内容和故事记不清楚了,但那种文字气质和它背后的政治意识却已经被内化了。他那种举重若轻的叙事方式影响了整整一代人。

◇离开微博却没走远

问:你从早年在网络上驰骋各论坛的"醉钢琴",到微博上有 77 万粉丝却删空了全部微博内容。你说过培育公民素质需要公共空间，微博可是比较热门的公共空间，你为什么要退避三舍？

答： 我觉得微博最大的好处，是在中国这样的言论环境里，能起到设定另类公共议题的作用，微博上可以讨论主流媒体不怎么讨论的话题，像劳教、强拆、网络反腐……这些事情如果不是借助微博平台，很难成为公共话题的中心。

我的个性不是特别适合微博的交流方式。微博上一来火药味重，二来交流很难深入，三是信息量同构性很强。这是我退出的理由。我真的没有那么多话要对公众说，而且我觉得一定程度的孤独是精神健康的必要条件。就算我不怎么上微博了，偶尔还会看一下，而且朋友聚会还是聊微博中的这些事情。表面上不上了，但也没离开多远。

问： 你在《恶之平庸》中提出"彻底的匿名状态就意味着彻底的责任豁免。"这句话很可能被用来作为支持网络实名制的理由，现在网络的空间越来越被挤压，你赞同网络实名制吗？

答： 在一个说真话要付出代价的环境里，不赞同实名制。而在一个言论自由的环境里，我又不知道谁有动力去组织推动实名制。当然我个人确实认为有名有姓的人写的东西比匿名 ID 写的东西一般来说更审慎一些，更值得阅读。

——发表于 2013 年 1 月 25 日《深圳商报》

陈　明 /

调动生活积累与经典对话

说起新儒家的代表人物，陈明首当其冲。

以中国思想史为研究领域的他，不管是作为中国社科院研究生院宗教系博士，还是首都师范大学儒教文化研究中心主任，再加上儒家学派的重要刊物《原道》的创办者和从始至今的主编，都不同角度勾勒出他的学者身影。他出版的《儒学的历史文化功能》和《儒者之维》为学术之作，在圈内颇有影响。他与李泽厚2001年的谈录《浮生论学》却让普通读者看到了他快言快语、口无遮拦的真性情。

近年来，国学热升温，《论语》走俏，孔子代表的儒学再次复阳，但中间也免不了种种误读。在风口浪尖，陈明多次挺身而出，直言不讳：2006年，因为立孔子的标准像，陈明大声喝止，直斥这一行为是愚蠢、狂妄、无耻。2007年李零的《丧家狗》一出，议论纷争，他又毫不犹豫地站出来，称其为"作家的文采、训诂家的眼界、愤青的心态"。

2006年年末,针对一些名牌大学挂国学班的招牌趁势捞一把的心态,他再次激烈痛斥:"国学当成技术卖,既是国学之悲,也是士子之耻!"

不少人为陈明清晰明确的反对声大声叫好,在他的喝止声中及时警觉起步,但也有人觉得陈明太过偏激,言过其实。

孰是孰非,历史自有公论,但陈明的高唱反调,就像一个反向的参照系一样,在国学热和孔子热的当下,给我们提供另一种不同的指标和样本。那么经典到底该读什么?怎么读?且听陈明细细道来。

◇阅读经典不是要回到经典

问:世界读书日,《深圳商报》做了一个重归经典的专题,以《论语》《老子》《孙子》《周易》四本经典古籍为源头,分别请专家和学者来谈一谈阅读的意义,以及入门的途径。你对这样的推荐有何建议?借助阅读这些古籍,我们是否真的能踏上重归经典之路?

答:这四本书当然很不错。儒道是传统文化主干,《论语》《老子》必不可少;《孙子》的智慧冷静清晰,无论对于个人还是民族,都十分需要。《周易》可以讨论,我个人以为稍微深奥了点:"易经"没必要去琢磨——现在讲易经的人很多都透着几分妖气,"易传"很多东西跟《论语》《老子》重合。

阅读经典不是要回到经典,而是要使我们的生命得到经典的滋养，使我们的生命和生活变得丰富、饱满，变得更有意义。经典之所以成为经典，是因为它们来自一些伟大心灵和思维对世界的感悟。人生短暂，世事无常，并不是每个人都有这样一种敏锐、这样一种与世界相契的机缘。我愿意把"朝闻道，夕死可矣"解读为生命对于超越和升华的渴望，跟苏格拉底说的"没有经过反思的人生是不值得过的"有点异曲同工的味道。

当然，人生忧患识字始。这种反思带来的也许并不都是轻松，不免有些许沉重。虽然自己不愿再变回童年的无忧无虑，但一般情况下我并不赞成读经典读得太认真。

问：如果由你挑选推荐给读者的古代经典，你会选择什么样的书目？

答：照我的感觉，我会推荐《论语》《庄子》《韩非子》和《坛经》——多少与儒道墨法或儒释道的传统文化结构吻合。

你们这里的读者应该是一般读者吧？应该以"受用"二字为主。这既意味着与生活相关，也意味着简单好读、有滋有味。《庄子》是极品"心灵鸡汤"；《礼记》是古人的生活方式，也值得推荐。另外就是希望你们能找到蔡智忠先生来画漫画，把经典直观地传达给读者。半部《论语》治不了天下，但一句"己所不欲，勿施于人"却是可以遵行一辈子、受用一辈子的。

人生下来其实是动物一个，文化底色是不知不觉中熏染出来的。如果我们对这些经典形成自觉，我们的民族精神就会健全许多。在经济发展、科学昌明、人文意识萌发，而意识形态话语及影响力趋于式微的情况下，读点经典很有必要，大有裨益。

◇我对孔子是敬而不亲

问：大家都知道你是新儒家的代表，可是我想了解一下，你读《论语》的感受，第一次读是什么时候，是如何读的？对《论语》的理解和对孔子的认识有什么样的心路历程？

答：新儒家代表？这是别人叫出来的，对我乃是生活中不能承受之重。我不想沾它什么光，更害怕给它惹麻烦！

我第一次读，应该是1977年"儒法斗争"时期吧。当时我父亲从单位领回不少资料书——好像是北京大学工农兵学员什么的"批注"的。他很少看，我喜欢翻。不读批判文字时只觉得古文挺美，道理挺好。看到批判文字，又觉得它应该更有道理。

我现在给学生讲《中国哲学史》，就是用的北京大学的教材。这教材就是那时候打的底稿，现在还是什么精品教材，我每次上课几乎都要先消消毒——五阶段论的历史框架、儒法斗争的政治眼光等等。

从个人感觉说，我对孔子是敬而不亲。他做了很多事，是夏商周三代主干文化的传承者、传播者，对我们的文化有奠基作用。我虽不认为"天不生仲尼，万古长如夜"，但也不相信没有孔子历史自然会造出另一个别的什么"功能替代物"出来。

孔子完成了这样一份工作，就应该给出足够的估价、付出必要的尊重。这样一种理性的态度，是我在做博士论文时确立的。作为20世纪80年代受教育的学生，应该是比较早的。整个80年代我都比较西化，读博士的时候经常跟导师余敦康先生争论，认为他不应该为儒家、孔子辩护。他说他不是说什么好话，要我自己去看原典。由读《论语》《礼记》，再到《史记》《汉书》《资治通鉴》，看法就渐渐改变了。我相信现在的那些愤青，这样读一遍，应该也会跟我一样的。

问：王国维说为学有三重境界，对读者来说，也想了解你从第一次接触《论语》到现在，是如何炼成一名新儒家的？

答：这话似乎暗含着我已经万水千山走遍了，我完全不能接受。再说一遍，我这新儒家是别人叫出来的，当不得真。

在博士论文中确立对儒学"实事求是"的态度后，后冷战时代的地缘政治原则依旧、文明冲突论的提出、国内所谓自由主义者们的浅薄偏激，都使儒学的历史功能、现实意义在我的思维中变得更加清晰明确。

1994年办《原道》时定位超越当时流行的"学术史"，只是为"较乾嘉诸老更上一层"，至于是不是归宗儒家，并不十分明确。在对一些问题的讨论中，我的立场变得儒家化，儒家化的立场又促使我去努力将自己对儒学的理解变得系统化一些、合乎逻辑一些。如此这般，加上办《原道》、办"儒学联合论坛"网站、张罗中国社科院宗教所的"儒教文化研究中心",现在又主编"儒家邮报",调到首都师范大学后又成立一个"儒教文化研究中心",一来二去,"新儒家"三个字就坐实了。实际我自己还懵懵懂懂——也许这正好可以说明儒家文化的内在生命力吧。

◇找一个读《论语》的理由

问:《论语》在当下的走热,与于丹借助《百家讲坛》熬制"心灵鸡汤"不无关系,孔子由此重新走进现代人的生活,我们这次想抛开一些虚幻的意义的探讨,回归到《论语》本身,从它的文本开始,探讨他对现代人的意义。对普通读者来说,你认为最能打动他们阅读《论语》的理由有哪些?

答:《论语》中的道理很平实,可谓卑之无甚高论。但是,它不是知识——知识是关于对象,而是基本的行为准则、生活理念,是一种要求向行为落实的价值,某种意义上它更接近《圣经》,是一个传统的凝结,一个民族的文化轴心,而不对应于柏拉图或者谁谁谁的著作。它既是中国社会生态的产物,又是这一社会生态的塑造者,《论语》的地位就是在这样一种互动过程中建立起来的。

所谓现代,主要是高科技以及一些现代价值,如人权、自由、民主等,这些是维系我们生活质量的必要因素,但并非全部,像文化认同、身心安顿等,就不是这些东西可以应对解决的。

问：古代经典时隔久远，再加上古人与现代人的生存环境有天壤之别，现代人阅读能力的衰退，大家觉得阅读古典难度很大，其实我们上面提到的这四部经典，字数都不多，加起来也就三万字左右。可是通读完一遍的人很少，能读懂的为数更不多，为了让人们阅读古代经典，很多人强调古代经典的现实意义和功用，我想问的是我们真的要有用才读经典吗？读经典的意义非得这么现实和功利吗？

答：人的行为是离不开目的性的。有目的性就会有一个有效性的问题。我是主张"即用见体"的。用，可以解作"有效性"，追求有效性是理性行为的特征。当然，"用"存在一人一时之用与天下万世之用的区别。

无聊才读书，是一种境界；有事才读书，有用才读书，也是一种境界。为求知、为寻找意义阅读经典不错；纯粹出于附庸风雅去读书读经典，也没什么不好，应该鼓励——附庸风雅难道不比自甘平庸、自甘恶俗好过千倍万倍？一念之善即是因缘。

问：你觉得读《论语》应该持有什么样的心态？

答：我觉得不要有神秘感、不要寄望太高，以为它类似武功秘籍甚至阿拉丁神灯，可以点石成金，可以朽腐化神奇，而要试图去体会里面话语的情境、意义和意境，会心则一笑，不解、不认可，则不妨设身处地：要是换成我自己，我会怎么讲？怎么做？会比古圣先贤说得更好、做得更好吗？

◇读《论语》就像平心静气者去见一位长者

问：对第一次打开《论语》的读者你有什么样的劝告？阅读《论语》需要有什么样的准备？是直接开卷还是要读外围相关的书籍？

答：首先是心态，平心静气，就像去见一位长者，未必相信其经验依然有效，但对其善意与智慧却是不怀疑的。

其次是版本，找一个通俗的本子，语言得到梳理，解释相对平实。在此基础上，对感兴趣而又不太明白的问题，找一点历史和研究性资料参考，但一定要开动脑子，调动自己的生活积累去与经典对话。

问：读《论语》最大的困惑在哪里？

答：它是对话体，而当时的情境鲜有交代，所以，所谓的"原意"常常难以确定。处理办法就是试着自己去建构一个，心通意通即可，不足亦无须为外人道也。

◇选什么样的版本？

问：你的《论语》讲座注明的参考书是杨伯峻译注的《论语译注》。这本书在学界颇有口碑，但对普通读者来说是不是最好的入门书？

答：读书先识字。杨伯峻是这方面的专家，心态也好，没有过多或正向或反向的演绎。再就是钱穆的《论语新解》，虽然同情温情较多,但你读《论语》毕竟是为了得到一些什么,这就没什么不好,否则何必多此一举?

问:自古及今,《论语》注本数不胜数,现代的注本也层出不穷,但错讹较多,于丹的《论语》算心得,错误较多,张中行先生曾指出南怀瑾《论语别裁》中的错误,你有没有发现需要读者绕道走开的注本?

答:《丧家狗》什么的就是,理由跟前面讲的一样,如果有什么情绪要发泄,另当别论。南怀瑾、于丹存在这样那样的不足,但无所谓。等你要能发现它们的问题,你已经从中受益知道相忘于江湖了。

问:你认为最受益的《论语》注本有哪些?

答:程树德的《论语集释》。

问:去年你对李零的《丧家狗》一书,火势较猛,今年平心静气回过头再看,你还认可当初的判断吗?

答:我火势太猛?他破绽太多吧?类似的批评不只来自所谓儒家,也来自自由主义者和学者,如秋风、李俊。迄今他没做任何回应,除开对支持意见表示感谢。

◇一句话概括《论语》:己所不欲,勿施于人

问:如果让你用一句话概括《论语》,会是什么?

答:提到《论语》,我会首先想起"己所不欲,勿施于人"。

问:止庵说,孔子的存在让知识分子不会太堕落。他还说,

如果我们所有的人都在一道坡上沿着下坡的方向，回头一望，相反方向上坡的那个人肯定是孔子。作为新儒家的代表，你心目中的孔子是什么样的？

答：这话讲得挺好。

问：蔡元培说到胡适的《中国哲学史大纲》优点时认为，胡适开创的中国哲学史，是以诸子为范围，直接从老、孔讲，这是截断众流，开风气之先，厥功甚伟。胡适的体系有平等的眼光，对儒家既不尊，也不批。李零说，中国哲学史，从一家之学，重归六家之学或百家之学，我们一定不要忘记胡适，中国的学者要感谢他，西方的学者也要感谢他。你对这个评价怎么看？

答：我佩服胡适，他是自由主义者，也是爱国主义者。他对传统的批判是从一个内部视角，即把自己视为传统的一部分，承担着某种责任，就像鲁迅对国民的"哀其不幸，怒其不争"一样。至于从孔老说起，是因为当时疑古风气太甚，认为此前的材料都不可信。这是一种"科学态度"，但现在看来，当时风气显然有点"疑古过勇"。儒学的特殊性在历史上是一个事实，今天不再特殊是另一回事。感谢云云，太夸张了。西方从来就自我中心，难道还需要胡适给他们启蒙开路吗？

问：胡适晚期，尊老敬孔贬墨，他说，老子是无政府主义，最高；孔子是个人主义，其次；墨子是集体主义，最下。你是否认同这个观点？

答：这话的语境不清楚，不好评价。三种主义的高低，也是见仁见智的事。

问：止庵说，先秦哲学都是关于人的，《庄子》讲的是一个人的哲学，《论语》和《老子》讲的是两个人的哲学——除了"我"之外，还有"你"或"他"。在孔子看来，这另一位是好人；而在老子看来，则是坏人。如果让你比较老子和孔子，你会怎么讲？

答：有意思。传统文化有儒道互补真是国人之福——既有人讲自我、逍遥，又有人讲与他人共处，并且好人坏人都有考虑。

我觉得孔子讲的似乎是应该把那个"他"当成好人；老子讲的"他"则似乎应该是"它"，即道，指世界、自然。

◇读《论语》要避免哪些误区？

问：我看到一则报道，你说，深圳有人建议你去讲"儒商"，你谢绝了。你说："慈不带兵、义不理财，儒学与他们之间的紧张不言而喻。"你觉得总裁、经理是工商社会的精英，虽然具有较大影响力，但通过他们加深社会对国学的认知可能事半功倍。我好奇的是：孔子作为大教育家讲有教无类，你讲《论语》是不是很挑别听众呢？如此看来，《论语》是不是也存在有效读者呢？你认定的最重要的《论语》读者应该是哪些人呢？

答：这里的"他们"应该是"它们"，指带兵、理财之事吧？"儒"跟人是不存在什么紧张的。儒将、儒商都是指人。兵者诡道，商场如战场。儒家的东西与此不在一个平面上，借用工具理性、价值理性概念或许可以说明这种区别。"货殖当思子贡贤"，子贡与常人之异不在怎么挣钱，而在怎么花钱——有人愿意听我讲这个吗？

《论语》最重要的读者？如果问题换成最需要读《论语》的人是谁，我会说公务员，也就是大小干部。

——发表于 2007 年 2 月 5 日《深圳商报》

止　庵 /

以平常心重读《老子》

先秦诸子百家，影响最大的是儒道两家。《论语》是儒家的代表作，《老子》则是道家的代表作，全文仅有五千言，充满了不少深沉的智慧之语。有人借用尼采的话，形容《老子》"像一个永不枯竭的井泉，满载宝藏，放下汲桶，唾手可得。"早在一千三百五十多年前，唐高僧玄奘与道士成玄英等就将《老子》翻译成梵文。近代以来，西方学人翻译外国典籍，最多是《圣经》，其次就是《老子》。

读止庵的《樗下读庄》和《老子演义》，知他深谙黄老。《老子演义》最早在2002年出版，2007年重印。这是一本踏踏实实解读《老子》的书。止庵称："我读书只是满足一己需要。"但是读者读他的《老子演义》，却可能有所获益。

当下孔子热度不退，老子热度升温，2008年4月下旬记者专访止庵，请他从自身阅读经验出发，谈一谈读《老子》的方法和门径。

(韩墨/摄)

他的观点我们未必赞同,但他的读书经验和心得,至少可以让你在打开《老子》的时候,有一个可供参照的标杆。

◇读经典到底读什么?

问:现在倡导阅读重归经典,以《论语》《老子》《孙子》《周易》四本经典古籍为源头,借助阅读这些古籍,我们是否真的能踏上重归经典之路?

答:"重归经典"提出这四本书,我觉得未必恰当。无论如何应该列入《庄子》,而《老子》并不能代表《庄子》,《孙子》倒是与《老子》有点儿"靠"。《孙子》是兵书,不必号召大众去看,至于它在现代商场上有用处是另一码事。

《周易》尤其《易经》是算卦的书，大众看了也没有用。

问：李零当初的意思是这四本书都很短，又有代表性，所以建议读，你觉得理想的推荐应该是什么？

答：那要看我们在什么范围之内读。专家学者读是一回事，如果推荐全民读的话，不如做一个选本，范围可以再大一些，把《庄子》《孟子》《荀子》《韩非子》《吕氏春秋》等也包括在内，各选精华，详加注释。这可能是更有效的一种方式。如果非要选定四本，我觉得《论语》《老子》《庄子》这三本应该有，第四本未必非得局限于思想或哲学，《诗经》或《左传》可能也是好的选择。"重归经典"，不要把接受的角度和范围弄得太狭隘，太专一了。我们可能从先秦接受的不仅仅是思想，还可以从文学或历史角度来欣赏、来了解，而文学就不能不提《诗经》，历史就不能不提《左传》，《论语》《庄子》《左传》又都是先秦最好的文章。多些角度，接受者获益就大一些。

◇为何读《老子》？

问：你能谈一下我们现代人阅读《老子》的理由吗？

答：了解本身就是理由，《老子》这么重要的原典讲了什么，作为中国人总该知道。总的来说，先秦原典反映了先民的生存智慧和思想智慧，与现代人的看法可能相符，也可能不符。不可否认，原典对于我们有益处，但原典之间却未必是一致的，譬如，《老子》与《论语》所讲的做人原则就是根本矛盾的。

问：这种矛盾读者该如何取舍？

答：阅读的目的不能太直接，太现实，太急功近利。有些原典的内容跟我们现在的一般要求是相反的，除非误读，否则难以照搬。譬如孔子是教你如何做个好人，做个道德高尚的人，哪怕"杀身以成仁"；老子则教你如何赢，如何胜，是不是好人无所谓，或者干脆说，孔子所说的那种好人他根本反对去做。对两方面我们都了解了，也就自有取舍了。

◇ 如何读《老子》？

问：你觉得现代人应该如何读《老子》？

答："回归经典"，并非易事。《论语》要算比较容易读的了，但还是众说纷纭。譬如"子曰：'攻乎异端，斯害也已。'"其中的"攻"字，历来解释不一，有的说是"攻击"，有的说是"专攻"，意思完全不同。大家知道有不同解释，然后才能择善而从。错误的解释会误导读者。譬如这两年内地出了不少台湾教授傅佩荣讲国学的书，实在错误百出。张中行曾对内地流行一时的南怀瑾有所批评，我觉得傅佩荣水平还在南怀瑾之下，不客气地讲，有些地方恐怕汉语还不过关。

问：具体说一下你读《老子》的经验。

答：关于某一本书有各种现成说法，这很容易构成我们的阅读障碍。譬如一提到《老子》，首先就会想到"老庄"。

其实《老子》跟《庄子》并不是一回事儿。《庄子》说"吾丧我",《老子》说"柔弱胜刚强"。《庄子》之"道"是事物自然状态,乃是本来如此;《老子》之"道"是世界根本规律,可以加以利用。《庄子》讲"无为而为"或"无为而无不为",前一"为"字作目的解,后一"为"字作行为解;《老子》讲"无为而无不为","无为"指行为,"无不为"指结果。从根本上讲,《庄子》哲学只涉及个人,而《老子》哲学针对社会。假如不加分辨,很难避免误读。不要先入为主,要把现成定论放一边,读完了再回过头来看它对不对。

再就是要通读全书,《老子》一共才五千字,不要被其中一两段给局限住了。譬如第一章讲"道可道,非常道,名可名,非常名",给人一个很玄虚的印象,觉得"道"真是莫测高深;但接着往下读到第三章,就是"是以圣人之治,虚其心,实其腹,弱其志,强其骨,常使民无知无欲,使夫智者不敢为也","道"也就落到实处了。光看其中一章,印象就不完整,不准确。再就是要选择古今不同年代的注释本参照来看,不要偏信一家之言。

◇读《老子》困惑何在?

问:现代人读《老子》最大的困惑会在哪里?

答:刚才说了,不要先入为主,这可能带来误读;但假如不误读,又可能大失所望,因为原本的期待是建立在误读的基础之上的。譬如现在提倡"返归自然",常常把《老子》也提上,其实《老子》里并没有今天我们的"自然"概念。《老子》讲到"自然",如:"功成事遂,百姓皆谓我自然","希言自然","人法地,地法天,天法道,道法自然","道之尊,德之贵,夫莫之命而常自然","以辅万物之自然,而不敢为",都是指事物的本来样子。《老子》中的确有不少对于自然现象的观察,"道"就是从这种观察中体悟出来,但是在作者头脑中,尚且没有一个如今天我们所说的与人类社会相对应的"大自然"的概念。

问: 能不能用一句话概括《老子》的核心思想?

答:《老子》一言以蔽之,就是"反者道之动,弱者道之用"。作者认为道的规律,在于事物向着相反方面转化,应该利用这一规律,置身于弱的一极,以期"柔弱胜刚强"。《老子》所说"贵以贱为本,高以下为基","知其雄,守其雌","知其荣,守其辱","知其白,守其黑","勇于敢则杀,勇于不敢则活"等,都是这个意思。所以我说,真要读懂《老子》,现代人难免失望。现代人提倡一直保持强者姿态;《老子》则强调要弱,等着由弱变强。

问: 可是通观《老子》,他是"无为而无不为",弱是手段,强才是目的,它讲的应该是以弱胜强的哲学。对好强的现代人来说,应该不会失望才对。

答: 我的意思是说,《老子》讲的,操作起来并不容易。《老子》从"天下之至柔,驰骋天下之至坚","江海所以能为百谷王者,以其善下之"之类自然现象中,发现了一个弱能胜强的规律,从而提出"将欲歙之,必固张之;将欲弱之,必固强之;将欲废之,必固兴之;将欲夺之,必固与之",但是对于一点亏都不吃的人,这种办法肯定没法采用。另外,《老子》讲"大曰逝,逝曰远,远曰反"和"反者道之动",这种一方面由弱而强,另一方面由强而弱的变化颇需时日,我怀疑大家多半没有他所要求的那份耐性。

◇老子是谁?

问:孟子说:"诵其诗,读其书,不知其人可乎?所以论其世也。"关于《老子》作者,你的推论如何?

答:《老子》的作者是谁,仍然不能确定。《史记·老子韩非列传》讲了三个老子,一是李耳,字聃,早于孔子;一是老莱子,与孔子同时;一是太史儋,在孔子百余年后。司马迁时,已经不清楚谁是真正的老子了。郭店楚简的年代,多数论家以为在战国中期,即约公元前300年。我们读《老子》,也觉得讲的是战国的事,所以肯定不会出自那个据说孔子曾经问礼的老子即李耳之手。《老子》作者可能生活在战国时一个小国里,形势危险,所以他讲弱国和弱者的生存之道、求胜之道,提出一套求胜的办法。

问:说说《老子》的文字优点?

答:《老子》的文字非常美,像"天下之至柔,驰骋天下之至坚"，"飘风不终朝，骤雨不终日"，"天地不仁，以万物为刍狗"等，都有一种金石之美。

◇ "权谋论"是否误读？

问：把《老子》哲学归结为权谋论的自古以来不乏其人，韩非在《喻老》中是第一个给《老子》贴上"权谋"标签的，此后赞同此说的，古有苏轼和程、朱，近有钱穆。你也说过《老子》读了令人不很舒服，尤其是名为"道"，实为"术"的那一套，正如朱熹所说"老子心最毒"。但很多人却认为这是一种误读。对此你如何说法？

答：在我看来，先秦哲学多半都是要付诸实用。"权谋"也是一种实用。关键不在于《老子》哲学是不是权谋，而是如何理解权谋。不要把"权谋"理解为一个很低的东西。我曾经说，先秦哲学都是关于人的，《庄子》讲的是一个人的哲学，《论语》和《老子》讲的是两个人的哲学——除了"我"之外，还有"你"或"他"。在孔子看来，这另一位是好人；而在《老子》作者看来，则是坏人。《老子》作者不承认超越胜负之上的道德价值，他把人与人之间的关系看成你争我夺的关系，因为你以强凌弱，所以我以弱胜强。不过"国之利器不可以示人"，这个方法可以御臣，可以克敌，但不宜轻易透露给别人，否则对方也要利用它了，那么你就取不了胜了。

问：看来要考虑到《老子》形成时特定的生存环境。

答：战国群雄争霸之际，弱国如何保存自己，进而变强，最终获胜，这是《老子》的出发点。后来的官渡之战、赤壁之战、淝水之战，都是以少胜多，从中可以看出《老子》之道。《老子》也未必对现代人没有帮助，深圳也有白手起家、后来成了大企业家的例子吧，也说得上是以弱胜强，体现的也是《老子》之道。有些人太把权谋当成坏事了。换个说法，叫作"生存智慧"，也许就好接受了。

◇解构《老子》？

问：同样注《老子》，陈鼓应在《老子今注今译》里高度赞扬老子，认为老子是中国哲学之父。你却因为老子哲学实行起来困难，而怀疑"《老子》哲学到底在中国文化史和中国政治史上起过多大作用"。是不是有解构《老子》的意思？

答：刚才我说了，学得《老子》之道，要有耐心，有时间，如果这两样儿不具备，那么它如何有用处呢？不过相比之下，《老子》在中国文化史和中国政治史上的具体作用，比《论语》恐怕还要大一点儿。孔子的形象对于中国的读书人来说，永远具有道德感召力。他的意义在此，但也仅限于此。且想象有道斜坡，大家都往下走，忽然回头一望，高处有个背影，那就是孔子。这也就是孔子的楷模意义。《论语》可能解决不了什么问题，但因为有了孔子，我们起码不至于太堕落。《论语》讲的是求圣之道——"圣"无非就是高于人间的道德水准罢了；

《老子》则是求胜之道，因为生存环境恶劣，所以不得不如此。

问： 胡适晚年尊老敬孔贬墨，他说，老子是无政府主义，最高；孔子是个人主义，其次；墨子是集体主义，最下。你认同这种说法吗？

答： 不认同。我觉得庄子才是个人主义者，他强调的是一个人如何葆有属于自己的内心世界。庄子的哲学是心灵哲学，不是行为哲学。孔子则是人道主义者，所说的"仁"就是彼此都把对方当人，以期大家都能好好生存。老子则是我胜你败，我活你死。相比之下，我个人不大喜欢老子。

问： 现在河南鹿邑和甘肃兰州临洮两地争办老子文化节，争得很热。对这种民间的"老子热"，你如何看待？

答： 我们一会儿祭黄帝，一会祭孔、老，其实都是一个意思。除了是高涨的民族情绪的体现外，"热"的背后可能还有经济考虑。吃古人是今人的生存之道，对此无须多说。作为读书人，还是老老实实读书为好。说到《老子》，读者不要把它看得太高，好像神秘莫测；但也不要把它看得太贱，什么都拿来用，拿来卖。说到我自己，读《老子》只是满足求知的需要，我要明白它讲的到底是什么，要说获益，即在于此。

——发表于2008年4月21日《深圳商报》

俞晓群 /

要把民国优秀童书都打捞出来

如果要形容海豚出版社 2012 年的出书速度，可以改用一个词牌名，叫"声声快"。1 月刚推出 10 本一套的《幼童文库》第二集，第三集在 3 月份也要面世，海豚出版社社长俞晓群在接受深圳商报记者采访时透露，"2012 年上半年内，已经搜集到的 184 本《幼童文库》将会全部出齐。"

俞晓群说：马上推出的还有一套《百年钩沉》第一集 10 本，内容是民国幼稚园的老课本，现在正在印刷，2 月底将会上市。这套《百年钩沉》要出到 100 本。除此以外，当年老出版家王云五推出的《小学生文库》也列入了今年的出版计划。这套当年出了 400 多本的《小学生文库》他们从私人手里买了 300 多本，现在正在一点一点搜集整理中。

这三套丛书，都有一个主题就是民国童书，海豚出版社在出版民国老课本时晚了一步，但他们并没有轻易放过民国这个热门题材，而是上下求索，试图把早已湮没和断裂的民国优秀童书一网打尽。

没想到《幼童文库》这么好卖

俞晓群感叹："自己也没想到市场会这么好。"2011年9月《幼童文库》第一集出版时，由商城全部包销，起初只印了一万册，但一周之内销空，再加印了一万册。第二集2012年1月出版，直接印刷了两万册。

俞晓群说，想出版《幼童文库》的想法好多年了。因为他研究王云五，而王云五曾提到一生最得意的三套丛书，《幼童文库》就是其中的一种。2009年俞晓群到了海豚出版社后，一开始想做老课本，结果被上海出版社抢先一步。

一个偶然的机会，他在旧书网上发现有人贴了《幼童文库》的几张图片，特别美。旧梦重发，俞晓群萌生了出版这套丛书的想法，结果和同仁一探讨，很多人怀疑：将近一百年前的旧书，现在还有人看吗？尤其是在国外绘本满天飞的情况下，中国老绘本有什么竞争力呢？

2010年，俞晓群再次动员出版社的编辑，结果还是疑虑大过肯定。动议再次被搁置。2011年，实在不甘心，俞晓群在微博上贴图流露想出版这套丛书的意愿。结果跟帖的特别多，甚至还惊动了这套书的老东家商务印书馆的一些老编辑留言。读者的热烈回馈和接踵而至的赞成票，让他大受鼓舞，终于下了决心。

傅斯年曾说搞研究就是"上穷碧落下黄泉，动手动脚找东西"，没想到搞出版也得走同样的路径。

《幼童文库》是一套1977年由商务印书馆印刷的图书，出书的难题是先找书，想完整找到这套200本的丛书特别费劲。俞晓群甚至专门派人去台湾找，结果只找到台湾20世纪60年代再版的《幼童文库》，但是印刷质量极差，开本也很小，有的把彩色图都印成了黑白图，这个版本跟老的《幼童文库》根本没法比。接下来他们从私人手里买，从图书馆里找，一边找一边再加工整理。本着要恢复原版的效果，精雕细刻，结果《幼童文库》出版后，台湾同行见了也惊呼没想到，一方面是修旧如旧，一方面又符合现代出版的特点。

从民国幼稚园课本开始

俞晓群认为，辛亥革命以前，中国的幼儿教育相对空白，辛亥革命以后，以宋庆龄为代表的一些有识之士借鉴西方的儿童教育提倡推行幼稚园教育，中国的幼儿教育从此起步。

这次推出的民国幼稚园课本第一集10本。有生活课本，包括幼稚算术、看图识字、分类画，特别好看，当时的插图就是彩色的，非常漂亮。

其中有一本《我的工作簿》，是有中国"幼教之父"之称的民国四大教育家之一陈鹤琴的作品，他创办了第一家幼儿园，出版编写了很多幼儿教程和图书。他提倡"活教育"，而"活教育"的目的是教做人,做一个中国人,做一个现代的中国人。这种教育理念至今都未过时。

有考据癖的俞晓群看到这次出版名单中有一套商务1932年出版的《看图识字》时,突然想起杨绛先生《我们仨》中的有关纪录:"表姐的女儿每天上四楼读书。她比圆圆大两岁,读上下两册《看图识字》。——我看圆圆这么羡慕《看图识字》,就也为她买了两册。"在微博上,俞晓群大胆怀疑,小心求证:"我们收的《看图识字》,是否就是钱媛读的那套呢?"答案尚在征集中,却勾起了许多读者对这套识字书的兴趣,很多人问这套书何时露面。

把断裂的文化接续起来

俞晓群感叹,其实辛亥革命后很多人误以为一些学人对传统文化开始抛弃,事实上,当时的文化界对西方文化挺看好的,对自己的传统文化同样也很有自信。但后来传统文化的根断掉了,现在提回归传统,总得先找条路吧!

作为出版人,俞晓群有一种使命感,觉得自己正在重修一条条回归传统的路径,重新出版民国的儿童读物,再现民国的幼儿研究成果,把断裂的文化接续起来。

俞晓群说,出版这些童书,除了找书的困难外,更多的是发现的快乐。"比如,那个时候就有了儿童分级阅读,提倡儿童本体论,尊重儿童。这个理念跟现代的儿童教育也是一致的。这些发现让现在研究幼教的专家既惊喜又激动。"

中国第一套童话有70多本,孙毓修是商务印书馆早年的一位高级编辑,茅盾赞他是"中国童话的开山祖师"。他编辑的《童话》丛书就分七八岁和十一二岁两个年龄段,深受当时小朋友的欢迎,影响非常深远,著名的儿童文学作家张天翼就是这套童书的受惠者。

俞晓群透露,现在这套书也在海豚的出版计划中。另外,民国时候刚刚起步的儿童教育理论书也做了一套,共8本。俞晓群说,他们还淘到了中华书局一套《小朋友文库》,叶圣陶编的。"《叶圣陶全集》也没有收他编辑的书,算又捡了一个漏。"因为找书的不易,俞晓群虽然抱着一网打尽的心理,事实上只能是找到多少做多少。

出版编辑这些书让俞晓群很激动,他觉得民国时的大学者对儿童教育非常认真。不管多大的学者和名气,都肯放低身段给孩子写书编书,只可惜后来好多东西湮没掉了。翻开这些童书,发现故事的原创性和说理给人感觉特别高雅,想象力也特别丰富了,没有说教味儿。

再现民国学术眼下成了出版界的一个热点和共识,但民国儿童读物这块才刚刚启动。俞晓群说,其实民国儿童读物,最精彩的是丛书和课外读物,"百年钩沉"这个项目出来之后肯定会引起震动。

——发表于2012年2月17日《深圳商报》

李敬泽 /

我读书就像"獭祭"

李敬泽，《人民文学》主编，除了主编纯文学领域非常有影响的这本刊物以外，李敬泽作为一些大型文学奖项的评委和评论家也频频出席一些公众活动，给各地的文学青年传经布道更是他每年的例牌菜。但这并不妨碍他的私人阅读，不管是在临睡前的枕畔，还是在出差的飞机上，都一直在读，甚至在无书可读的情况下，哪怕是一本菜谱或者是一张废报纸，他也要拿过来读。对文字的痴迷几乎是他这一代人的通好，但在他身上表现得尤其突出。读书早就变成吃饭穿衣一样家常，虽然对网络文学这种新型的文学类型充满期待，但他私下里一般尽量不在网上阅读，纸质书仍是他的首选。

李敬泽的日程表显然很忙，电话打过去的时候不是在开会，就是在为开会做准备，最后的采访是他在下班回家的出租车上完成的，而这时他手里还拿着一本书《马礼逊：在华传教士的先驱》。

很多人想当然地以为作为《人民文学》的主编，他读的当代小说应该很多，但事实上他说在私人的阅读时间内当代小说读得很少，他不愿意把私人阅读变成工作。熟悉李敬泽的人都知道他喜欢《左传》，而且出了一本读后感类的《小春秋》，从名字上既可以看出与《左传》的关联，又能体会到他甘愿退到一角的谦卑。

《左传》快成了我的"压舱石"了

李敬泽说，他的阅读很杂，偏重文史类，读什么书取决于一段时间的特定兴趣。

有系统地读书是从小学到中学一直到大学的一个阅读梦想，也是人到中年的阅读梦想，但到后来才发现人生有许多的不可能。书太多了，好书也太多了，有系统的阅读几乎做不到。最后发现一个喜欢读书的人往往会变成一个游手好闲的享乐主义者，随心所欲去读那些自己喜欢、好玩的书。

人到中年，阅读兴趣和以前相比没有很大的变化，只是阅读的兴趣点在不断地转移。书柜里十年前关注的问题，现在很少买，而那些书也想不起来了。

《左传》是反复读的，也写过《小春秋》。手头有三套不同版本的，还有一套是缺册，有一册丢在飞机上了，这一两年差不多成了习惯，出门总要抽一册带上，带上却也未必一定读它。旧时航海有压舱石，放一块石头船才会稳，《左传》快成他的压舱石了。

在《小春秋》的序中，李敬泽写道："《吕氏春秋》的章法我极喜欢，每章起首照例是时序、节令、物候与相应人事、岁月天地，然后才有故事和道理，小热闹和小机巧之后有大敬与大静。——很想效法，但颓然而废，知道大敬与大静已不可得，只剩下小热闹与小机巧，合该叫作《小春秋》。"

《小春秋》且放在这里，但终究是心有不甘。夜读普鲁塔克《希腊罗马名人传》，东施效西施，想写一本《春秋名人传》的，但俗世蹉跎，忙忙碌碌，夜里挑灯看剑，清晨柴米油盐，竟不知何时能够动手。那些人——披发孤独、后无来者，在"海底"、在"河源"，我看见了他们，不知是否能写出他们，不知何时写出他们。

"一个喜欢读书的人如果在一生中能碰到一本反复阅读的书，那应该是他的福气，而这本书也可以作为我人生的压舱石，有一块压舱石在船，就算再远的航程，再遥远的目的，出发的时候，心里也多了几分底气吧。"李敬泽这样总结。

我读书就像"獭祭"

李敬泽说：如果要我推荐2010年的新书，我会让你们失望的，因为我很少读新书，主要读一些旧书。比如我现在手里拿的这本《马礼逊：当代传教士的先驱》是2002年出版的，这跟我最近的兴趣有关，我关注中西对话和交流，而传教士在中西交流中占有非常重要的地位。还有就是《中国基督教史》台湾版的。今年还又读了一遍《红楼梦》，因为红楼梦学会逼着我写文章。

我消遣读的小说是侦探小说，新星出版社《子夜文库》出的那套布洛克的侦探推理小说。港台版的书读得不少，我读古人与民国的笔记多一些。总的来说是乱七八糟地读。一般是临睡前一两个小时，还有在出差的飞机上读。

工作需要读的书，会很快，但读闲书会很慢，断断续续，有的书能读一年两年。当然，经常是有十几本书同时摊在那儿随手挑着读。有个词叫"獭祭"，说的是獭捉了鱼一定要摊开十几条，端详一会儿挑着吃。书是鱼，我就是"獭"，獭也不去统计一年吃了多少鱼。

读书于我如吃饭，是家常日用。不吃饭不行，不读书也不行，有没有快感倒在其次了。

——发表于 2010 年 11 月 1 日《深圳商报》

张立宪 /

编书一辈子，再无他念

张立宪，新闻出身，辗转媒体、出版业谋生，江湖人称老六。

老六身份繁多：早年西祠胡同"饭局通知"版主，还曾是现代出版社副总，策划出版的图书有《大话西游宝典》《独立精神》《事关江湖》《家卫森林》。网上盛传一时的《关于毛片的记忆碎片》出自他手，最新出版后更名为《闪开，让我歌唱八十年代》。

2005年起，他摇身一变，成了办《读库》的老六，从约稿到编辑，再到印刷发行，一人包圆。到2010年，6年的时间，《读库》销量从最初的1.2万册增加到了3.8万册，《读库》的人手除了增加了三个专管物流配送的人员以外，编辑部仍然是张立宪一人独扛。

2010年9月底在深圳圆筒艺术中心，近百名深圳"库娃"（《读库》的粉丝）现身，听张立宪讲《读库》的那些事。

一个人一本书　一个网一个群

张立宪从一开始就声称，他不是一个人在战斗，六年后这批潜伏的库娃们浮出水面，开始彰显他们的力量。

库娃们在各地都建了自己的分舵，有各自的分舵主，平时在城里也有一些爬山下海之类的群体活动。他们除了期待每两个月一期到手的品质稳定的《读库》杂志外，平时出门还喜欢背着《读库》定制的黑色帆布背包，习惯把自己的隐私写在《读库》网上，张立宪在博客上的募捐，库娃们总是一呼百应。

2009年3月，张立宪发帖对汶川震后伤病需要救治的60个孩子实行一对一捐助，结果很快被库娃们认领完毕；2010年8月底，张立宪替朋友王搏为地处深山的四川省炉霍县旦都乡木鸟佛学院的46名孤儿捐助，34份每份额度500元的捐助，不到12个小时就认领完毕，而且还有余额。崔永元团队制作的32集大型纪录片《我的抗战》在全国14个城市的巡映都由各地库娃免费包办。9月18日巡映到了深圳，听说老崔的团队连工资也发不出来后，当场有库娃表示捐助91800元。张立宪透露，库娃个人捐出的最大一笔款项是为汶川地震捐的20万元。

不过库娃们从来不以捐钱的数目大小论英雄，反倒是注重脚踏实地做事，在共识和常识的导引下互相拥抱取暖，在群体中得到更好的认可，在帮助别人的时候同时也帮了自己。

老六说《读库》像一条纽带，让彼此找不着的人找到了对方，好多事他们想做，也有实力能做。库娃在做事时体现出的是《读库》的风格：沉静内敛，不事张扬。

《青衣张火丁》：做得最疯狂的事

2009年张立宪做得最疯狂的事是《青衣张火丁》的出版，历时五年，耗资百万元，动用10余位摄影师，转战五座城市，最后觉得不过瘾，干脆租下北京儿童艺术剧院舞台，把国家京剧院的舞美、灯光、道具都拉来。五天时间内，专题拍摄。这在出版史上是绝无仅有的豪举。

上下两册厚厚的书，定价660元。很多人问为什么是张火丁？这样大的投资，这么贵的书，能收回成本吗？答案很简单：喜欢。一个出版人可以用五年时间来做一本书，这个机会并不是每个人都有，并不是任何选题都值得这么做。除了审美价值以外，张立宪希望这本书能有相当的文献价值，"希望通过我们的努力，京剧的一抹身影、一缕血脉，能够在纸上得以保存和流传"。

《青衣张火丁》的销量现在已经达1000册。这无疑是读者对这份罕见的付出给予的最真诚的回报。

整理出版民国老课本：一想起就忍不住要得意的事

现在《读库》正在秘密鼓捣两本书，一本是挪威作家奥纳·古尔布兰生《童年与故乡》。这本书是一个手写手绘本，是一本非常有影响力的童书。中文第一版是20世纪50年代吴冷西译过来,请丰子恺手书配画,由文化生活出版社出版的。20世纪80年代山东画报出版社又出版过,还保留了手写体,20世纪90年代三联书店再出的时候,手写体消失了,变成了印刷体。

在一个技术狂人眼中,这两个版本不管是选材、用料,一版不如一版。现在他正在按自己理想中的样子把这本书再做一遍。一开始是按照20世纪50年代最初的版本做,做得不过瘾,又托朋友买了德文版。他希望2010年这个版本能接近20世纪50年代的版本。

第二本书,是一个庞大的工程——整理修复民国老课本。因为民国的老课本有很多套,最后筛选定了8套,总共有三四百本。整理老课本的难度首先是寻找,因为国内的图书馆没有收藏教科书的习惯,所有的图书都是民间来的。品相不一,完好程度也有别。需要一页页扫描、电分,一旦出现脱页、漏页或者页面损坏,必须上天入地找到这一页才能完成。

成就感非常大的一件事是他们找到了最早的一套民国老课本,是106年前的老古董。当时看到这个课本的人感叹了一句:钱学森之问的答案就在这里面。张立宪说,这句话是这套老课本最好的广告词。让更多的人可以把这些图文并茂、铿锵有力、不仅教知识还教做人处世的、具有中文之美的老课本讲给自己的孩子听。

张立宪说整理出版老课本,这是他一想起就忍不住要得意的事。

张立宪说到自己的未来,"编书,一辈子,再无他念"。他非常乐于接受这样的宿命,再没有什么东西能够诱使他改变。"做一些皓首穷经的事情,觉得是那么天经地义,连每一天的沉静与缄默都有了依托。"甚至他希望自己的孩子能承袭父业。

对话张立宪:喜欢"节克理"风格

问:《读库》这六年,最大的变化是什么?

答:前两年《读库》像一本刊物,这两年《读库》更像一本书。第一期《读库》的销量是 1.2 万册,现在(2010 年)《读库》的销量有 3.8 万册,但第一期仍在重印,卖到了 5 万册。你能想象去年的杂志现在还有卖吗?我们五年前的书现在还有人买,说明它不是杂志,更像书。

问:《读库》的风格和选材的标准有哪些?

答:我希望它是需要你踮起脚尖才能够着的书。我喜欢的写作风格是"节克理":节制、克制、理智。我避讳太强调才华,没有下笨功夫的文章。我希望《读库》发的文章是这个作者一生写得最好的一篇。

问:《读库》这六年感觉影响力越来越大。对你而言,《读库》意味着什么?

答:《读库》对我而言,也是一种自我救赎和自我拯救,让我学会认真做事、认真做人。认真处理一篇篇稿件和一个个选题。这六年是一个不断自我否定、批判、刷新、反省的过程，我觉得，知道不做什么比知道做什么更重要。

问：《读库》现在赢利了吗？生存状况如何？

答：出版行业是一个没有诚信的行业，规矩太坏了，欠款常常多达几十万、上百万。前两年需要把资金预付出去，到第三年可以对销售商说不了，可以讲条件了，也可以制订一些游戏规则了。现在《读库》一部分交给分销商，一部分采用全直销的模式，不参与传统图书的游戏规则，可以把利润解放给读者，有钱做更大更好的选题和项目，不用仰人鼻息了。现在《读库》的利润可以支撑做《青衣张火丁》，可以做《老课本》，按时支付稿酬和各种费用，销量稳定而缓慢地增长。

问：电子书是一种趋势，《读库》考虑过出电子版吗？

答：《读库》会出电子书，但怎么出、什么时候出得想清楚才会去做。现在的电子书太粗糙，对不起读者，也对不起内容。我认可的是一书一编的方式，就算电子书也要地道、专业、舒服。现在面临着纸质书很快被电子书干掉的命运，做纸质书就像和必然淘汰的命运赛跑，希望我们可以跑赢。

——发表于 2010 年 9 月 23 日《深圳商报》

绿　妖 /

阅读是从自我的世界越狱

绿妖是《读库》的作者,江湖上总有她的传说。在她的新书《沉默也会唱歌》的深圳读者见面会上见到,才知道"文如其人"有多大的偏差。这个北漂的县城青年,做过工人、时尚编辑、电台主持人、老师,读书、做记者、写深入报道、写小说,有一种淬炼后的安静澄明,和热闹世界保持了一定的距离。

绿妖说,我的书房就是我的客厅,有两架书,大致以文学和社科书籍为主。我喜欢把一些有关联的作家的书放在一起,比如木心旁边是陈丹青,陈丹青过去可以是阿城,朱天文可以紧邻阿城,她的邻居是胡兰成,最后我不能免俗地将张爱玲摆在胡兰成的旁边,张迷知道大概要骂人的。整理书架,为谁能挨着谁摆放,就能弄一天,但是其乐无穷。

绿妖有过动荡的几年,最夸张的时候,她的家被分成了三份,北京一份,绍兴朋友车库里一份,大理一份。每到一地,最初的几天都忙着收快递,不管在一个城市住下还是离开,那些忙忙碌碌的快递包里,总有几本书。

因为喜欢渴望看书时有书看,落下了病根,以至于走到哪里,她都喜欢挨着书架坐,像饿过的人,爱躺在粮食上睡觉。

在租书摊遇到鲁迅

绿妖那代人的精神食粮最早大都来源于租书摊。电影院门口并排摆放的几扇大门板上,放着用橡皮筋捆扎着的小人书,首尾相叠,五分钱一本。左边是大孩子看的武侠类书籍,《射雕英雄传》是她看的第一部金庸作品,那时还叫《大漠英雄传》,非常薄的小开本,一套书看下来要几十本。她和姐姐租回家半夜偷看的书几乎有一半被爸爸撕掉,最惨的是《天龙八部》,几乎被暴怒的爸爸撕成雪片。天亮前,她们姐妹用一整卷透明胶把这套书粘起来了,居然还看了大半套。除了金庸,还读古龙、温瑞安,梁羽生的读得少,因为对一个少女来说,他太温和了。

上到初二,书摊最左边的书也被绿妖看完了,没书可看了。门板的最上面一排是鲁迅,于是绿妖开始租鲁迅的书看,《野草》《朝花夕拾》《故事新编》,有小说有杂文。不少孩子因为语文课文中的篇章,唯恐避之不及。绿妖说她上课注意力涣散,所以对鲁迅没有任何成见,而且鲁迅文字一流,一看就入迷,以致最后要买那几本书。摊主是一个夏天穿白衬衫、秋冬穿深蓝色中山装、斯文干净的老头，他拒绝说："这是我孩子的书，我不卖。"

2007年，北漂的绿妖一度觉得在北京混不下去了，想回老家生活。回家第一件事就去办了张图书馆的阅览证，她知道县城图书馆的藏书里必然会有《鲁迅全集》。那个春节特别漫长，她在图书馆里慢慢看鲁迅日记打发时间。鲁迅的空虚绝望映照着她当时的空虚绝望，她感觉自己孤独的县城生活好像有了一个同伴。

在绿妖眼中，鲁迅传统文化功底深厚，他的行文是中国文字的美感而不是翻译腔，虽然他以此文字批判传统文学，这也是他文字下面一层的张力。他偏激、尖锐、绝望、虚无，却又温柔而诗意，文学即人学，性格矛盾越激烈越有张力，文学就越好看。

绿妖上初中时，办了县里三个图书馆的借书证，不过县城图书馆藏书不多，更新缓慢，名著只更新到19世纪。她记得先借了一本《简爱》，看完心里嘀咕，也不过如此呀，为啥名气这么大。初中生还不自信，不敢相信自己的判断。紧接着借了本《呼啸山庄》，我的天，看得几乎蹦起来。接着掉进了19世纪俄国文学的汪洋大海，主要是陀思妥耶夫斯基。不过对于一个少女，他太深奥了。看完《罪与罚》后，绿妖得了一种奇怪的病症：不能看任何书，否则立刻头疼，这种头疼持续了很久。

在北京掉进书的海洋

到北京后,从19世纪的俄罗斯文学平原向前跋涉,绿妖觉得自己像掉进书的海洋:《白痴》《卡拉马佐夫兄弟》《大师与玛格丽特》《日瓦戈医生》,看不完的大部头,像望不到尽头的西伯利亚荒原,她的阅读视野经由20世纪接续到了现在。

绿妖喜欢俄罗斯作家,最喜欢的小说家是契诃夫、犹太裔作家马拉默德,他们的小说都有一种植物的苦香。她喜欢既飘逸出尘又磅礴有力的作家,譬如黄州团练副史苏东坡。

2012年年底,她在博客中写道当下的中文星空里有两位大神:徐皓峰和刘慈欣。诺贝尔文学奖的获奖名单并没有纳入绿妖的阅读参照系,但她却喜欢2013年诺奖得主门罗,她觉得门罗在《逃离》中发现了普通人生活中的深渊,同时也在勾勒彩虹,奇迹总是在不经意间出现。

2014年的诺奖得主莫里亚诺,王小波早就推荐过,绿妖说她在2000年看过他的《暗店街》,特别喜欢,当初如梦如幻,完全进入一个作家的内心世界,感觉特别完美。可惜后来买了书看再找不到当初的感觉了,莫里亚诺获诺奖后,她却没有再看的冲动。

绿妖觉得现代人面临的问题是资讯太多。其实每人心中都会深藏几个大作家,可以每年重读一个作家。2014年,她把托尔斯泰的《战争与和平》又看了一遍,就像藏族人转山,马年转冈仁波齐山，羊年转纳木错湖，猴年转扎日神山，十二年一轮，等到下一轮继续转……人这一生如果能把几个自己喜欢的大作家好好读懂就很不错了。

应该读一些"硬"书

绿妖说，自己没有受过什么好的教育，读书也没受过名师指点。来到北京后靠朋友之间的交流获得一些读书的指引，一路凭自己的口味读来。回头看，阅读应该循序渐进，有一个大致的体系，在最能读书的时候看一些很硬的书，先把基础打好。口味看杂了，看乱了，并不好。她说这也是她成长中的一个遗憾，好在意识到了可以调整，这两年会有意减少小说的摄入，补充稍微抽象点的偏硬的书。

绿妖最近在看的书介于哲学和神学之间，被称为"当代的帕斯卡尔"的20世纪法国杰出的宗教思想家薇依的《源于期待》，还有宗萨蒋扬钦哲仁波切的《正见：佛陀的证悟》等。《圣经》也是优美伟大的文学，2007年跑到海边写小说的绿妖身边就带了一本小开本的《圣经》。

绿妖正在给《读库》写一篇有关西藏手工艺的长文，最近看了不少相关的书，日本僧人河口慧海的《一百年前西藏独行记》，讲他冒充西藏人，说藏语，穿过无人区，闯入不准外国人进入的藏区，在那里待了两三年的经历，很有意思。案头摊开的还有日本民艺理论家、美学家柳宗悦四本一套的手工艺理论书,另一本是日本盐野米松的《留住手艺》,她都很喜欢。

这篇稿子有七八万字的规模,绿妖打算夏天之前要写完。接下来计划出版一个小说集,现在已经有四五篇小说,再写两篇就可以了,为了等这两篇已经等了三年。写小说是她写作中的头等大事,总好像要留到状态最好、最心无旁骛之时去攀登。有时候不是技巧的问题,而是感觉以自己目前的智慧,还无法解决小说里遇到的问题,那就等一等,这一等就是三四年。遗憾的是现在市场上散文卖得不错,小说不好卖。其实写小说是综合系数难度最大的,也是创作幸福指数最高的。绿妖希望读者遇到小说,喜欢就尽量买吧!因为写小说的人不容易。

绿妖说台湾作家骆以军一次写作前跟编辑保证:我这次要写一个很能卖的书,写着写着,就没了音讯。编辑再问,他已经不愿意回答这个问题了。一个作家知道自己写的书也许不讨市场的喜欢,还是要熬夜掉头发把它写完,背后的推动力大概是创造的幸福压倒一切,迎合市场的作品只能叫制造,但在小说中你创造一个3D世界,从灵魂的幽微到植物的气息都栩栩如生,这真的是非常幸福的体验,远非制造流水线的片儿汤话能比拟。写到一定境界就像高手过招,没有打通任督二脉的读者可能读得痛苦,但是打通的读者可能觉得每一招都妙不可言。

绿妖认为,好的作品,一句话就会撕开一个窗口,让你进入一个世界。好的作家一部作品就能揭示一个全新的世界，邀请读者进入。而阅读是生命体验的交换，稀少珍贵。也是为了打破横隔在每个个体之间那堵灰色之墙。每个人至少都曾在某一瞬间，不顾一切，要从自己的世界里越狱，与别人交换点什么，哪怕是一个默契眼神。

——发表于 2015 年 5 月 16 日《深圳商报》

余秀华 /

别人通过我的诗歌读的是他自己

有人说,余秀华是不幸的:脑瘫和不幸的婚姻。

可是换个角度来看,也不尽然。她觉得没法上大学不幸,可高考不中的人还庆幸她没有经历过同样的煎熬。她无法出去打工证明自己的价值,但村里人还羡慕她生活轻闲,不用自谋生路,也不用下地干活,可以在爸妈庇护下度日,还有一个考上大学的儿子。

打量她的诗歌之路,在这块天地里,不幸几乎远离,幸运则不断光顾,有时更可以称为奇迹。好像生活中已经给她亮了一盏大红灯,她拐了个弯走进诗歌的世界,发现这里豁然开朗。从十八岁写第一首诗《印痕》起,她的诗歌之路几乎一路畅通:第一首诗发表在当地《钟祥日报》上,第一次投稿就中,没有磕绊也没有波折,有的只是被认可、被接纳的快乐。自从她找到诗歌这根拐杖并栖身其间起,诗歌就一直庇护她、呈现她、张扬她、荣耀她,没有一刻辜负过她。

(韩墨/摄)

网络和电脑让她走得更远

她一再感叹生活在这样一个时代的幸福。科技的日新月异改变着她的写作方式,更改变着她的生活。

2008年,她爸爸给她买了一个手机,她开始玩QQ,在QQ空间里写字。网友提醒她可以到论坛里发帖,她就跑到钟祥论坛,诗歌一贴上去反响还不错。

在传统杂志和报纸上因写作受到礼遇的余秀华,转战网络写诗,继续受到善待。网络把她从狭小的横店拉扯到钟祥。网友知道她用手机写诗,集体捐钱给她买了一台电脑。电脑让她摆脱了用左手压着右手写字的吃力,可以相对轻松地敲击,她说是电脑让她真正开始写作,那是在 2009 年。

虽然她在后来说过:"有电脑就有诗歌,没有电脑也有诗歌。"但网络和电脑无疑让她走得更远。

2009 年 8 月 11 日,余秀华在新浪开通博客,她首先感谢网络宽大仁爱,连她也可以开博客了,继而声明:我的博客我的地盘,以后我写自己的真心。这就是小人物的自由,像一只小屁虫,想横着趴就横着趴,想竖着就竖着;也可以像一棵狗尾巴草,向左歪可以,向右歪也可以。这种自由自在、无拘无束的感觉和语句很容易让人想起萧红在《祖父与我》里类似的字句:"一切都活了。都有无限的本领,要做什么,就做什么。要怎么样,就怎么样。都是自由的。倭瓜愿意爬上架就爬上架,愿意爬上房就爬上房。黄瓜愿意开一个谎花,就开一个谎花,愿意结一个黄瓜,就结一个黄瓜。若都不愿意,就是一个黄瓜也不结,一朵花也不开,也没有人问它。"

诗评家和精通诗的网友在余秀华的诗句里找到很多类似的诗句,一些经典的诗句被她信手拈来,点化成她自己表情达意的神句,而且不着痕迹。

短暂的适应后,从 2010 年起,余秀华把博客作为发表诗歌的主战场,其中间杂有小说、散文杂感,但诗歌仍是主流。五年时间发表了 360 多篇,有的一篇里有十首以上的诗。产量可谓不小。

小小的钟祥显然盛不下余秀华的才华,她需要更大的舞台。2012 年 11 月 26 日 13 时 30 分,余秀华注册了中国诗歌流派网,她的才华、任性和好奇心都在鼓动着她一任往前。

传统媒介热身,自媒体助力

2014年9月,余秀华的诗歌被代表中国诗歌界顶级刊物《诗刊》发表。《诗刊》下半月刊9月号"双子星座"栏目重点推出她的诗。11月,余秀华的诗及随笔又在《诗刊》博客和公号上推出,题目为《摇摇晃晃的人间——一位脑瘫患者的诗》,脑瘫与诗形成的反差显然起到了极度摇晃的效果。几天内,"摇摇晃晃"的点击量逾5万。这是《诗刊》没见过的热闹。两周之后,另一个微信公号"读首诗再睡觉"接力推送余秀华的单篇:《你没有看见我被遮蔽的部分》,阅读量增至7万。

5万也好,7万也罢,与此后的《穿过大半个中国去睡你》掀起的刷屏高潮相比,都只是小巫。

现实世界里,余秀华仍然在按照传统的诗人推介形式行走,2014年12月17日,《诗刊》邀请了包括余秀华在内的五位诗人来京举办朗诵会,地点在中国人民大学,京城媒体闻风而动,《人民日报》《光明日报》、中央电视台的记者都采访了余秀华。

2014年12月22日,《人民日报》发表了《诗里诗外余秀华》。

互联网时代,传统媒体虽然有提前发现的敏锐,但掀起高潮的戏码却轮不到他们出演，一切都在等待机遇。

2015年1月13日，旅美学者沈睿发表了一篇余秀华诗歌的读后感，倍加赞誉，称其为"横空出世的诗人""灿烂得你目瞪口呆"。经过授权，网友王小欢把沈文发布在自己经营的微信公号上，并把原标题《什么是诗歌？余秀华——这让我彻夜不眠的诗人》改成《余秀华：穿过大半个中国去睡你》，阅读数飙升到50万。

至此，余秀华热的全部内在条件和外在配套已经水到渠成，锅坐好，柴足够，就等一把火点燃烧开。微信圈那些心底里留存一点诗意的你我他就是蜂拥而至的点柴人。

到1月16日早，朋友圈上"睡你"此起彼伏，脑瘫诗人余秀华的诗击中了更多人的痛处，她的绝望、脆弱、卑微让许多人内心震动，而她的开阔、肆意和力量也让更多的人拇指大动，飞速加入刷屏阵营中。

就像当年大家用手机投票选超女一样，这一次集体接力追捧的是一位脑瘫诗人。最后这篇"睡你"的诗只转发就达百万次，阅读则上亿次。

被余秀华点燃的诗歌热

一直在生活边缘的诗歌第一次被余秀华带领着，不由分说闯入我们的生活。余秀华呈现出对诗歌的依赖性和重要性，让人们开始重新打量诗歌对生命个体的意义。

感受到公众热度的余秀华在2015年1月16日22时28分26秒的博客上留言:

> 谢谢路过我这里的每一个人,谢谢你们的温暖鼓励。天地之间,能够遇见就是美好的事情。
>
> 现在关注我的人多了,说我诗歌好的有,说不好的有,这都没有关系,我只能按照我自己的心意写这些分行的句子,是诗也好,不是也罢,不过如此。我身份的顺序是这样的:女人、农民、诗人。这个顺序永远不会变,但是如果你们读我诗歌的时候,忘记我所有的身份,我必将尊重你。呵呵,幸亏诗歌最好的作用是为了自己安心。

第一个发现余秀华并准备和余秀华签约的是湖南文艺出版社,但是余秀华的第一本诗集并不是这本,有人比他们动作更快。他们与余秀华签订的出书合同还在路上,余秀华已经猝不及防地红遍大江南北。好在他们给出的版税并不寒碜。1万册起印,10%的版税,与余秀华喜欢的诗人海子的诗同样的待遇。

2015年1月22日,余秀华的第一本诗集《月光落在左手上》由广西师范大学出版社推出,速度快得令人咋舌,选诗100余首。2月1日湖南文艺出版社出版的余秀华的诗集《摇摇晃晃的人间》也速度问世。选诗258首,最醒目的区别是,这本诗集里并没有选入那首让余秀华火遍网络的"穿过大半个中国去睡你"。

2015年1月28日，余秀华当选钟祥市作家协会副主席。

尽管余秀华说这是个虚名，没有任何的福利，但是这好歹也算是现实世界在她走红以后及时派发的荣誉红利。

事情才刚刚开始。

2015年1月30日，余秀华第一次坐飞机进京签名售书，在机场，央视、优酷、凤凰卫视三家电视台的记者守候跟拍，阵仗大过明星。新书发布会上，她也让各地的记者领教了她的厉害配得上这样的阵仗，她的躲闪能力和技巧直逼那些娱乐圈的大牌明星，无关诗歌的一律不答。

2月4日，余秀华上凤凰卫视《锵锵三人行》，戴着窦文涛的红色围巾，和"名嘴"老窦过招，丝毫不落下风。

余秀华从手写时代的稿纸对应的杂志和报纸，到手机时代网络QQ空间的发力，再到博客和诗歌论坛的积累。最后到微信圈自媒体的引爆。复盘余秀华诗歌的走红路径，就像一个不断上升的圆圈，是各种媒体合力成就了她，缺了哪一环也不行，但最后的一把火的确是从微信圈燃烧起来的，把她称为微信圈捧红的第一位诗人，显然名副其实。

著名收藏家马未都感慨，余秀华带来的这种诗歌热潮中断很久了，上一次还是他年轻时，20世纪80年代朦胧诗时期，北岛是其中的代表人物。

不过余秀华说，她不喜欢北岛的诗，她喜欢的是春暖花开，面向大海的海子。

走红并非偶然

与"梨花体"和"乌青体"一出场就被批炒作的舆论走势不同,余秀华虽然以《穿过大半个中国去睡你》这样有噱头、容易引发联想的句子引爆了这场围观热潮,但是接下来当你继续读,就会读到让你不时停顿的句子:"他揪着我的头发,把我往墙上磕的时候 / 小巫不停地摇着尾巴 / 对于一个不怕疼的人,他无能为力。"(《我养的狗,叫小巫》)"如果给你寄一本书,我不会寄给你诗歌 / 我要给你一本关于植物,关于庄稼的 / 告诉你稻子和稗子的区别 / 告诉你一棵稗子提心吊胆的 / 春天"。(《我爱你》)

厦门大学中文学院教授谢泳说,余秀华的诗他是从网上看的,看得很少,但感觉她对现实生活的观察,对诗的语言的把握,把自己真实的生活感受传达出来的能力非常强,是一个具有独特个人风格的优秀诗人。她对生活的感受是真切的,而且有一定的深度。提炼诗歌的语言、构造的意向、造句形式都很有力量。他认为,余秀华作为一个生活在底层的普通读者被社会专业人士关注,说明她的自我鉴别能力很强。如果诗没有达到一定的水平,肯定热一下就会过去。但就目前他看到的几首诗而言,余秀华值得关注,确实有分量,有沉重感,她表达了在当下中国社会生活里面产生的真实情感。

发掘了余秀华的《诗刊》编辑刘年说余秀华:"她的内心,没有高墙、铜锁和狗,甚至连一道篱笆都没有,你可以轻易地就走进去。"的确,在诗歌里她裸露、坦诚,毫不躲闪,但是在生活中她却包裹严实,左推右挡。拒绝谈与诗无关的一切。2015年3月11日深夜,她结束了在杭州的签售返回酒店时已是深夜,通过QQ她接受了记者的采访。

对话余秀华:别人通过我的诗歌读的是他自己

◇**所有的经历都是生命的一段旅程**

问:报纸、杂志、QQ、微信,您觉得哪个媒介对你最有帮助?

答:博客和微信。

问:具体说说。

答:这两个传播得快,而且及时。

问:现在走红后各地签售,上报纸、上电视,这些都是您当初想要的吗?

答:无所谓想要不想要,都是生命的一段旅程。

◇**学无止境 写无局限**

问:您读过哪些人的诗,觉得好诗的标准是什么?

答：我读过好多人的诗歌，包括雷平阳等。好诗歌就是从心里出来，到心里去。

问：有诗友觉得您的诗是有技巧的，虽然不着痕迹。您在诗歌技巧上下过哪些功夫？

答：当然有。写得多了，熟能生巧，没有刻意下功夫。

问：您希望写诗达到什么样的境界？

答：学无止境，写无局限。

问：成名对您是好事，对写诗就未必，都说孤独是诗歌的朋友，现在您还能静下心来写诗吗？

答：以后多的是时间写，干吗一定要现在写？

问：报纸杂志、电视网站的采访，您觉得哪种更有挑战性？

答：都差不多吧！

问：两本诗集出得速度都很快，有什么遗憾吗？

答：没有什么遗憾，尤其理想国，很专业。

问：您一直希望有一份工作，现在还这样想吗？

答：期待机缘。

问：现在看来写诗是不是可以养活儿子了？

答：看怎么养了，娶媳妇还不够呢。

问：您想怎么养？

答：希望他能早自立。

◇没有网络就没有传播

问：刘年说现在进入诗歌写作的黄金时代了，您有类似的感觉吗？

答：黄金时代？我觉得诗歌受到关注了吧。

问：您对这个时代好像比较满意。

答：我感谢网络，没有网络就没有交流和传播。

问：从写诗这个角度看，您一路受到礼遇，很幸运。

答：什么礼遇，写诗是我个人的事。

问：您写诗的动力是什么？

答：写我所感，内心和爱好是动力。

问：最受关注的诗未必是您写得最好的，就像最漂亮的苹果不一定卖最好的价钱一样，对读者的这种错位理解您怎么看？

答：那是别人的事情，与我没有什么关系。我写我的诗歌，别人通过我的诗歌读的是他自己。

——发表于 2015 年 3 月 15 日《深圳商报》

刘克襄 /

铁道旅行是跟更多人分享记忆感情

越来越多的人在台湾著名景点打过卡后,开始搜索深入独特的旅行路线,台湾本土自然生态作家刘克襄的《11元的铁道旅行》无疑是一本既独特又实用的台湾自由行指南。按图索骥,可以看到不一样的台湾,深入体会台湾独特的景观和风土人情。

对大陆读者来说,刘克襄也许是一个相对陌生的名字,但在台湾,刘克襄可是成名多年的老作家了:1991年他的第一本鸟的主题小说《风鸟皮诺查》出版后,当年即获评"开卷"十大最佳好书,一时洛阳纸贵。2007年出版《野狗之丘》,描述野狗的生活习性,探讨城市流浪狗的问题,引起强烈回响。2008年又推出《永远的信天翁》。这个喜欢一头钻进鸟世界、自由自在观察鸟的作家被朋友们亲切地称为"鸟仔"。而他的观察写作也开启了台湾自然写作的风气,他的作品很多被选入台湾的语文课本,从小学到初中再到高中都有。而他在自己开创的这个领域里渐行渐深。从观鸟到行山，从铁道到瓜果蔬菜，与自然贴近的事物都在他的关注视野之内。《11元的铁道旅行》即是他十年间铁道旅行的心得和体会。二十年前他的一意孤行，没想到现在居然成了风潮和时尚。自然保育，行山观鸟，铁道慢行，在反思快生活、倡导慢生活的当下，刘克襄成了一个无意间踏上时尚潮流的先行者。

11是刘克襄的旅行密码，不仅因为11元是台湾铁道最便宜的票价，11还代表着用自己的两条腿走路，《11元的铁道旅行》即代表了用铁道和两条腿走路的双重含义。

对享受火车旅行的刘克襄来说，搭火车出行最大的收获是体验节能减碳和探索心灵，可以全心全意去注意外面的风景，更能百分百地认真倾听，透过慢火车享受的旅行往往更丰富，是别的快捷的交通工具难以取代的。

在这本书里，你看到的很多陌生的地名，刘克襄说就是台湾本地人，对这些名字也一样疏离。因为这是他刻意挑选的，旅游指南绝对不会介绍，他从自然和人文的角度发现被别人疏忽的一面。如果你偶然看到有熟悉的车站，放心，他绝对会有不同的观照视野。

在刘克襄眼中，他觉得一座迷人的大城市，往往有一条适合流浪的铁道，让城里的人获得解脱。而每一个年代的青少年，都有他们逃学、逃课的路线。不论在城市，或者在乡镇。这条路线也许只有那么一时的存在，也可能一代传承着一代。台北和淡水间曾有一条北淡线，现在淡水捷运，一直是台湾最热门的旅行路线，淡水也是大家最爱去的海边小镇。在朱天文的文章中就提到过，这曾是她的逃学路径。

刘克襄不仅用脚旅行，更是用自己的手眼身法和胃亲身实践。书中每一站都有漂亮的手绘地图，再加上他拍的精美插图。他不仅善于写作，更善于绘画，几乎所有他的作品中的插图都是他亲自绘画的，他还出过绘本。早年画鸟，到现在画铁路和风景图，每幅画都把他文字中提到的情形形象生动地标点出来，让人爱不释手，又引逗你按图索骥、跃跃欲试。

除了关心读者眼睛看到的、心灵感受到的，作者更关心你的胃。特色的景点和美食档他都会详细标出来，美食更会有专门的文字来推荐。比如说台湾火车上的便当，从 60 元到 80 元，有图片有文字，更有他一一买来亲自尝过后的口胃报告，让人读得踏实、体贴、温暖。

对自己的私房景点，刘克襄不强求读者亦步亦趋，他只提供一种旅行的方法和态度，期待能给后来者带来更多的时空和历史的对照。

但对于想看到不一样的台湾，仔细体会台湾独特景观和风土人情的大陆游客来说，《11 元的铁道旅行》无疑是一本最独特的台湾自由行指南。

对话刘克襄：**一起分享记忆感情**

采访刘克襄不是件容易的事。不单是因为他远在台湾，更因为他实在太忙。2011年6月13日电话打过去,手机只有留言。打家中电话,是他太太接的,说先生在演讲,中午时分才会开机。中午再打过去,手机果然通了,他说在台中刚刚演讲结束,接下来日程满满。对我发到他邮箱里的电邮,他要到第二天晚上才有时间回复。

接到他电邮的现在,我不知道他又去了哪里,他只附了简短的留言,说实在太忙。除了演讲外,是行山还是去看鸟?或者又背起行囊带一众青年男女去慢行?可以确定的是,他不是在旅行,就是在旅行的路上。

◇我描述的景观都还在

问:《11元的铁道旅行》2009年的台湾版和2011年的大陆版有区别吗?大陆版有无删减?

答:只有横排和直排的不同,我原本以为地方生活有差异,应该会有增减,但都没有改变,大陆版本我还多绘制了一张台湾的地图。

问:书中的文章最早的写于2000年,您描述的那些小站和风景都还在吗?如有变化可以预先提醒一下打算带着您的这本书去旅行的大陆读者,省得他们按图索骥不得而失望。

答:不会的,我描述的许多景观都还存在着。多半是小局部的改变,没有车站拆除,或者重新改建的问题。比如三貂岭不卖世界最孤独的车票了,但你可以到菁桐车站,还有贩售。

又比如平溪景观变得更加热闹，泡面广告里，张君雅小妹妹跑过的街道，现在变成君雅大道了，游客都是冲着这个宣传到来。小站随着时光多少会改变，但这种变，我觉得更好玩，刚好可以对照出小站的差异。

◇有了高铁，更珍惜铁路之美

问：十多年前，您就是一个以铁道为圆轨、从台铁到高铁的漫游者，您喜欢慢行，对高铁也不排斥，您怎么与快节奏找到融合点呢？

答：在我的书里，我也写到高铁的问题，它势必带来巨大的生活改变。在台湾，我高铁上看到台湾生态的环境变迁问题，也感受到高铁带来的贫富差距更加扩大的隐忧，或者整个城市繁华的悄然位移。高铁快速会带来生活影响，因为快节奏，更能对照出一般火车的缓慢。台湾也有票价高，车站少的争议。高铁或许是必须的，但一般铁路就更应珍惜其意义。高铁没有经过小镇，也不可能停靠，它只泊靠大城市。远远的荒凉的城郊，我们的生活记忆难以丰厚，日后积累多的，恐怕也都是城市的浮生了。

◇推荐台湾最美的搭车路线

问：因为您的这本书，台湾最有特色的蓝皮火车被保留下来了，可谓功莫大焉。现在台湾11元的区间票还有哪些？

答：也没有全然保留，台铁还在拿捏，目前蓝皮车只有在南回线跑，东海岸线也只有在节庆时开设，尚未规划出区间的路线，希望有一日可以达成，很多支线火车也可以重新恢复。目前11元的区间票花东纵谷一些站仍在。13元、15元都有，台湾搭火车便宜又容易购买。背包客在台湾懂得搭火车其实是很幸福的。

问：推荐一下台湾最美的搭车路线。

答：从台东到花莲，这条线路是台湾最美丽的风景线。花东纵谷池上到玉里、北宜线苏澳到花莲，以及平溪线，都是我极力推荐的美好路线。

问：这两年铁道旅行还有什么新的意外和惊喜，或者感触？

答：有的，我继续在铁道旅行，走过更多小站，或者重新拜访，也许再过个三四年，我会再出版一本铁道旅行的书。我在铁道旅行中，经常会和旅人交谈，认识很多人，也有很多故事。很多新的景点也继续发现。没有铁道旅行的缓慢和孤寂，我觉得对台湾索然无味。

◇《十五颗小行星》

问：我刚刚看完港版《十五颗小行星》，我个人觉得比起《11元的铁道旅行》来，是更容易打动人，很久没看到活得这么纯粹和投入的群体了。

答："11元"是我和大家分享一种生活方式。《十五颗小行星》是我对自然观察的深层对话，应该是不同情境。两种陈述的方法，我都很能享受，作为一个写作者，我很幸福，在短时间有此判若两书的创作。

问： 台湾作家这两年成了大陆出版社的出版热点和焦点，您作为一个在台湾成名很早的作家，有没有来大陆推广介绍自己图书的计划？或者来大陆行山观鸟的计划呢？

答： 目前还没有，只有对香港很熟，我常去，走过很多郊野山林，日后想写一本香港自然的书。我喜欢深入研究一个城市，彻底地跟这座城对话。将来期待对上海和北京也有这样的机会。

——发表于 2011 年 6 月 17 日《深圳商报》

（附：刘克襄的《四分之三香港》2016 年 3 月由深圳报业集团出版社出版后，刘克襄就来深圳行山推书和读者见面，现在早就是深圳行山者和热爱自然读者眼中的老朋友了。）

刘 禾 /

我想试着拆掉人们脑里的栅栏，打掉竖着的墙

曾任香港和北京三联书店总经理、总编辑的出版界前辈董秀玉退休后再度出山，担任活字文化工作室的董事长。活字文化首次推出的三本作品：两本诗集，北岛和欧阳江河一编一著；另外一本是国际学者刘禾的"侦探体"非虚构文学作品《六个字母的解法》。

相对北岛和欧阳江河在国内的知名度，刘禾算是新鲜面孔，虽然她的学术著作由英文翻译成中文早在国内出版，但这次《六个字母的解法》是一直用英文写作的刘禾首次回归母语的创作，也是她走出象牙塔，给学术圈以外的读者写作的一次尝试。独特的书名加上"国际学者""侦探体""非虚构文学创作"这几个看似不关联的词，组合在一起给读者带来了很另类的感受。

刘禾这次选中的是破解纳博科夫笔下的"奈斯毕特"究竟是何人。以纳博科夫为核心，扒开了纳博科夫的朋友圈。

虽然开头和结尾以及中间的主要架构有侦探小说的味道，但中间又有明显的文本解读和研究，还有实地探访的过程。是虚构还是写实？是小说还是随笔、游记，又或者是文本研究？面对它，你真的无法界定它的文体，更无法给它归类。但可以肯定的是，且不管她用了什么样的手法，用了哪些独家秘方，端出来的这道菜真的是色香味俱全，在众多的图书中独树一帜，读起来有料、有趣、过瘾。2014年9月5日下午，记者电话采访了正在北京过暑假的刘禾，听她讲书里书外的那些事。

◇想在象牙塔之外开辟另一个自由空间

问：我在大学教书的同学，总有种无力感。您在后记里提到写这本书的缘起，想在象牙塔之外做点事，想为学术界之外的读者写点东西，是不是也是因为无力感引起的一次出发和介入？

答：倒不是无力感。我说的象牙塔，不是指教学的那部分，而是指研究的那部分。不同学科的学者做了大量的工作，以美国为例，但这些研究不为外人知道，一直在自己的领域里给自己学科的人讲话。按说，大学研究的体系就是为了能够促进知识的发展，大学研究的水准代表这个社会文化的水准，不一定以大众传播的广泛与否来衡量。这跟科学研究一样，多少人知道数学的最前沿、最尖端的研究？或者物理学、化学、生物学？人工智能可以通过大众媒体、小说、电影出来一点，谁知道最前沿的研究是什么？研究者包括我自己待在象牙塔里的人，做这些工作是有意义的，本身没有无力感，这是象牙塔内所做的工作。我说的走出象牙塔，这里还有一个意思，因为我是第一次真正用中文进行文学创作。每年暑假回国，一方面在清华大学的跨语境文化研究中心开展一些学术交流；另一方面跟国内学者、作家、艺术家也有交流，了解一些国内的情况，觉得有必要在美国象牙塔之外开辟另一个写作空间，用中文写作，面对中文的问题做一些思考。我的中文没有被学术规范过，我之前一直用英文写了二十多年学术著作，因此我的中文写作是自由的，我喜欢这种自由感。在有限的意义上，我可以随心所欲，写一个跨文类的东西，它既不是小说，也不完全是非虚构，而是混杂交织的东西，很过瘾，就这么回事。

问： 不知道您有没有看过《寻找苏慧廉》这本书，感觉您里面走访的情节跟这本书很类似。像您一开始抛出纳博科夫为什么一辈子租房子住，等您最后带领我们走到他最后离世前的住所时，看到情境我们就知道答案了，这种带入感很强烈。

答： 我没看过这本书，但是走访的地方也有不少。我在上海书展上做新书发布时，有一个朋友说，可以拿这本书当作旅游书，到国外各地去转一转，我觉得未尝不可。有读者当小说读，有人当旅游书。我觉得我写得自由，读者也应该自由，有的读者当小说读，读出的东西是不一样的。如果拿它当非虚构来说，读出另一种东西。拿它当旅游书读，我想也可能是一本不错的旅游书。

◇用中文写作的困难在于如何创造属于自己的文体

问：我采访美国作者彼得·海斯勒时才意识到中文写作是相对高级的能力，他是在中国生活了十多年的美国人，中文可以听可以说也可以读，但他没法写，回答采访提问用的是英文，用中文写作还相对困难。我这才意识到中文写作是一个门槛，中文虽然是您的母语，但是您有二十多年的英文学术写作训练，重新回归中文写作，难度在哪里？

答：中文对我来说不困难，因为在某种意义上，我从来没离开过中文，关键是你要在现代汉语、现代白话文里面创造一种文体，这不是任何讲中文的人都能做的。识字的人未必能写作，写作的人有的只能写新闻文体，就像纳博科夫说奥威尔只会编排新闻故事一样。另一个意义上，你可以把汉语写得很糟，你也可以把汉语写得很好。很糟的汉语比如说徐志摩的散文，很好的汉语是汪曾祺的散文和小说，它们之间就是天上地下的差距，或者是同代人徐志摩和鲁迅的文章，差距同样巨大！对我来说，开始进行中文的文学创作的时候，困难在于使汉语的白话文获得一种新鲜的东西，属于自己的文体，对任何一个作家都是非常困难的。所以，用中文写作不是能不能写的问题，而是达到什么高度的问题，如何让它获得一种新鲜感，文字怎样经营得亲切，行文能不能比较流畅但是不俗，文学本身能不能在这里重新被发明，而不是按照文体的规定去发明。文学写作如何在白话文里面创造一个新的想象的空间，这个空间能够让文学获得一种厚重感、某种历史感，但又不是历史小说。就是说写当代的东西也要获得一个历史感。这对当今任何一个有强烈的创造意识的作家都是很困难的事情。如何让文学获得一种思想性，这是我非常在意的。我不喜欢风花雪月的东西，我觉得这种东西鼓励自恋，不仅仅是肤浅的问题，它是背叛文学本身的高贵精神的，因此我要求文学要有思想性，要给读者有智力上的挑战，而且要让读者读起来比较轻松。

我的困难就在于把这些看起来相互矛盾的东西放在一个完整的作品里，让它们互相渗透，自然流畅，这是我最大的困难。

◇希望读者在书中能找到一种智性的快乐

问：这本书2013年先在香港大学出版，2014年7月出的内地版，出版之后您也接触了不少读者，两地读者的反馈和您的预期有什么差异吗？

答：我也没有一个特别明确的目的，我这本书有一点很清楚，它是排斥大众的，没有一定智力的人不一定会拿起这本书。我知道纳博科夫的粉丝可能会读这本书,对文学比较高要求的人会读这本书。从知识准备上来说,大学毕业以后、读过一定数量的文学作品的人应该喜欢这本书,但是我最希望科技领域的人能够读这本书,了解一下20世纪初期至一战期间出现的科学家是什么样子。我觉得很多理工男应该感兴趣。我希望他们能了解一下科技前辈广阔的胸怀和理想主义,但不知道这本书的消息如何传达到他们那里,或者如何被科学家注意到。

这本书已经有了一些评论,有人读了2013年出版的香港繁体字版,内地的简体字版近期出版后,也有很多评论,有些人从思想角度入手,有些人从创作内容入手,也有人从技巧角度进入,作为戏仿侦探小说的解谜了,推理啦。我觉得都挺好的。

我希望这本书和欧阳江河的长诗《凤凰》、北岛编的《给孩子的诗》能够聚集一批在文学中获得力量的读者,无论是生存的力量还是思想的力量。在目前物欲纵横,人们非常茫然的状态下,如果能在文学中发现力量,做到这点就非常不错,最起码在《六个字母的解法》中找到一种智性的快乐。很多读者喜欢智力挑战,你要是把读者放得很低,首先瞧不起读者,给他写一些低级趣味的东西,那似乎在侮辱读者。写作起码要尊重读者,我在写作时是把读者的智力想得比较高的。这点我是从纳博科夫那里得到的启发。纳博科夫他本人的写作绝对是把读者抬得很高,所以我说要和纳博科夫下一盘棋。

纳博科夫喜欢给他的读者下圈套，逗弄读者，带着读者跟他一起走，但前提是他尊重读者的智商。我发现，纳博科夫有那么多高智商的读者，很有意思，于是受到一些启发。为什么国内不能多出一些尊重读者的作品呢？尊重读者，不是吓唬读者，也不是取悦于读者。这个分寸不是好把握的，但是如果这本书能聚集起这样的读者，人们会沿着这个思路再去找其他类似的书去读，以此类推，这就会出现一种健康的阅读循环。至于如何评价我这本书的效果，我想，任何书的效果都很难预想吧。

问：我看过纳博科夫俄罗斯时期的传记，但是您这本书里给出了很多新的信息，他和他弟弟的关系，文本的解读透露出来的信息，还有纳博科夫的性格特征，我觉得比我看了传记了解的都多，有趣有料。

刘禾：我听了很高兴，因为我觉得恰恰我期望给读者一些他们在别处看不到的一些东西。

◇徐志摩是一个低端的入口

问：这本书里您颠覆的有两个人，一是徐志摩，一是奥威尔。好多报道以"徐志摩是个三流作家，应从教科书中剔除"为题来总结您这本厚重的书，我觉得有点走偏。

答：很多人只关注徐志摩，我也奇怪那么多人问我对于徐志摩的看法。你是看过整本书的，其实徐志摩在里面占特别小的比例，他只不过是带入另一个故事的契机，他真的没那么重要。说实在的，他还不如萧乾重要。如果说问我这些问题的人只关注书里写到的中国人，那为什么没有人问我萧乾呢？

这里有一个很大的问题，恰恰是我写这本书针对的问题，是中国和世界的关系问题。我的整个叙事是有设计的，我希望通过这本书的阅读，让读者知道的世界多一些，我想把世界拉近，拉到中国来。通过讲故事把它拉近，让大家对世界的其他地方有一些具象的感觉，有一种亲切感。那个世界跟你自己的世界离得并不是那么远，那个地方发生的事情跟中国发生的事是有关联的。让读者有机会把现有的中国和世界之间的界限打掉。中国的事也是世界的事，世界的事也是中国的事。这样我们对自己的认识不会局限在什么和世界接轨啦、什么走出去啦、什么中西文化异同啦。这种特别局限的，或者是陈旧的，甚至是不可以接受的条条框框，在人们的脑子里竖起那么多道墙和栅栏，认为栅栏那边是世界，栅栏这边是自己。这种狭隘性，导致我们对世界的了解十分偏颇和狭隘，我想试着拆掉人们脑里的栅栏，打掉竖着的那些墙。

我想通过纳博科夫的故事，让国内的读者有机会了解世界、一战、二战、联合国教科文组织，所有这些事情能够进入大家的视野，不仅仅是我和我的家、我和我的城市、我和我的省、我和我的国家。我觉得所有的高墙都应该打掉，重新构想我们和世界的关系。这个是至关重要的，这也是李约瑟和贝尔纳他们呼吁世界和平经常用的办法，打破疆界，思考最根本的问题：和平问题、人类共存问题，以及中国和世界的关系。如果大家都来和我纠缠徐志摩，那么真正值得关注的问题就都烟消云散了。

问：不过徐志摩也可以拉一些低端的读者进来，也不一定是坏事。我读这本书其实注意到您不断拉近读者和世界的关系，一切和中国相关的人和事您都不断提醒。您还提到巴黎以数学家命名的很多街道，毕加索的立体派创作原来是受数学上四维空间的激发，原来数学和艺术史也是相通的。

答：的确，我想纠正八卦里一些错误的信息，比如爱因斯坦、毕加索的故事，其实这些东西，读者如果愿意继续阅读，自己去调查爱因斯坦、毕加索、李约瑟，那是更理想的阅读状态。能够让他产生好奇心以后继续再找书读，逐渐扩大他的知识面，改变他的知识结构，让他获得特别新的东西，这个效果都是好的。我的书起码从信息量的角度是丰富的，对艺术史、文学、历史、数学、物理、生物科学，当然还有政治情报。如果读者愿意的话，可以信任我，这些人的故事全部有据可查，没有一个是瞎编的。

问：我把您在书中提到的奥威尔的档案号提供给了我一个刚到伦敦的同事，拜托他如果有时间和机会去英国国家档案馆查一下，帮我拍点照片。因为你说有护照就可以去查，为什么当时没考虑在书里配一些相关图片呢？

答：图片当然都有了，包括人物的照片，但是有顾虑，会不会干扰到悬念?也许奥威尔的那个笔记本可以放在插图里。

◇文学负载信息和传播知识的功能不能忽略

问:您不断强调文学的思想性,您曾明确提出文学本身必须要重新获得它的重量,文学要重新获得思想性,必须在一定的思想高度上思考生活。问题是:思想性真的可以让文学重新获得重量,找回它的尊严吗?

答:我不能肯定一定能找回它的尊严,但是它已经丧失了许多尊严,这是事实。严肃文学一次次地被大众文化所冲击排挤,严肃作家也向大众文化靠拢,让文学越来越变为无关紧要的东西。还有一个重要因素,现在是信息社会,大量信息可以摆脱文学到达读者那里,文学负载信息的功能现在越来越弱了。有的作家甚至依赖同样的信息渠道再去编故事,编出来的故事让读者一看,他会说:这些故事我早就知道了,干吗还要看你的小说?我觉得这个东西需要反省,作家也需要反省,我能给读者哪些他自己找不到的东西?这样文学重新具有负载信息和传播知识的功能。这一面还是不能忽略,意味着作家要辛苦一点儿,要劳动,要花时间调查,花时间去研究。小说家不能仅仅拍个脑袋编个故事,思想性是建筑在某种知识的厚度上,它必须在娱乐之外打开一个想象的空间,能让读者在阅读之余思考自己的生存状态,而不是仅仅为读者提供一个镜子,风花雪月,鼓励他的自恋。思想性能够让读者成熟起来，不但在文字上、在情感上、思想上都要摆脱陈词滥调。我思考这么长时间，必然朝这个方向走了。

◇信息量和文学的魅力：我选后者

问：你曾说过李陀和北岛这个群体给你的第一稿提过意见，第一稿和我们读到的书中的文字差别有多大？最大的改动在哪里？繁体字和简体字版差别大吗？

答：繁体字和简体字版基本没有特别大的出入。我最早用简体字写出来发给牛津大学，他们用机器翻译成繁体字，有个别字句意思变了。现在又翻译成简体字，只有个别字句的调整。

我的第一稿，经过我们的群体批评以后，吸取了他们的很多意见，尤其在行文的节奏上，什么东西打住，什么继续发展。朋友们在技术上给我提供了特别好的建议，最重要的是他们的鼓励。什么东西好，有门，让我有一种兴奋感，坚持写完。群体的支持帮助特别大。我删了大量的文字，几万字都有，有的是忍痛割爱。尤其是李陀，他是非常严格的批评家，绝对不会手软。北岛也提过语言上的意见，尤其是前半部分，写作过程中我学了很多东西。我曾抗议，要我删这么大的篇幅，信息量不就减弱了？最后是选择要信息量，还是要文学本身的魅力？我选择了文学本身的魅力，这两者不容易平衡。知识的丰富性和厚度，我尽量照顾它，但如果要完全照顾它，文学的魅力就没有了，读者就不会一口气把它读完。

问：您现在所在的哥伦比亚大学曾经有不少近代史上的风云人物，像胡适、马寅初、蒋梦麟、唐绍仪、冯友兰、梁实秋、宋子文等，您会有兴趣关注追寻他们的蛛丝马迹吗？您在后记里说您会继续努力，好奇一下，下一部会是谁？

答：我现在纠结的问题是手头还有英文研究的著作没写完，这本中文书如果大家喜欢，我还会继续再写，北岛让我写成三部曲，我构思的第二部里面有一个哥大毕业的人，但肯定不是大家都知道的人，现在我保密。

问：纳博科夫不仅是整本书的文眼，更是贯穿始终的一条明线，但您却澄清您不是纳博科夫的粉丝。很好奇您是哪位作家的粉丝？

答：哈，我谁的粉丝都不是，我一直没有学会当粉丝，关键是我的兴趣点是不断转移的。我喜欢很多作家的某些作品，我不会只盯着一个作家。而且我读的不光是文学，我读的面很广，我也读科学，也读人物传记，我什么乱七八糟的东西都读。我可能是由于年龄的原因，已经没有资格当粉丝，因为当粉丝需要有某种年轻的心态，才会迷信一个作家或者一个明星。很糟糕，我好像已经跨越了那个门槛了。

——发表于 2014 年 9 月 15 日《深圳商报》

何 伟 /

我的书给中国增加了异域元素

彼得·海斯勒的中文名何伟,是《江城》《寻路中国》的作者,2014年4月推出新书《奇石》。

这个生长于美国密苏里州哥伦比亚市的年轻人,在普林斯顿大学主修英文和写作,获得牛津大学英语文学硕士学位后,他认为如果想成为一个作家,必须远离家乡。所以,毕业后他报名去了美国和平队,被派到了中国重庆涪陵师范高等专科学校英语系教英文,那是1996年到1998年,这两年的经历后来被他写成了第一本书《江城》。

1999年到2007年,他在北京先后成为《华尔街日报》《波士顿环球报》和《纽约客》驻北京记者。2011年末去往埃及开罗开始新旅程。他在中国先后待了差不多十年的时间,接下来写成了《甲骨文》和《寻路中国》,这两本书与《江城》一起成了著名的"中国纪实三部曲"。

《江城》一经推出即获得"桐山环太平洋图书奖",《甲骨文》则荣获《时代周刊》年度最佳亚洲图书等殊荣，《寻路中国》荣获2010年度经济学人、《纽约时报》好书奖。海斯勒本人亦被《华尔街日报》赞为"关注现代中国的最具思想性的西方作家之一"。这三本书成为美国读者认识当代中国的必备书，也成了无数中国读者重新打量自己国家和同胞的必读书。

《寻路中国》和《江城》在中国同样获奖无数，都曾入选深圳读书月举办的2011年和2012年"深圳十大年度好书"。

有趣的是，彼得的中国缘还不止于此，他还娶了一个美籍华裔的妻子，不少读者对他的妻子也不陌生，因为这位1991年毕业于哈佛大学的Leslie T. Chang（张彤禾）在国内出版了《打工女孩——从乡村到城市的变动中国》，他们生了一对双胞胎女儿，中文名字叫张兴采和张兴柔，2014年接受记者采访时，他们一家四口生活在埃及开罗。

2014年彼得又新推出了一本《奇石》，收录了他以前为杂志社写的不少文章，还有他新写的东西。除了中国，美国、尼泊尔、日本、埃及各地的故事杂糅在一起，但他写的几乎都是同一类人。

这个采访从我发邮件给身在开罗的他开始，他及时用英文回复，从来来往往的邮件中，你可以感觉到他的守时、认真和专业，遥远的距离和不同的语言丝毫没有阻碍采访的顺利进行，我很幸运自己遇到了一个优质采访对象。我的采访提纲用中文写成，彼得回复用的是英文。我被赶鸭子上架做了初步翻译，最后请英语过硬的侄儿杨金辉做了最终核定，特此感谢。

◇我的书给中国增加了异域元素

问：《江城》《甲骨文》《寻路中国》是您的"中国三部曲"，但它们在美国的出版顺序和在中国的出版正好颠倒过来：在中国先出的是《寻路中国》，然后是《江城》，缺席的是《甲骨文》。我想问一下两地读者对《寻路中国》和《江城》的不同反映，差异在哪里？

答：我得承认，我写这些书时，考虑的是美国读者，而不是中国读者。那时我以为中国读者不会感兴趣。老实说，当我1990年开始写有关中国的题材时，几乎很少有中国人想听到一个外国人怎么看中国，这种状况维持了很长一段时间。当年赛珍珠写中国时，大多数中国知识分子不喜欢她写的东西。事实上，《大地》是一本非常出色的书，赛珍珠也真的了解中国。

我觉得从20世纪90年代中期起有了一些变化。中国人受教育的水平提高了许多，也有许多中国人到国外旅行。即使他们不去旅行，他们也会有很多途径接触到国外的事情，他们会认真思考中国以外的世界。现在他们自信多了。因此，让中国人关注外国人如何看待他们的国家，现在也许正是时候。

美国人和中国人读我的书的方式不同。许多美国人对中国并不熟悉，所以我总想帮他们了解中国。我觉得如果我能把普通中国人介绍给美国读者，他们会对中国人有更多的理解。有趣的是，也许我的书在中国受欢迎是因为我的作品给中国增添了异域元素。中国读者经常告诉我，作为一个外国人，我能够发现到他们不会关注的东西。所以，在某种意义上，这本书可以使他们用外国人的视角来审视他们的国家。

◇总觉得自己像一个局外人

问：《奇石》收录了不少旧作，中国人一般悔其少作，您如何看待你的这些旧作？

答：我想最基本的原因是：我之前写过的很多东西都没有收录在以前的书籍中，但是我很在意它们，我想把它们用自己喜欢的方式来编辑，并放入一个作品中。在我写作的最初十年，我花了很多时间以杂志的形式写作，这些故事大约都在5000到8000字，我想把我认为最精彩的故事收集起来。

我还想出一本书，不只是讲中国的。我并不是只写一个地方的作者。实话说，我想写关于我自己国家的故事。我建立我的职业生涯完全是从漂洋过海开始的，所以我有些许担心，担心我失去了与美国的联系，担心我再不会与美国人接触或写关于他们的作品。我想证明我自己，也想告诉我的编辑，我能把美国写得像写中国那样好。这本书中，我觉得《多恩医生》是我写过的最好的杂志故事。

同时,我想让人们了解到,不同地区、不同人之间其实是相互有联系的。可能是因为我在年轻的时候就离开家,生活在不同的地方,我总是觉得自己像一个局外人。现在,甚至在美国的时候,我也觉得自己是一个局外人。我笔下的大多数人也是局外人——艾米莉,深圳的外来工石彬伦,考察长城的美国学者纳吉夫,印裔美籍活跃分子杰克·阿德尔斯坦,在东京工作的美国研究犯罪专家。他们都是局外人,所有人的工作都充满活力,这一点是相似的。我总是喜欢和局外人打交道,因为他们的见解很不寻常,他们看事情的角度不一样。

◇畅销是因为出版选对了时机

问:您的图书是您离开中国以后才开始出版畅销的,目前出版的前两本书都卖得非常好,获奖也不少。现在回头来看,您觉得自己作品的优势在哪里?

答:我觉得许多事是时机问题。直到最近,这些书才能在删改很小的情况下以这种形式出版。这也是为什么不早点出版的原因。我觉得现在的中国人正在对自己的国家提出很多问题。

我的确很惊奇这些书会如此成功,我觉得很荣幸。同时,这不是主要的东西。对我来说,重要的是让中国读者可以读到这些书了。我想知道中国人喜欢还是不喜欢它们。对一个作者来说，这都是反馈的一部分。我从来不喜欢那种感觉，我是故事输出者——我用很私密的方式探索中国人的生活，而后仅提供给美国人去读。这让我很不舒服。我想把我和我写的地方联系起来，我想要担起这个责任。

问：好多中国的年轻读者是通过您的书重新"发现"自己的国家，您会开心吧？

答：年轻读者喜欢我的书的确让我很开心。这是中美读者之间最大的不同。我到美国书店读书时，读者大多数是老年人，在中国，大多数是年轻人。我对年轻人阅读的认真印象深刻，这种情况在美国太罕见了。

◇一直计划重返中国

问：《奇石》是您书写中国的结束吗？

答：我当然不希望是。我妻子和我一直计划要重返中国。我们计划花五到六年时间在埃及，接着便返回中国，然后在那里继续生活写作。所以我期望三年左右我就可以重返中国。甚至在埃及这里，我也正在继续和中国人碰面，并打算写他们的故事。我的写作生涯从中国开始，我知道它永远是我作为作家的一部分。

问：很多中国读者非常关心您现在的生活状态，知道您结了婚生了一对双胞胎女儿，现在在开罗还是为《纽约客》工作吗？您在《甲骨文》里提到写一行字赚的稿费就可以在中国过一周，现在在开罗的生活和稿费比例如何？比中国是轻松还是艰苦一些？

答：我的经济情况比较好。我从出版的书里攒了一些钱，还从麦克阿瑟基金会得到五年的奖学金。这给了我时间去学习阿拉伯语，在这里继续生活。说实话，开罗的新闻节奏很紧密，这里有很多的事情发生，我已经写了很多故事给《纽约客》。从这点上看，这次职业变动还算容易。我住在尼罗河附近的一个小岛。我的女儿们有一个和平安静的生活，她们和政治问题是绝缘的。

但是对记者来说，这是一个很艰苦的地方，环境经常不安全。我试着逃离坏的环境，但这永远没法预测。我曾近距离看到许多的暴力事件。2014年1月我试图从一场严重的暴力抗议中逃离的时候，脚上的韧带被撕裂了，周围有很剧烈的炮火声。

问：埃及和中国都是文明古国，您觉得两者最大的异同在哪里？

答：我想来埃及大部分理由是因为历史。我花了很多时间和考古学家待在一起，很有趣。我在这里写的这本书有一些是跟甲骨文有关的。它们有一点相似，我研究的这两个都是古代同时期发生的事情，然后把它们放在一起放进同一个故事中。

埃及很像中国，也像美国，它是带有很强自我意识的国家。人们都很爱国，而且他们都相信他们是世界的中心。也许因为我是美国人,我就被这样的国家所吸引。我喜欢这种强烈的身份认同,我也对他们描述他们自己和他们与世界关系的方法很感兴趣。

◇第一本书的灵感来自我的老师

问:您在《奇石》的首页写着"献给约翰·迈克菲",您在前言里提到他是您遇到的最鼓舞人心的老师,具体到写作方面,您觉得他教给你最大的本领是什么?

答:约翰对我成为一个作家有巨大的影响。像我在序言中提到的,我曾经希望成为一名小说家,但是我上了约翰的课后才认识到非虚构的无限可能性。当我还上大学的时候,那个夏天我开始从事自由职业,接下来从学校毕业后我就平稳地成为一个自由职业者。

我从牛津毕业后,想彻底改变我的生活,我想去中国。我觉得这像一个台阶,也是一次冒险。我将离开找到好工作的地方,离开有名气的学校,来到中国一个月赚1000元人民币的偏远地区,我得待够两年。我知道这意味着结束后我很难在新闻界找到一份工作。但我觉得它更合适我,它将有助于我成为一个作家。但我还是很担心,我和约翰交流,他鼓励我去做。

期满后我还是待下来了,约翰中间给我打过一两次电话,我们通过电子邮件交流。大约六个月后,我开始想我离开涪陵后将做什么，然后我给约翰写了一封信，他回了一封很长的信给我，告诉我可以写一本关于涪陵和我在那里生活的书。在他写信之前，我从来没有想到这个，这封信突然给了我灵感，我立刻就想到如何着手。这本书如果没有他的鼓励是不可能写成的，对此我永远心怀感激。

——发表于 2014 年 5 月 12 日《深圳商报》

（注：何伟言出必行，2019 年秋季，何伟携家带口在离开中国十多年后重返中国，重返四川，安家成都。2019 年秋季开始在四川大学任教一年，然后全职写作。）

杨 照 /

要读那些"读不懂"的经典

杨照,本名李明骏,台湾大学历史系毕业、美国哈佛大学东亚史硕士。研究专长为中国古代思想史、社会人类学。是台湾有名的作家、文学评论家和政论家,多面手,写过中、短、长篇小说,散文、剧本,还写过不少文学评论,获奖无数。现任周刊主笔、电台主持人。2010 年,杨照入选深圳商报主办的深圳十大好书评委,记者通过电话专访了杨照。

◇候选名单中三分之二的书我都看过

问:你今年(2010 年)是第一次做"十大好书"评选的评委,你对大陆出版界的情况了解多少?对候选名单的书目认同度如何?

答:原来我答应的时候心里有点不安,我对大陆的出版界通过刊物和网络多多少少有些了解,但不全面。觉得有信心是看到候选名单100本书目之后，因为其中三分之二的书我都看过，陌生的只有十本左右，跟我的标准没有太大差别。我有一点读书的经验，可以在比较多的书中选出不浪费时间的书。

问：你心目中的好书标准是什么？

答：我觉得不浪费时间的书就是好书。读书是要花时间的，如果读书只提供你原来熟悉的东西，只是让你浪费时间，那就够不上好书。好书使你吸收到你原来生命中没有碰到，但对自己和社会都是很重要的东西。

问：你曾提到过阅读要读"读不懂"的书，可不可以解释一下？

答：候选名单上《玫瑰的名字》和《联邦论》都是经典，没那么容易读得懂。《玫瑰的名字》表面上是通俗的侦探小说，但如果不知道中世纪传播知识的方法，你可能不好读懂。它跟我们的时代有很大的区别，它不是你可以直接读进去的书，它给你不懂的环境、知识架构，你必须搞懂，搞懂的过程中会让你有很大的成就。

◇港台作家的读者意识比大陆作家强

问：从2000年起，港台作家的作品就是大陆出版界的热点，今年热度未退，有更多的作家被引进，你能分析一下其中的原因吗？

（韩墨／摄）

答：港台作家在写作时看到的东西甚至写作的理由和目标跟大陆作家不太一样。港台作家对大陆读者有吸引力，是因为他们能提供的新鲜东西比较多。他们的书在大陆发挥的作用比港台大，因为港台有很多人在写同样的东西。所以说港台图书大陆热，并不是港台作家比较棒，是因为他们提供的东西不一样。

问：有评论认为，港台作家在散文和杂文写作上不管是视野还是见识都明显比大陆作家技高一筹，你怎么看？

答：我并不觉得港台作家在视野和见识上比大陆作家高明。三地作家是不一样，香港和台湾作家的写作速度感不一样，台湾作家的速度感不如香港作家那么快。香港作家假设读者是极度没有耐心的，所以需要在很短时间内吸引读者，让他们读下去。台湾作家想象中的读者不是那么没有耐心,体现在文字的铺陈和文章的结构比较舒缓。在这件事情上,台湾作家的读者意识比大陆作者来得强。在写作时很明确,知道对谁而写。大陆作家的意识在写作上看不到,不清楚为谁而写,不知为什么样的读者而写的书,相对比较难评判。

◇既要见树木,更要见森林

问:"十大好书"评选2010年新增了四个奖项:"年度特别推荐""年度致敬之年度作者／译者""年度致敬之年度出版人",以及"年度致敬之年度出版社"。评选范围从图书到作者和译者再到出版社,你觉得意义何在?

答:它的意义在于累积书目。单本选择是只见树木不见森林,是有危机的。在出版上对出版社和出版人都有这种双重评价的必要,一方面评价个别的作品和书,更重要的看它累积了什么,看它整体的品位。比如一个作者突然写了一本好书,而另一个作者三十年没有写过一本坏书。前者容易比后者选上,但选择后者比前者意义更大。尤其是出版人和出版社。我觉得不局限于年度,可以看得更长更远,这个评选对十大好书会是一个重要的补充。

问:韩寒在大陆的影响力很大,他2010年有一本书《1988:我想和这个世界谈谈》入选,我不知道你看过没有,对他有什么样的评价?

答：我笼统地讲两句，韩寒是一个很好的社会观察者，他对社会观察的作品，远超过他的小说，他的社会观察比很多人切中要点，有文采。相比之下，他的小说与其他人相比要弱得多了。小说与评论在观察和影响社会作用上不一样，如果从他写社会评论来看，很有成就，但小说作为艺术，他还有一段漫长的路需要寻找。

——发表于 2010 年 11 月 24 日《深圳商报》

张大春 /

李白的悲剧在于他错认了那个时代

看完张大春最新出版的小说《大唐李白：少年游》后，联系采访，正巧他2013年9月6日来广州为他与王伟忠联合监制《当岳母刺字时媳妇是不赞成的》话剧演出助阵亮相，据说这个长长的话剧名就来自他的一次聊天。可惜，俗事缠身，缘悭一面。最终在他返回台湾后，记者于9月9日通过电话采访了他。

张大春本身是个说书人，听他讲写小说的缘起计划，答疑释惑，像听了一次独家说书广播，大饱耳福。也终于弄明白，他并不是要为李白做传，而是在通过李白勾勒他赖以生存的整个盛唐，用大量的细节填充复活历史。所以看到书名正解应该是大唐和李白，而不是大唐的李白。

（韩墨/摄）

◇李白不跟时代玩妥协游戏

问：你儿子张容说你是生活在现代的古人，比现代人要老200到500年。这次为什么是大唐？为什么是李白？这个念头是怎么来的？小说写了多久？

答：没写多久，从2013年的旧历年开写。大概因为我自己是一个写了几十年古体诗的人，对近体和古风这两个大门类的操作都很熟悉。而且我入门的方式也比较不一样，我是专从声调入手。就是说声调是能够掌握古近体最大区别的钥匙。第一我不出诗集，第二我也不以诗人之名走天下，不去搞诗社，专门钻研声律声调。声调正好在唐代有一个重大的变化，唐代近体格律形成了。所谓的近体格律，不写诗的人很难理解，大概就是我们最熟悉的绝句或律诗的这种平仄布局，包括律诗中的对仗。它有一些法则，这些法则是怎么形成？形成这个法则的过程之中，又有多少诗人不屈服于这个法则？这些问题一直是我几十年来心里在意的事情。我不太相信有一种说法，当某种文体出现以后，会有一段不成熟的时间，慢慢成熟了，老了，死了。拿人生的生老病死去比喻文学体例的演变，这个我不同意。也许有个人生活在某个时代，很可能是诗的体例最辉煌的时候，但却走的是完全不成熟的路子，在诗的体例已经成熟的时代，也有人会写不成熟的诗。如果适逢其会，这个时代有很多人知道这个人的努力，这个人就会变成一个大天才，如果生不逢时，也许这个时代就错过了一个伟大的天才。

李白的处境在盛唐，他就是那个刻意不跟时代最流行、最成熟的格律去玩妥协游戏的人。很多人认为，他写得快、才气高、不受格律拘束，这话是对的。也有人认为他不太会写格律诗，我不认为如此。要知道他不受格律的拘束，就要知道他的心理状态、精神状态。所以就找了一些材料，慢慢琢磨吧！

◇《大唐李白》要写四卷

问：《大唐李白：少年游》架构庞大，所涉范围很广，举凡政治、历史、人文，无不包含，一看就知道是个大工程，这本书打算写几部？

答：我准备写一个比较长的东西，大概分为四卷：第一卷是《少年游》、第二卷是《凤凰台》、第三卷是《将进酒》、第四卷是《捉月歌》。

问：李白作诗的时间顺序是不是你小说的暗线？

答：第一本看起来是的，但是第二、三、四本没有义务按照这个。我还没有完全决定我的手法。现在我在电台每天讲这个故事嘛，早上写，下午讲，每天写三千字。在电台讲，听众必须听一个顺时性的故事，他没办法跳来跳去的。当我校订到文本上就不一定了。也许第二卷我会大胆地去做一些调整，我现在还不知道，现在大概才写了9万字嘛，第二卷要比第一卷再长一些。第一卷写了22万字，第二卷应该有25万字。等我写差不多到20万字的时候，可以进行一个大的调度。我希望和第一卷不太一样。

问：第二卷《凤凰台》主要讲李白的哪个阶段？

答：第二卷主要讲李白出蜀之后为什么两度进长安，第一度虽然失败，但是第二度仍然在四十岁能够来到唐玄宗身边。我考察他身边的很多人，只要跟他进入长安有关的人，统统具有一个同样的背景——道教上清派茅山宗，不管是贺知章、吴筠、司马承祯，还是玉真公主，大官小官，没有官职的道士，都牵连到李白的行脚和经历，甚至他的婚姻跟这些也有牵丝攀藤的关系。

◇拍武侠片都可以参照它

问：你在小说里提道：对日日忙于应付生活的升斗小民来说，"诗，本来就距离他们相当遥远，犹如一触即破的浮泡，犹如不能收拾的梦幻。"读你的小说容易想起董启章的小说，他在小说中教读者怎么样写小说，他把小说的部件拆开来摆清楚给你看。读你的这本小说，我觉得你也借李白学诗的过程在教读者写诗。

答：董启章敢教人家写小说，那很好。我是不敢教人家写诗的。千万不敢这样说，董启章可能胆大一些，我是不行。

问：你在小说中不断还原李白写诗的场景和情境，有破案的感觉。

答：你看到每个章节都用李白的一句诗，当然有些地方穿凿的，句子很吻合，不见得李白就是为那个而写，但多多少少有关。诗句和章节不断地暗示读者，你看到的每一章都跟李白的生平有点关系，不见得真正是诗的意思，有时候还故意曲解。

问：读你的《大唐李白：少年游》很容易想到陈寅恪的《柳如是别传》，像一个连笔画，由诗里的一个典故，涉及李白生活的年代，一点一线，很庞大，但凡涉及唐代的历史都要拉来讲清楚。

答：日后如果有人不论他对李白是否有兴趣，如果他只要是对唐朝，或者对唐代长安社会生活有兴趣，哪怕是拍一部武侠片，他都可以参照参考里面的那些资料，还原它的生活细节。

◇坐实了那个时代的价值观

问："还原历史"也是这部小说中最显见的情节，就像《新唐书：李白传》"州举有道，不应"这六个字被你还原成一片华丽丽的长幅画卷，这算不算你写得比较乐的地方之一？

答：我个人乐不乐没有太大意义，重点在于它真正坐实了当时李白那个社会朦朦胧胧感受到的价值观。名，价值大于一切。李白没有办法应科考，因为他是商人家庭出身。在不能科考的情况下，他要取得比较好的政治资源，一定要让大官有印象，需要有民间的名声，于是他大量结交中低层官员，取得大量底层的资源。所以当唐玄宗看到他时说了一句话："卿是布衣，名为朕知，非素蓄道义何以及此？"这句话很有趣，什么叫道义？我们俩之间一定有一种宿缘，可能几生几世前我们同样在一个道山上修道。这个道义，因为道教而结合的一种情感。他们两个在打密码呢！唐玄宗就是因为道士推荐才接见李白，唐玄宗想从上清派这里得到一些治国的道术，这跟呼风唤雨、撒豆成兵有关。上清派是想透过他们的政治理念来让唐玄宗成为一个无为的皇帝。这个理念就是派李白到唐玄宗的身边来完成，可惜失败了。

◇李白错把唐代当战国

问：东华大学教授、小说家吴明益评价说："这部书可以说是一部考据、一部诗论、一部纪录片，当然还是一部新形式的极度考验读者的小说。"连"商山四皓"这样的典故你都要掰扯开讲清楚。不过反过来看，又觉得不这样事事讲清的话，以现代读者的古文功底，有几个人能读懂呢？如果有耐心的话，初中生也可以看。你的目标读者是哪些人？

答：我从来没有想过年纪，我只想着有兴趣没有兴趣。我注意到一件事情。我两个小孩子从小就不耐烦跟我聊天，好像说你讲的够了，我要知道的就这个，不要再讲多了。当他说不要我讲多了，我就只好停下来。可是他们现在一个十四岁，一个十二岁。我注意到现在他们跟人讲话也会娓娓道来。因为他们不知不觉地想把事情跟人说清楚，哪怕牵涉很多的面相，他们不是针对表面上的一丁点简单直接的答案，要到就算。这个很好。我跟人说话就是这样。我还特别注意到，如果有人找我去演讲一个题目，我只要定一个很小的题目，就可以在讲的过程中由于种种的注解能够把这个小小的题目牵丝攀藤地、顺藤摸瓜地，把很多我平常累积的东西慢慢像吐丝一样吐出来，并不一定说一个故事。《大唐李白》，大家不能光看李白嘛。因为大唐才有李白，大唐这个时代错过了他，他也错认了这个时代。他把唐代当作战国，没想到制度化、建制化非常完整的国度，他一生的悲剧根本上在于他对时代的错认。他的老师赵蕤本身就是一个纵横家,是住在山里的一个老疯子,不问世事,他觉得世界就该如此,不该如彼。他教出来的徒弟跟他一样疯。

◇大诗人就没有坏诗吗?

问:读来有趣的部分是你在文中推断李白作诗的情境和当时的场景。像《笑歌行》,你把他的写作时间提前了二十年,而且是毛坯,感觉你在小说中像一个"诗歌侦探"。

答:我认为那个诗根本就是东一句西一句凑起来的,而且中间那两句就不对劲,他自己也没好好掺和。他的诗稿本散佚十之八九,后来很多作品是被后人拼起来的。有的根本拼不起来,甚至有几句散文,看起来没头没脑的。我把那几句重新点断,变成诗的句子。他原来写的是诗的句子不是散文的句子。后来有人说这个句子写得太好了,说不出来好在哪儿,可能说是上下文脱漏,"夜来月下卧醒,花影零乱,满人衿袖,疑如濯魄于冰壶。"我把它变成诗后,就知道它前后的意思了。

问:苏东坡认为《笑歌行》和《悲歌行》是伪作。你好像不同意他的观点。

答:如果你先把李白放在高不可攀的地位的话,那就会像明代朱谏,他写《李诗辨疑》,认为几乎一半的诗都不是李白写的。你不能说一个大诗人没有坏诗嘛,这个不对的。而且一个大诗人就是一个普通人,承认这一点,比较实际。

问：李长之做的《李白传》1940年由香港商务印书馆出版，内地四大诗人名传中，他把李白定义为道教徒。

答：他那个很简略。我看过，内地有很多研究者，他们的研究都很重要。我不是做研究的，但觉得小说可以发挥点力量吧！

——发表于 2013 年 9 月 16 日《深圳商报》

唐　诺 /

我们有义务成为另外一些人

唐诺，本名谢材俊，1958年生人，台大历史系毕业，曾任职出版公司，现为自由读书人，专注于与阅读相关的自由写作，自称"专业读者"。

编辑把唐诺的电话给我时交代：唐诺没有手机，只有家中的电话，他每天固定在咖啡馆写作，白天未必在家。不过，这个电话可以找到三个人：朱天文、朱天心和唐诺。

2014年4月17日晚，当记者打通他台湾家中的电话时，听到电话那端年龄稍大的女声，这才意识到编辑说漏了一个人——刘慕沙，朱家妈妈。

这是一个有趣的文坛生态揭秘，台湾著名的文学家朱西宁去世后，他太太翻译家刘慕沙、大女儿朱天文、二女儿朱天心一家仍住在同一屋檐下，唐诺就是朱天心的女婿、朱西宁的学生。他在写文章的时候从来不避讳地提到我的老师朱西宁如何如何，也动辄把朱天文和朱天心的写作秘密或者阅读感受拿出来当例证。熟悉朱家三姐妹的人都知道,只有三女儿朱天衣在山间盖屋另居。所以这个电话应该能找到台湾文坛的两代四个作家才对。

唐诺说过自己的生活状态:"我自己没房子、没车子、没手机,偶尔借用女儿计算机查个数据,看看当天NBA打比赛结果,并赢它两盘将棋,很少花钱,最固定的支出是每天一包烟。"

在朱家姐妹的盛名下,唐诺好像一直是藏在身后的人,但他的发力却一波接一波,持久悠长,从最早的为球友们津津乐道的球评文章,到为出版社推理小说写的导读,接下来积累成书的《阅读的故事》《文字的故事》《世间的名字》,去年出版的厚重的《尽头》,终于让人们认同了他一直以来自诩的身份:一个职业读书人,简称:专业读者。

说到阅读,他几乎没有商量余地地强调:

"人生苦短,阅读却是长远的事。"

"读书没有准备好这回事,书读不懂是常态,只要你不是只看这一遍就行了。一生只读一次的书对我个人而言,意思比较接近是淘汰。"

"书一定得重读,同一条路走两次三次四次,你就有多余的心思才有机会注意到别的。"

"我总是劝人偶尔去翻翻《辞海》这样的大辞典,一生总得做一次这事,实际上看看人们曾反复造出来多少文字。"

在《尽头》附送的白色的导读小册子里,压轴的正是朱天文与唐诺的对谈,题目为《博学者、聆听者、发想者》,正道出唐诺这位专业读者所扮演的角色。

他试图让原本只是三十个人看懂的东西,变成更多人可以看到,也就是从智识变成知识,甚至慢慢变成常识。他觉得任何一个高远的东西,把它用较简单的话说出来,不但可能,而且必要、非如此不可。把难的东西用简单的方式讲出来,他就是这样的搭桥人。

他认为再平凡、再奄奄一息的社会,总还有那么几个有意思的人,至少有那么几个疯子,愿意不理性地去做大家都不会再去做、以为不可能的事。

在文字的领地被越来越多的图片和影像侵占的当下,在唐诺的心中始终认为"文字是独一的,没有任何替代物,它是所有知识的最终载体,甚至是人类记忆的最后一片海洋。如果人类世界、人类的认知和思维还有'远方',还能前行,我们可以仰靠的,从思索、表达到记忆,只能是文字。"这几乎是在当下看到的对文字最深情的表白。

列维斯特劳斯曾说:"难道不知道人手相对于人脑仍是相当粗陋的工具吗?"

唐诺补充道:"难道不知道影像相对于文字仍是相当初级的载体吗?"

唐诺说:"在一个时代中,尤其在大家同方向、同速度前行如一列平稳火车的时代中,你必须让自己错身开来,至少以不一样的时间节奏、不一样的停停走走方式,你才能看出东西、看出层次、看出运动变化和隐藏，其必要代价当然是遭到推挤冲撞，以及人们不断投过来的不解和气愤的眼光。"

内地那边托出版社捎来信息，邀请朱天文和朱天心可否也和读者微博一下，晨昏定省。"我们有义务成为另一些人"，朱天心尽可能礼貌地拒绝了，"作家安静地写，读者安静地看，这是我喜欢的文学样貌。"

"我们有义务成为另一些人"，又何尝不是唐诺的夫子之道？

别忘了，汉娜·阿伦特说过："一个时代往往会把自己的烙印最清晰地打在那些受其影响最小的、最远离它因而受苦最多的人身上。"

这或许可以解释唐诺为什么会写《尽头》这样长得可以跑马的文章。

其实作为一个够好、够认真的书写者，他早就心知肚明，真正有意义的读者极可能不会超出五十个人。

更何况对他而言，读者的身份远比写作者更长更久远！

对话唐诺：文字的发展有极限和尽头，我没有哀悼也并不悲伤

采访"专业读者"唐诺，听他聊两地读者的差异，对阅读逃逸的担忧，对文字尽头的探寻，以及正在写作的苦乐，多是理性克制。对自己的写作透露出一些些不自觉的骄傲，但语调一直温和平缓。唯有谈到女儿谢海盟时才柔软下来，他心中衡量文字的那杆六亲不认的标尺，似乎只有在女儿的作品面前才变得稍稍松宽了几分。

◇大陆读者吃得下硬一点的东西

问：你写《尽头》时，有没有想到目标读者是哪些人？

答：我写东西不常想读者，我在出版社工作，好像一直跟想象的对象在对话，事实上没办法假设读者，一想读者就会乱掉，进一步的话不能说下去，能够把想写的写出来就好了，假设有读者的话写起来还有点困难。

问：你提到聆听者的消失不只是量的问题，还有层次的问题和阅读者自身程度的问题。你感觉台湾和大陆两地阅读者的程度差别多大？

答：我很少跟读者接触，并不很知道一般人对我书的反应，我在台湾很少有公开活动，也很少出门，上次到北京、上海，大概有点逼不得已才去一趟，是出版社说服了我，因为我的书（指《尽头》）写得太厚了，得协助人家一下。朋友们的意见我觉得他们又有顾忌，不见得会说实话，觉得起码碰到的抽样不足，不认为可以作为佐证。不过我有几场跟一般读者的接触，大陆读者的好奇心和热切感要比台湾读者多得多，他们有想知道事情的热切的心，台湾读者在这一点上相对比较冷。

问：你说，《文字的故事》写得太甜太妩媚了，《阅读的故事》比较认真，但书也无可避免变得难看，这两本书在两岸销量如何？

答：《文字的故事》是台湾卖得最好，销量大概是大陆的四到五倍。大陆是《阅读的故事》卖得最好，是台湾销量的两到三倍。说到原因，我觉得可能大陆的读者吃得下硬一点的东西，比较旗帜鲜明，比较不怕阅读的枯燥沉闷。

在他们看来，也许由一个台湾人谈汉字，对他们的情感有点冒犯。所以《文字的故事》在大陆卖得反倒不如台湾好。不过，我不常回头看自己的书。

◇文字的发展有极限和尽头，我没有哀悼也并不悲伤

问：在网络影像时代，最流行的是140个字为限的微博体，人们对文字忍耐的长度在缩短。你却认为"文字是独一的，没有任何替代物，它是所有知识的最终载体，甚至是人类记忆的最后一片海洋。如果人类世界、人类的认知和思维还有'远方'，还能前行，我们可以仰靠的，从思索、表达到记忆，只能是文字。"这样深情的表白算是一种呼吁吗？

答：这很难是一个呼吁能够完成的。因为它是一个集体性的东西，不是想象简单的方法可以怎么样。我自认为平静地指出来文字跟影像的差别，文字不小心开发出来，把人类的文字信息带到一个没有过的地方。因为人类使用图像已经

非常久了，人类有文字不过五千年的时光而已。我们可以退回去，忘掉文字，但我不认为人类的世界会是这个样子，我作为书写者和文字的阅读者，总可以保持一种多样的可能。我不会对文字唱什么挽歌。文字的发展有它的极限和尽头，我并没有哀悼，也并不悲伤。还好，这个世界存在。

可能有些书不再出版，有些字以这样的书写记录方式不再出现了，但是就这样吧！甚至不觉得有必要替它送终，那又太不高贵！

◇我的读者身份远比编辑长

问：你点破了很多阅读的秘密：《尤利西斯》只读一遍就够了，《追忆似水年华》其实读完第一部《在斯万家这边》就好了。推理小说书的巅峰之作就出现在前三本，或甚至是处女作。卖梨的一般不肯说梨苦，你卖推理小说却说只买前三本就好了，这不矛盾吗？

答：我说这些话是作为纯粹的阅读人。我的读者身份远比编辑长。而且做编辑是因为朋友创业帮忙才去的。卡尔维诺在《如果在冬夜，一个旅人》中提醒，一个读者最好不要跨进出版行业。我读推理小说是消遣，后面变成工作，这样变得读小说好像在加班。对我来讲，更喜欢读者这个身份，在出版界做事，做的书有一定的路线，但我没有做过物理、数学、人类学方面的书，这些却都是我非常愿意阅读的东西。

问：你在书中提道：当代小说的困境是书写者仍在前行，读者却早就掉头不顾了。你说自己所做的是试图拉回读者一并前行，胜算有几分？

答：不必去问胜算，每次都不一样。我写出版前言、写导读，写有关文字的故事也多少带着心情，把知识常识化，把睿智变常识。我尊敬的一些朋友也在做这样的工作，像杨照、梁文道。就算你知道结果又怎么样？知道还是要做。这件事情不利，不成功，但要做的事情还是要做。因为我的预期并不高，我是一个低调悲观的人，有好的结果会蛮开心的。

我多少让台湾的读者开始读格雷厄姆·格林，我还希望台湾读者读契诃夫，但并没有成功。我没有那么天真，也不认为你可以对抗一个时代的阅读习惯和方式快速变化。我只想寻找有没有一些也会接近我这样想事情的人，是不是可以找到跟你做同一种梦的人，如果是这样你就好了。当然你得对出版物有一定程度的了解，知道大概做到什么样的地步就是胜利。

问：现在的年轻人只看他们同龄人的书，或者比他们大三五岁的作者的书，像《白鲸》《基都山伯爵》，纳博科夫、霍桑、司汤达都像是历史陈迹，轻易不碰，有的都未必知道。

答：现在读者阅读越来越轻的文字，阅读的确在逃逸，往通俗、往影像、往轻的状态倾斜。这毕竟蛮久了，现在大家在使用更短的文字，对文字的耐心降低。整个时代在倾向年轻人，讨好年轻时代的人，不敢对抗。这也蛮久的了。它是一个定向的变化，向这个方向一直稳定地变化，需要一点点耐心。我在大陆时也在提醒这些事情，好在大陆人口多，可贵在纵深比台湾深多了，可能这些现象在未来几年会加速。

◇正在写《左传》阅读心得

问：2014年你正在写什么？

答：《尽头》写了两年多，有点累，接下来我本来想写一点轻松的东西。正在写《左传》的阅读心得，用八个章节来完成，现在刚好写完一半。原来想得比较简单，一篇一万字，正好是一本小书。没想到比预计的要慢，书也会厚一点，现在一篇写到两万字，正写到第五个章节。没想象中那么轻松顺利，写着写着发现没办法那么简单，比我预计得多用力一点，顺利的话在2014年会写完出版。

问：你对很多西方的经典如数家珍，现在终于要写回中国传统的东西了。

答：我大学读历史系的，从大学二年级看《左传》到现在看了三十多年，不过我写的不是历史，而是看《左传》想到的东西、触动我的东西。唐诺式的题目，题目没锁那么紧。《左传》是鲁国的历史，并不是天下史，为什么一个小国的国史变成后来两百年的中国历史？还有《左传》里讲得最多的人物是郑国的子产，可是他为什么在《史记》里变得不重要？我们为什么不再看重子产？其实是因为后来子产做的事情在中国不存在了,他讲的是小国的生存之道,中国从秦以后走向一统,没有小国出现。子产只想着如何让郑国活下去,他不想天下,只想郑国,完全是小国的思维。子产的重要性消失了,中国后来几千年历史不存在小国,只有大国。

问:看《尽头》你提到的西方经典多一些,你喜欢的中国传统古典图书有哪些?喜欢的中国作家又有哪些?

答:我读书前十年都是中国的东西,从第一次下定决心读《十三经》和《二十五史》到现在过去很久了。我很怕一种回归中文的方式,蛮多人到一定年纪,回到中文,我不希望这种方式回去。有朋友问我为什么不谈鲁迅?他想拐我写。可我并不打算那么快回去。

王维、杜甫、左丘明、司马迁,我对他们的评价非常高,都是非常有趣的东西。到这个年纪,能写的、能想的已经定型了,现在犹豫写完《左传》写《盐铁论》?可又想专业的东西交给搞经济的人好吧。

◇学飞的盟盟现在是《刺客聂隐娘》的编剧

问:你经常在文章中提到朱天文和朱天心,却没有提到过朱天衣,朱天衣比起两个姐姐来在大陆比较活跃。去年她的《我的山居笔记》在大陆也获了不少奖。

答:不让我提到是好事,让我提到不见得是好事。朱天衣也写东西,不必要一定要跟两个姐姐比。我大概不会无聊提到她,因为看我的书的人要比看她们的书的人少得多,所以我不会用比较不好的工具推销热门的工具。

还有好的书写者是不胡乱举例的,我要举例的时候难以找到合适的小说,必须写一个,她是最好的例子,我才提到,我会想到最好的东西。天衣的东西不给我感觉。她目前在书写阵地上跟两个姐姐有一定距离,当然也无所谓了。

问: 我看过朱天文写的《学飞的盟盟》,对你女儿谢海盟印象深刻,现在很多读者都很好奇,长大了的盟盟在做什么?

答: 谢海盟正式编剧侯孝贤最新杀青的新戏《聂隐娘》,从侯孝贤的剧本谈论开始谢海盟都在场,她在纪录侯孝贤的创作,当初就有点规划,侯孝贤在《恋恋风尘》以后这么多年,他的剧本创作没有从创作者的角度处理过,不是学术和观影的角度。这中间隔了很久,有相当大的变化。谢海盟打算整理出来。作为一个编剧,她所看到,包括拍戏过程的交谈,她看,她听,她想,大约十五万字。如果她不是我的女儿,这部书甚至还是一部不错的书,比我想象中的要好,调子很冷。今年上半年之前会完工。她的书会比我和朱天心的书都先完成。

——发表于 2014 年 4 月 25 日《深圳商报》

(注:谢海盟的《行云记——〈刺客聂隐娘〉拍摄侧录》大陆版于 2015 年 8 月在广西师大出版社出版。她担任编剧之一的电影《刺客聂隐娘》,在 2015 年第 68 届戛纳电影节上,侯孝贤获最佳导演奖。)

朱天衣 /

不曾远离，何言回归？

朱天衣是台湾最著名的朱家文学三姐妹中最小的，也是朱家最另类的一个。在两个姐姐朱天文和朱天心早早接过爸妈的笔，在文坛上叱咤风云时，她却另辟蹊径，当模特、唱京剧、唱民谣，凭一首《深秋浓浓的红枫里》获得台湾金韵奖。文学和艺术可兜兜转转，她绕了一圈还是回归到家传的写作这条大路上了。

2013年1月，朱天衣在大陆出版了她的第一本书《我的山居动物同伴们》，好多都市人一直在做着归隐南山的梦，她早在十几年前就落地成真了，她在山间买地盖房，在众多猫猫狗狗陪伴中享受岁月悠长。中信出版社2014年3月又出版了她的《来世今生》，算是对自身成长经验的一次回顾。她还在新浪开博客、写微博，更新频繁，同时也在大陆媒体写专栏，比起两个姐姐要活跃得多。

2014年8月6日下午两点，约定的时间打电话到她台北家里，采访很顺利，聊到中间才知道她约下午采访并不是她晚睡晚起，而是因为一大早起床，她要照顾家里所有的猫猫狗狗，差不多要忙整整一上午才能停手。

对大家越来越熟悉的台湾朱家老三，这次，我们想聊点不一样的话题。

朱家最另类的一个

看过一张朱家三姐妹和父母的全家福：老大朱天文居左，紧挨着妈妈翻译家刘慕莎，老二朱天心最右，右下巴正好抵在爸爸穿了西装的肩头。爸妈中间的核心位置是老三朱天衣，与其他四人双唇微闭的平和相比，她张嘴露齿笑得好灿烂，白衣长发，神采飞扬。

毕业后两个姐姐跟爸妈住在一个屋檐下，尤其是结婚后的二姐一家，使得那个家成了台湾文学的重镇，一家有五支健笔。只有她一个人走得很远，她在山上盖起了她的伊甸园，除了先生以外，还有21只猫、19只狗、3只鹅、9只鸡、1只八哥，以及池塘里无数的鱼和螃蟹。有人拿陶渊明来比朱天衣，其实朱天衣山居岁月的辛苦跟陶渊明的悠然毫不搭界。如果用文字风格和写作技巧来评价她的《我的山居动物同伴们》，完全低估了这本书的价值，因为她记录的不仅是一种亲近自然的生活方式，更记录了她对生活的热爱、坚韧和执着，最重要的是她乐在其中。

台北工专化工科？京剧科！

朱天衣的学历报出来会吓人一跳：台北工专化工科（现在台北工专已改名台北科技大学），与大姐朱天文淡江大学英文系、二姐朱天心台北大学历史系的学历比起来，再联系爸爸朱西宁作家，妈妈刘慕莎翻译家的身份，听到的人不惊诧都不行，文科世家突然跑出了一个理科生。

朱天衣说，当初报考台北工专完全是为了躲避再一次联考，工科学校女孩子非常少，差不多一千个学生中只有十个左右，比起土木建筑这些更硬朗的学科，朱天衣说，化工相对适合女生，可以在室内做实验，问题是她对化工根本没兴趣。她一进学校就忙着学京剧、办合唱团。以至于爸爸调侃说，你念的哪里是什么化工科，分明就是京剧科。念到四年级的时候，她实在不想念了，跑到台北文化大学念自己想念的京剧。于是她的台北工专学历有了一个"肄业"的记录。但这丝毫不耽误她日后的生计，除了教学，做动物保健，最终还是回到书桌前舞文弄墨，像两个姐姐一样，成了作家。

说起这段经历，朱天衣笑道：上台北工专对自己的唯一影响就是，没兴趣的事真的不要勉强自己去做，会浪费很多宝贵的时间。现在教书，她希望自己的学生从小找到自己喜欢的事，因为唯有喜欢的事情才能发掘全部的潜能。

有两个姐姐的"幸与不幸"

朱天衣曾在《姐妹仨》中写道:"我何其有幸有两个姐姐,又何其不幸有两个如此优秀的姐姐。"

在台湾的文学界,朱家姐妹和张大春被誉为台湾文学高耸的两座双子塔。朱天文和朱天心有一段时间几乎包揽了台湾文学的各种大奖。更糟糕的是姐姐朱天文是学霸级的,从小就一直考第一名。而二姐朱天心在十六岁便在报纸上连载小说《长干行》,十八岁创作长篇自传《击壤歌——北一女三年记》风靡一时,重版十多次,被称为高中版的《未央歌》,影响了台湾一代又一代的年轻人。

作为朱家最小的妹妹,在两个姐姐的光芒照耀下会不会觉得被忽略?又是在什么样的环境中成长的呢?

朱天衣回忆说,家里一般第一个孩子照书本养,第二个孩子照老大养,第三个孩子就照小猫小狗养。她家里也差不多这样,基本家规有,心性上父母让孩子自由发展。

她从出生到成长正好遇到爸爸最忙的时候,爸爸在军中办很多文艺活动,又逢他创作高峰期,而爸爸又做什么都不强求,所以自己跟他不像姐姐跟他那样亲密。自己小时候很贪玩,家里不会对成绩有要求。压力是从外界来的,老师总说你姐姐如何如何,所以她当了老师后尽量不拿学生跟他们的兄弟姐妹做比较。

年轻时的朱天衣自觉很叛逆，别人总会问你们家怎么样，她很迷惑：家庭事业一定要每个人都继承吗？她个子高，长得也漂亮，去唱歌，做模特，后来又去唱京剧。唱戏这件事，她觉得要投入很大心力，觉得付出和所得是对等的。但模特和唱歌是靠身体和天赋，就像浮光掠影，匆匆一过就结束了，所以就不再做了，但现在看来那些经验很可贵，可以成为将来写作的一个蛮有意思的题材。

叛逆归叛逆，但她完全能感受到父母亲和两个姐姐对文学的虔诚和热爱，觉得他们完全是用生活在涵养文学。

阴差阳错，她因为喜欢自然地生活，也为了照顾家里越来越多的猫猫狗狗，只能远离城市，开始山居生活。

说到与猫狗的缘分，朱天衣说，其实是从妈妈那里开始的，对两个姐姐而言，写作是她们最重要的事情，但姐姐们也在忙猫，现在大姐、二姐每天要喂家里的20只猫，外面固定喂的有30多只流浪猫，要占用很多时间，大姐又是做事认真的处女座，她没想到自己写作最大的敌人就是猫。所以很多时候大家逼她出去，丢下猫，写作几个小时。两个姐姐甚至为了猫不敢同时出国。

写作是她们的信仰

问到朱天衣的写作和姐姐们的区别，朱天衣说："我的写作状态跟她们不一样,对我而言,我还教学、动物保健,写作只是很重要一部分,写作对姐姐们来讲却是全部。"

她说,人一生最精华的年龄就是五十岁左右,这个时候笔练得很棒,感官没完全消退,古今中外的作家这段时间出版的东西是最好的,姐姐们非常在意这个时光,不是为写而写,不是为了稿费,也不是为了读者,是为生命的本身而写。她们不希望被局限住。如果应邀写一些对方希望写的题材,这对她们的写作是一种伤害。在物质上守得住清寒寂寞,不会为五斗米折腰,写作对她们而言,像信仰一样的东西。人生苦短,精力有限,姐姐们只是专心做好自己。

说到姐妹仨的感情,朱天衣说,年轻时谈恋爱不愿意多说,不愿意分享,三姐妹常谈文学逸事,猫咪的事,千分之一的概率会谈到彼此感情的东西。自己珍惜姐姐,三姐妹彼此都没什么闺蜜,但三个人可以知心彼此、陪伴成长,从童年到青春,到老去,也很好。

她说,有一天,天心突然打电话给我,说她在外面的咖啡厅吃饭,发现三个头发花白的三姐妹一起吃饭聊天,很感动,说,我们到老也是这个样子吧。当时她心里也很触动。

"姐妹仨如果可以这样到老就是福分。"朱天衣向往着。

对话朱天衣:**下一代姐妹花先后"触电"**

问:朱天心在《学飞的盟盟》中写过盟盟与你女儿符容

的事,一转眼,她们的时代到了,上次采访唐诺时知道谢海盟正跟着侯孝贤的《刺客聂隐娘》做编剧,写了一本15万字的观察纪录,符容在做什么?

答:符容在台湾,2014年大学毕业,念的是电影,不急着未来怎么样,如果进了电影行业从基础做起会变成一个廉价劳工,所以尝试着拍纪录片。侯孝贤期望能拍一部可以理解我们姐妹仨对猫感情的纪录片。金马学院和新锐导演去年合作拍了一个相关的短片,朱天文看了不满意,觉得都是皮毛,如果不懂动物保护这个领域,不如不拍。如果要拍,符容无疑是最好的人选,外人不可能像她可以接触我们三姐妹这么近。而这一年符容就在忙纪录片的事情,好在她对电影和摄影兴趣蛮多。

◇阅读是给孩子一生最好的礼物

问:你喜欢看大陆和台湾哪些作家的书?

答:我看书很杂,量很大,偏重文学,大陆喜欢的作者王安忆、莫言就不用说了,新一代的比如桑格格的《小时候》很喜欢,李娟的东西也很喜欢,更喜欢她的生活态度和方式,韩寒他们的东西也看。

作为基础必读和常读的书有《三国演义》《红楼梦》《隋唐演义》,这些书就像长期的基础饮食,随时会看。尤其笔不顺的时候,看过再动笔写,文笔会顺很多。

台湾作家同辈的作品看的有骆以军、张大春，新生代的也有，不过有些人像烟火一样，没有持续写下去。很畅销的一些年轻作家的作品我也看看，当作消遣娱乐，知道现在的孩子喜欢什么，但这些阅读基本不会供给你什么东西。

问：现在台湾的阅读状况如何？

答：二十年前正好是台湾三星电子时代，很多人觉得不需要阅读了。看份报纸，还专看娱乐报道，看八卦杂志。台湾当时很多图书馆每年的购书量是零，很惊人，也很让人焦虑。现在很好，大家都晓得阅读的重要，要拯救语文水平，就要广泛地阅读。

问：有的孩子喜欢阅读，但不喜欢写阅读报告。

答：千万不要逼着孩子写阅读报告，这样会破坏孩子的阅读胃口，小学重在培养阅读习惯，孩子会越读越多，越读越深。而且人在书中读到的东西有的往往在十年后才领悟，有时甚至在死前才领悟。不能强迫孩子读书像蚕宝宝一样，吃一口桑叶就吐一口丝。再说小学三年级以前的孩子没有逻辑观念，写东西很困难。外国的孩子，不写心得报告，读完《哈利·波特》来个小组会议，口头谈论我的魔法世界，吸引那些想加入话题的孩子也想去读书。

问：很好奇你是怎么教孩子们写作文的？

答：我讲《哈利·波特》会说我是会魔法的，晚上要去魔法学校上课，我养黑猫干什么？你以为我是开车来的吗？其实费心一点设计，目的是勾起孩子的阅读兴趣。让孩子享受阅读和写作。写作中得到快乐，才是功德无量。

问：阅读习惯怎么培养？

答：其实做老师的带领全班学生阅读，用心扫一下就知道哪些孩子在阅读上花的时间、阅读的进度和程度如何。在学校晨读很重要。回到家里，父母每天关掉电子产品，有一个共同空间，享受半个钟头的阅读就够了。阅读是送给孩子一生最好的礼物。一个阅读好的孩子，吸收能力强，功课一点问题都没有，而且终身都有学习成长的能力。这是我的信念，阅读是我的信念，快乐充电，不停分享。

问：你觉得两岸读者有何差异？

答：比想象中的差异小很多。我们姐妹在台湾作为文学世家被人熟知很自然，因为台湾那么小。但是在大陆不少读者对我们的熟悉程度，会让我觉得很讶异，这才发现隔了海峡，距离并不存在。我所接触到的大陆读者只是少数中的少数，他们的程度很好，读得很多。目前台湾年轻一代读者，对文字真正喜欢的也有，但更多的年轻人只看大众流行的东西。我挺替这些孩子可惜，觉得他们失去了接触好东西的机会。

问：接下来会写什么？

答：这个年龄的女生会希望梳理感情这个部分。有的事情也许没有想透，我真的是在逃避什么吗？也许经过一场文字的写作爬梳，至少可以知道自己在想什么。

——发表于2014年8月7日《深圳商报》

李永平 /

我写的是跨越民族和时空的永恒人性

2012 年出版的《大河尽头》让大陆读者首次结识了来自台湾的马华作家李永平,这本厚重的小说带来的婆罗洲传奇,让无数大陆读者眼前一亮,不管是他讲述的故事,还是笔下的风情都是鲜见的,独特的。这本曾获 2010 年第三届"红楼梦奖·世界华文长篇小说奖"决审团奖的小说,在大陆同样受到青睐,入选 2012 年中国书业年度评选之年度文学图书。

2013 年新年伊始,李永平的另一本小说《吉陵春秋》在大陆出版,《吉陵春秋》其实是他二十年前的旧作,当时一经出版,好评如潮。王德威、龙应台、齐邦媛、刘绍铭、余光中、颜元叔等人赞誉有加,这部作品还入选了"二十世纪中文小说一百强"。在《大河尽头》大陆版问世前,李永平是"一百强"中唯一一位没有进入大陆读者视线的遗珠,在台湾《吉陵春秋》亦绝版二十余年,这次《吉陵春秋》大陆引进再版,可谓是遗珠重现。

李永平笔下的吉陵镇可以看作是大陆任何一个小镇，因为里面的人物你会觉得一点儿也不陌生。更难得的是，这位在英属殖民地长大的作家，抛弃了他最熟悉的英语，不仅拣拾起父辈的语言方块字，而且运用的是中国传统古典小说中的语言风格，讲述了一个关于原始赤裸的东方式因果报应的故事，如果没人提醒，你根本看不出这个纯中国味道的小说有任何的"南洋血统"。

李永平毫不讳言，他有三个母亲：一个是生他养他的婆罗洲生母，一个是台湾母亲，还有他的文化大陆母亲。如果说《大河尽头》是李永平写给生母婆罗洲的一份饱含深情的情书的话，那么《吉陵春秋》是他写给这个从未谋面的大陆母亲的一份见面礼，只不过这份礼物有点沉重。

现居淡水，埋头写作的李永平做过心脏手术，现正在恢复阶段，编辑叮嘱最好用邮件问答的形式采访。记者于2013年1月21日打通他的电话时，他让我把采访提纲交由麦田出版的林秀梅女士转交，他会尽快答复我的邮件。两天后，我收到林女士的邮件，要我的传真号，因为李老师已经手写好了我的问题答复，整整五页，字迹工整、页面干净。拿着他的五页答案，我像穿越到了前电脑时代，有些恍惚，更多的是感动。我按着他的信纸，把他的回复一个字一个字敲进电脑里。于是有了下面这篇访谈。

◇传承自父母的唐山情怀

问：《吉陵春秋》和《大河尽头》除了文字和语言上或多或少的血缘关系外，几乎不像是同一个作者的作品。大陆读者读你的第一个作品是《大河尽头》。《吉陵春秋》新近跟读者见面，你希望读者有什么样的反馈和感受？

答：我常用佛家的人生三境界来比拟作家一生的创作经历：见山是山、见山不是山、见山又是山。《吉陵春秋》应是第一阶段的作品。《大河尽头》属于第三境界，中间夹着一本被台湾读者称为"天书"的《海东青》。《吉陵春秋》和《大河尽头》间隔二十年，分别呈现我在人生的两个阶段——

青年和暮年——对人生的感受。我希望大陆读者在《吉陵春秋》中看到的是：一个在南洋出生长大，迄今从未踏上"神州"土地的华裔青年，打心里对中国语言和文字的仰慕，还有，他传承自父母、源自民族集体记忆的唐山情怀。

问：《大河尽头》在浓烈的热带风光中，透露出的是内心的冷峻，《吉陵春秋》把一个故事掰成十二瓣，其中的冷从头到尾一以贯之，冷彻心扉。你说过："回忆和书写是洗涤心灵的不二法门。"我想问的是这两部作品的抒写，真的达到洗涤心灵的目的了吗？或者有什么不一样的创作感受？

答："回忆和书写是洗涤心灵的不二法门。"话是这么说，但内心中，我怀疑文学具有了不起的功能。不瞒你说，写完《吉陵春秋》和《大河尽头》后，我的心倒是更"冷"了，对人生更加悲观。不过，我必须承认，写作对我来说有一种宣泄的作用，至少可以让我痛痛快快、毫无保留地陈述我对这个世界的看法。同时，写作还提供一个反思的机会，让我好好地面对自我，审视内心深处那些个阴暗角落。创作的意义，在我看来也许就是这样。

◇方块字比拼音文字更美丽

问：作为读者我更喜欢《吉陵春秋》，不管是故事还是语言，但我无法忍受故事透露出来的罪恶和冷酷。感觉你营造的吉陵，是一个容不了美好的藏污纳垢之地，复仇是这个故事的主题，我觉得通篇讲的是"怨"道，而不是"恕"道，我知道这很真实，但同样很残酷。这是你了解的中国的人性吗？

答：台湾的读者和你一样，欣赏《吉陵春秋》的文字和形式之美，却受不了故事的残酷和丑恶。我喜欢法国人的"文学观"：文学之美不在题材，而在表现题材的方式。用优美的语言文字，描写丑恶的人生和社会，不是让作品更有张力和爆发力吗？不是让读者更深刻地感受到，人生可以更加美丽、更有秩序，如同我们老祖宗创造出的文字吗？我这个华裔子弟，在英国殖民地沙捞越生长，却从小仰慕中华语文，长大后，决定从事写作，竟然舍弃我比较熟悉的英文，选择我学得很辛苦的中文，只因为，在我看来，方块字比拼音文字更美丽、更好看、更适合描写和呈现这个世界，包括它的丑陋面。但是，在这里我必须声明:写作《吉陵春秋》时,我对所谓"中国人性"一无所知。(我根本没去过大陆!)我写的是一种跨越民族、跨越时空的普遍、永恒的人性。小说中长笙的冤情和刘老实的复仇,可以发生在地球上任何一块土地,任何一个社会,包括我居住过的南洋、台湾和美国。

◇这个世界真的有因果报应吗?

问:如果从小说的角度来衡量,《吉陵春秋》是个没有结局的小说,孙四房的下落没有交待,四个泼皮中罪恶相对轻的保林一家四口赔上性命,我不敢想象十一、小乐、萧达三和孙四房的结局。在你没写出的笔下,他们的命运是不是会更惨?

答:《吉陵春秋》确实是一部没有结局的小说,如同人生一样,中间一圈又一圈无休无止的循环。(所以,书中一再出现"水车"的意象)。这部小说独特的、环形的结构是刻意设计的,用来反映和呈现我受佛教影响的世界观。但是,内心中我却怀疑,这个世界真的有因果报应吗?"好人"一定有好报吗?"坏人"一定会遭受天雷打吗?悄悄告诉你一个秘密:书中的几个坏蛋——泼皮十一、小乐和萧达三——下场可好得很哪!但我不能也不敢明白地写出来,怕读者受不了,要骂我。所以我就刻意留下空白,让敏锐的、成熟的读者自己去想象和玩味。"留白"不正是中国传统艺术的一大特色吗?

问：《吉陵春秋》是你二十年前的作品，再出版时，除了错字不改一字，我想问的是，如果有机会让你现在重讲这个故事，你会宽恕里面的人物吗?

答：我永远不会宽恕坏人。在台湾东华大学创作研究所任教时，我常告诉小说写作班的学生：真诚就是力量。《吉陵春秋》和《大河尽头》一样，是真诚的、发自内心的呐喊，因此有震撼力。《吉陵春秋》写的是我青年时期对世界的看法和感受。三十年后，我的人生经验更丰富了，个性变得圆润许多，也开始懂得"恕道"。但是，如果有机会重写《吉陵春秋》的故事，我不会、也不能改变那些人的命运，因为那会违背我更珍惜的"真诚"。

◇袖手旁观的罪名是"懦弱"

问：《吉陵春秋》中你借小乐娘的口说："那晚，一个吉陵镇多少男人到万福巷迎神！孙四房造出了那种孽，也没见有个人上前过问一声，一个个都变成了呆头鹅，只会张着嘴巴站在一边，看热闹！天公不报应这些人，报应谁？"你传递的意思是"旁观者皆有罪"？

答：是！这些袖手旁观，眼睁睁看着罪孽在自己面前发生的人，在我心目中都是罪人。罪名是"懦弱"。但我扪心自问倘若那晚我在场，我敢出头吗？我会不会跟其他人一样做缩头乌龟呢？我不知道。所以，当初写这一段情节时，我心里挺挣扎。

问：《吉陵春秋》大陆版的封面写有这样一行字："吉陵"是个象征，"春秋"则是一个寓言，无数的吉陵接壤，就是中国。你的确写出了中国的内核，但这样残酷的现实接受得很痛苦，这是爱之深痛之切的一种表现形式吗？

答：封面上的那行字是出版社拟的，代表编辑部的观点。

我不知道，我这部小说是不是写出了"中国的内核"。我想呈现的是普遍和永恒的人性，无分种族和国籍。台湾的导演李道明，还曾经想把这部小说搬上银幕，将背景设定在台湾东部某一座小镇呢！事实上，这种探讨人心黑暗面、以"罪"为主题的小说，西方多的是。譬如福克纳以美国南方小镇为背景的一系列小说，和沙俄时代的一些伟大作品。只是他们的表现方式，和我不同而已。

◇我是关怀女性命运的"女性主义者"

问：你的两部引入大陆的小说，写作观点偏母性为主。在《吉陵春秋》中，所有的男性好像是恶之源，你是女性主义者吗？

答：如果你说的"女性主义"者，是指特别关怀女性命运、敢于出头为她们打抱不平的人（包括男人），那么我承认我是女性主义者。我在美国留学时，选过一门叫"文学中的女人"

的课，从荷马史诗到20世纪美国小说，从海伦到罗丽泰，把两千年西方文学史中，男性作家所塑造的女人形象，狠狠地批判一顿。老师是一位有名的女性主义者。她教我从另一个角度，使用女性的观点，重新解读西方经典，对我的启发很大。至今我还感念她呢！

◇**最喜欢的中国作家是司马迁**

问：写《吉陵春秋》时，受哪位作家的影响多一些？或者那一段时间你喜爱的作家是谁？因为这篇小说语言很有中国旧小说的特色，但文体却有点西方开放式结构的色彩。

答：由于出身英国殖民地，从小接受双语教育，我的小说语言成分很复杂，很难说受哪位作家的影响多一些。写《吉陵春秋》时，也没特别喜爱谁的作品。那段阅读的中英文书，对吉陵语言的塑造，或多或少都发挥过作用吧。在小说语言风格上，我从不刻意效法某一位作家，因为我一生讨厌模仿。

问：你说过你的中国是从唐诗、宋词、元曲中来的，屈原、曹雪芹是你的中文老师。你喜欢的古代作家有哪些？《大河尽头》中你不止一次提到不喜欢毛姆的小说，为什么？你喜欢的国外的小说家又有哪些？

答：我喜欢的中国作家太多了！一定举出一位，我会毫不犹豫地说：司马迁。我一直把中国的第一部通史《史记》看成中国的《圣经》、神州的《创世纪》，而这本书又是一个文字优美、意境高超的文学作品。说它是《圣经》，因为它记录了我们民族的形成过程和先民的生活史，重要性一如《旧约》之于犹太人。读高中时，我还把《史记》当作床头书，每晚睡前，总要捧在手里读一两段呢。

我不喜欢毛姆，是讨厌他的帝国主义思想，和笔下不时流露出来的种族优越感。其实，他的小说技巧挺好的，英文也漂亮。

喜欢的国外小说家，除了写《顽童流浪记》（我最爱的一本英文小说）的马克·吐温，大都是俄国作家，如托尔斯泰、陀思妥耶夫斯基、高尔基和肖霍洛夫，因为在他们的作品中，我听到了一个民族发自灵魂深处的呐喊。这种震撼大地的哀痛，我在英美小说中找不到。

◇牛虻李永平，好样的！

问： 你在《大河尽头》说到小说家的首要任务是让读者看到。我觉得在《吉陵春秋》里读者完全达到了这个目标，从不同的角度看到了。你觉得小说家其次的任务有哪些？

答： 小说家的任务形形色色，有人想扮演社会良心的角色，有人自命为时代的发言人等等。这些使命都很崇高。但我只愿意当一个牛虻。这是一种专门叮蜇牛马的昆虫，畜生们都讨厌它。在英文中，这个字用来比喻一种人：事事看不顺眼，成天唠唠叨叨，批评这批评那，惹人嫌的讨厌鬼。真正的小说家，不正是这样的人吗？牛虻李永平，好样的！

问： 香港有个小说家叫董启章，他发誓要写出不能让电影改编的小说来。他认为小说有独立于影像之外的生命力。但是你的小说镜头感非常强，你还用电影教学生如何处理画面。你认为小说和电影的关系是怎么样的？

答： 我佩服董启章先生的志气和努力，但在这方面，我比较"传统"，我还是相信意象是小说家观看世界、表现世界的最好工具。龙应台女士早就指出了，我的小说最适合拍成电影，镜头和画面都是现成的。我常对学生说：人家导演是用摄影机，透过镜头拍电影，我则是用一支笔，透过文字拍电影。靠文字呈现画面，困难多了，对搞创作的人挑战更大，成就感更高。

◇送给婆罗洲的最后献礼

问： 问一个比较私人的问题，你的宗教信仰是什么？

答： 如同大多数中国人，我没有正式的宗教信仰。小时读过教会学校，差点成为天主教徒，但不习惯那种"洋味儿"，所以没有受洗。倒是从小跟随母亲到寺庙烧香，喜欢观音菩萨慈蔼白净的脸庞上流露出一股恬静、巨大的力量。后来到了台湾，认识了宝岛的守护神，黑面妈祖，不知怎的，一眼就喜欢上她。加上小时就崇仰的圣母马利亚，我心中从此就有了一个"三位一体、至善至美"的女神。这是我的宗教。

问：我知道你现在正在写"婆罗洲三部曲"的最后一部《朱鸽书》，这个贯穿你小说中的丫头，是你的"缪斯"，好渴望早日读到她的神奇故事。能透露一下这部书有多大的规模？写作进度如何？预计什么时候可以跟读者见面？

答：我做了心脏手术，身体在康复中。每天定时写作。《朱鸽书》进行顺利，已完成十二章，十万字。我正在跟台湾和大陆的文艺杂志洽谈，看看能否在全书出版前，先连载一部分。《朱鸽书》全书三十六章，共三十万字，预计2015年写完。"婆罗洲三部曲"将是我这个老游子送给"生母"婆罗洲的最后献礼，以感念她对我的养育之恩。

问：你说过最大的梦想是写一部武侠小说，由李安拍成电影，但前提是来大陆走一走，现在的身体状况如何？现在你有两部小说先行进入大陆，积累了一定的读者群，打算何时进入大陆跟读者交流一下？

答：我相信"缘"。总有一天，机缘到了，我会踏上"唐山"的土地，生平第一次探访我已过世的父母亲魂牵梦绕、日思夜想的故乡。

——发表于2013年1月28日《深圳商报》

（注：李永平的《朱鸽书》已于2015年7月由麦田出版社出版。李永平于2017年9月22日下午病逝于台湾淡水马偕医院，享年71岁。）

阮义忠 /

"摄影教父"的称谓会让我更加怀疑自己

2013年6月29日下午两点半,盛夏正午,深圳一天中最热的时光,何香凝美术馆报告厅里的"热度"一点儿也不输给外面的天气:台湾摄影家阮义忠"失落的优雅"讲座开讲,本来能坐一百多人的大厅连走廊过道都挤满了人,甚至讲台的一半也被席地而坐的观众占据。最远的有从武汉坐高铁赶来的粉丝。这还不算,接踵而至的观众把报告厅旁边摆放电视可以接通讲座现场录像的侧厅也挤了个水泄不通,前排听众还有小板凳可坐,后面的人只能席地而坐或靠墙而立,人群一层层包围起来,如果你晚到五分钟,根本别指望在现场能看到阮老师真身。为安全计,何香凝美术馆里只得在楼梯口支起栏杆,谢绝进入。

这是我第一次真切感受到"摄影教父"阮义忠在大陆读者中的影响力。

以前只知道阮义忠作为摄影家会拍会写,到了现场才发现他口才也相当了得。将近两个小时的演讲再加上近一个小时的互动，听众笑语欢腾，气氛相当活跃。而现场更像是一次小型的摄影PARTY（聚会），刚开场，观众举着各种各样的相机聚焦阮义忠的时候，他也拿出自己的相机，对着观众定格。

演讲结束后的签名环节更像是阮义忠作品的一次小型展览，有带他的全部摄影作品到场的，有带他办的《摄影家》杂志第一期和最后一期代表来签名的，还有影迷拿着一次成相的"古董"相机对准阮义忠，让"摄影教父"着实惊喜了一番。

讲座结束后，阮义忠在旁边的咖啡厅接受了记者的专访。63岁的阮义忠从1999年台湾9·12大地震后开始吃素，望上去红光满面。

◇ "摄影教父"的称谓会让我更怀疑自己

问：能说一说"摄影教父"这个头衔给你带来的影响吗？
答："教父"是一个提醒，人家给你一顶帽子，你不能丢了，也不能说我不要，你不能让人家失望。然后做一个模范，这个意思是我曾经产生过影响，这个影响肯定是好的，人家才会说。这是别人对你的尊敬，但我会因此更怀疑自己，它变成了一面镜子，我对着它会考虑：我真的有那么好吗？没有的话会更加努力，不要叫人家失望。

问：有人形容你的作品很温情，你觉得呢？你个人喜欢哪个系列？

答：也许会有人说我的东西不够强烈，我的摄影基本上是含蓄表现，我不强调自己对个人摄影的强烈风格。影像语言我反而是要一种温柔、温软、温情的东西，当然也有人会批评说滥情，这是我听到对我作品评价最不好的字眼。我会一笑置之，如果我被贴标签"滥情"的话，那什么叫冷酷呢？

◇什么叫温情呢？可能要重新解读了。

作品集没有最喜欢，都是自己的孩子嘛！相比之下，《人与土地》很完整，几乎没有什么好挑剔的。不过有人会喜欢

《台北谣言》，有人喜欢《世纪》。《失落的优雅》也不错，但要赢过《人与土地》不容易。

问：当年拍的那些小村落，你有没有回去看？

答：我怕回去，几乎是怕失望。所以感到那个阶段，曾经在没有变掉的时候我在，挺幸运的。我几乎是跟台湾的现代化抢时间，非常努力地在它没有现代化之前把它保留下来。所以简单说，我所有的照片几乎都是台湾农业社会的最后一瞥。

◇ **摄影就是要替被摄对象加分**

问：你说过你不拍让人不高兴的照片，为什么？

答：我想拍得他更有尊严，让他意想不到自己的形象有那么好。我觉得摄影就是要替被摄对象加分。要不然，你拍来干吗？要不你的专业训练用处在哪里？就是要用在这里呀！我相信被我拍到的人看到照片都会很开心："喔，我有那么好吗？"这跟我的摄影哲学有关。我觉得一张照片，有一半是归功于被摄者，所以你要对被你拍的人负责。

问：你拍摄选题考虑哪些因素？

答：很简单啦，我拍到什么就是那个主题。你看我起名字多呆板啊，北埔就是《北埔》，世纪村落就叫《世纪》，本来台北就叫《台北》，后来觉得台北变化太快了，真真假假都在那里。后来受到尤金·史密斯的启示，尤金·史密斯在拍《匹兹堡》专辑的时候,他讲了一句话:"为一座城市造像,是件永无止境的事。如果开始尝试去做,本身即是犯了自视过高的毛病。即使这个努力会使自己对事情的真相有所体会,但是它只不过是城市的一则谣言罢了;没有意义,也不会流传下去。"我是受了这句启发,这正是我拍台北的心得,看到里面提到的"谣言"两个字,我就起名《台北谣言》了。

问:大家都说你影响了一个时代,你觉得具体影响了什么?

答:开了一个窗户。那个时候大家拍基本纪录性、写实性主题的,没有看到摄影风格,我提供了各种不同摄影风格的可能性,关于摄影的探讨,摄影可能达到的深度,让他们大开眼界。

问:你的作品好像没有表现过政治?

答:没有。政治是一时的,所有人性是永恒的,不管政治社会怎么变化,我不会随着时代起伏左右摆荡。摄影对我来说是养分。我在现场跟他们互动,我看到的,我体会到的,然后我感动了,我就把它们表现出来,我同时既在吸收又在创作。

问:现在摄影技术被解构,人人能用手机拍摄,很感慨吧?

答:太容易得到的东西就不珍惜。所以人家没有办法理解到拍出一张好照片是困难的。其实这种观念反映在人的一切上面,现代人们对拥有的事物都不会珍惜,这是很可惜的一件事。不懂得珍惜东西,就会失掉感恩之心。

◇我的梦想是建立一个阮义忠影像中心

问：为什么你不想踏进美术馆？

答：因为当代艺术太盛行了。每次一看，我都在打问号，这到底在搞什么？这到底好在哪里？现在我喜欢走路逛街头，我今天在深圳华侨沃尔玛前面和菜市场前面坐了很久。如果让我住华侨城，我也愿意，因为绿化得很好，有特殊的生活步调。

问：你的学校讲课生涯是不是快到尾声了？

答：最后一年了。大陆这边有人帮我安排短期的工作室。如果顺利的话，我会提前结束。我们台北艺术大学很特别，很高端的，舞蹈系是林怀民创立的，戏剧系是赖声川创立的，音乐系是马水龙，你们不知道，他是第一个被美国大的交响乐团邀请演出过的。现在所有人都退休了，不见了。我也该退了。我们学校摄影只是选修课。来修我的课都是舞蹈系的，我上课不是针对摄影技术，而是讲摄影与人生的关系。我的课是选修课，但我要求严格，穿拖鞋不准进教室，点名，选修比必修还严。上我的课技术讲得不多，他们会吸收到摄影跟生活的东西，艺术跟态度有关。

问：你现在也用数码相机吗？

答：我必须用数码，因为很快。我虽然很少拍胶卷，但我经常进暗房放照片。坦白讲，我的梦想是亲手把我的照片都放大出来，我真的是很想像何香凝美术馆这样建立一个阮义忠影像中心。我真的是很希望我所有的东西可以奉献出来。因为创作很认真,我希望在七十岁之前把所有的东西都放出来。

"摄影教父"阮义忠:为中国摄影打开一扇通往世界的门

年轻时读《倾城之恋》,张爱玲在结尾时感慨,香港的陷落和倾覆是为了成全白流苏。当时觉得这样的传奇不过是小说家虚构的结果。随着年龄渐长,生活中遇到太多远比小说更传奇更精彩的现实,始信人间随处有传奇。

台湾著名的摄影师,在大陆被尊为"摄影教父"的阮义忠无疑也是传奇之一。

《幼狮文艺》美术师:黑马跃出

阮义忠出生在宜兰乡下木匠人家,没有考上大学,只是读了很多书,懂得认真做事。

他第一次来台北求职,第一站就闯进全台湾高中和大学学生必订的《幼狮文艺》杂志社,抱着自己画的一摞插图站在主编痖弦面前问:"我能不能来给你们画插图?"

痖弦看过他的插图后问:"你什么时候可以来上班?"

他答:"越快越好!"

他生命中的第一份工作就这样传奇般地开始了。

一个月后,《幼狮文艺》按时出街,他的插图占满了刊物的版面，台湾文艺界的人到处在打听：阮义忠是谁？是从哪里冒出来的？

他一下子就红了，那一年他才十九岁，就成了台湾少见的文坛和艺术界的黑马，感觉圈里所有人都在关注他。

应聘《汉声》：不会摄影的摄影编辑

当兵三年，退伍回来，阮义忠想另谋他途，在报上看到《汉声》英文版招聘编辑，应声而去。主编黄永松知道他要来，非常高兴。见面后问的几乎是三年前《幼狮文艺》主编痖弦同样的问题："你什么时候来上班？"阮义忠的答复一如当初："越快越好！"

只不过这次有点小小的误会，临出门时，黄永松随口问道："阮先生，请问你用什么相机？"

这次轮到他愣住："我不会拍照啊！"

到后来他才发现《汉声》根本招的就是会摄影的编辑，只是他一厢情愿地以为人家聘画插图的艺术编辑。

转眼间黄永松说了一句让阮义忠一辈子都不会忘记的话："唉，没关系啦，凭你的条件，只要多走，多看，多拍，很快就会上路了。"

在很多摄影师以"摄影教父""摄影界的传道者"赞美阮义忠的时候，阮义忠却说饮水思源，最该感激的应该是当年敢于拍板、用一个不会摄影的人来当摄影编辑的黄永松。

阮义忠说,黄先生鼓励他的这句话到现在他还常常照搬来鼓励自己的学生。

摄影教父:引进来再输出去

1980年阮义忠编著了为他赢得"摄影教父"的两本摄影作品:《当代摄影大师》《当代摄影新锐》,首次将西方摄影潮流系统引入华人世界,这两本书就像摄影界的倚天剑和屠龙刀,刀剑出鞘,所向披靡。在摄影的大海上摸索前行的摄影人见书犹如望见航向灯,一下子有了方向。

1992年阮义忠创办中英双语《摄影家》杂志,将中国当代摄影家推向国际舞台。

引进来再输出去,大陆的摄影家提起阮义忠都有点顶礼膜拜的意思,而大陆的摄影杂志编辑终于有机会面见阮义忠时,居然首先是道歉:"对不起,阮老师,我当初抄袭了不少你的《摄影家》中的图片和文章。"

搞摄影的,如果没有读过阮义忠的书,简直不好意思承认自己摸过相机,这足以解释阮义忠在大陆每次出场都有拥趸无数的原因。

黑白纪录:开启人文纪录之旅

阮义忠除了理论传教以外,一马当先,操起相机,走街串巷，关照和纪录那当初一直想逃离的乡下。

　　1974年到1986年，十二年的时间，他用黑白照片纪录台湾的乡土风光和少数民族的生活场景，最著名的是那张在屏东县牡丹乡旭海拍摄的一群小朋友在翻筋斗比赛，他定格的那一瞬，最左边的一个小孩正好头朝下跃在半空，两腿弯曲，双臂两手张开。这个画面感动了很多人，陈丹青甚至顶认真地问他："这张画面是上帝替你按的快门吧？"能把这样难度超大的瞬间定格凝固为一个永恒的瞬间，需要的不仅是技术，更需要一点运气，而好运气似乎从来没有离开过阮义忠。

　　十二年的纪录最后积攒起来，成了一册摄影集《人与土地》，这八十四张照片曾在国内外诸多美术馆展出并被收藏，阮义忠至今都觉得这本作品集是自己无法超越的，也给他的摄影风格打下了深深的烙印：人文色彩，对土地的温情、依赖、感恩，对天的敬畏，对物的珍惜。

　　阮义忠的摄影一直没有停手，摄影集一本接一本《北埔》《八尺门》《台北谣言》《四季》《手的秘密》《有名人物无名氏》《正方形的乡愁》《失落的优雅》。

摄影家、作家、生活美食家

　　2011年，阮义忠开始在大陆的报纸上写专栏，把当初照片后面的故事写出来；2012年2月22日，他在新浪开微博，140字的微博被他写得风生水起，每次写完一字不多，一字不少，粉丝集合了 130 多万，到 2020 年 3 月中旬，粉丝量高达 248 万，太太帮他打字，效率很高。专栏后来结集成书，只 2014 年就有五本书在大陆出版，他的高产几乎抵得上任何一位当红作家。以前他戏称太太是"阮评家"，专门批评阮义忠的专家，现在连一向挑剔的阮太太也认可他的文字还不错。

他是一名摄影家，更是一个生活美食家。

他说，你要看我烧咖啡，你就知道我可以开咖啡店；你要到我家看看，你就会觉得我可以开个室内设计公司。可是他觉得自己是一个最好的管家。在他的眼中，天下道理就是秩序和比例而已，只要你搞对的话，一切可以做得很好。

他对自己的人生规划是未来的十年以文字为主，如果再有十年，那就重拾画笔。

从画笔到文字再到摄影，从摄影转向文字再拾画笔。阮义忠的人生如果真的能像他规划的一样完成，那他的一生就像一个圆，非常完满。

对一个传奇人物来说，这样圆满的结局也是可以期待的吧！

——发表于 2013 年 7 月 4 日《深圳商报》

（注：阮义忠台湾故事馆在宜兰建成，2019 年元旦开幕，目前展览已办到第九期，吸引了不少摄影爱好者前往参观。）

许子东 /

跨界不会损坏学术研究

许子东最近有点火：在凤凰卫视做了18年《锵锵三人行》嘉宾的他，和梁文道、窦文涛成为深受追捧的铁三角，后来集体转战文化视频节目《圆桌派》，聚集粉丝百万。2018年6月他的新书《许子东：现代文学课》出版，在北京举办的新书发布会直播收看人数高达170多万，比白先勇保持的文学学术类新书发布直播的最高纪录40多万多出四倍多；在上海书市，他与李陀的对谈也因为听众人数爆棚，临时从小场换到大场。从北京、武汉、南昌、长沙、上海、杭州、南京一路宣传新书走过，被各地媒体一轮接一轮的访谈和报道持续催热。就连微博粉丝量也节节看涨，集齐了48万拥趸，到2020年3月中旬，粉丝量几乎翻了一番，达88.5万。

2018年8月30日下午，许子东出现在中欧国际工商学院深圳校区的人文社科讲座"博约讲堂"现场，讲他的新书"现代文学课"，当天风大雨大，听众风雨无阻，两个小时的讲座，许子东分析现代作家代表作品的共性，讲述五四启蒙的意义，材料丰富、角度独特、观点新颖，和观众互动时爆出不少猛料和金句。

讲座结束后，许子东接受了记者的专访。

我是借电视的光，而不是借文学的魅力

上海、美国、香港，基本可以勾勒出许子东的人生轨迹：上海华东师范大学中文系文学硕士留校，29岁评为副教授，1989年赴美做访问学者，1993年进入香港岭南大学任教，后来在香港大学哲学系拿到博士学位。

曾师从钱谷融、李欧梵，研究对象有郁达夫、张爱玲、鲁迅等现代作家，这是许子东的学术轨迹。

称许子东为潮人，因为他走出书斋，勇于跨界，积极拥抱新媒体：从电视到网络，从音频到视频直播，在许多学者眼中的禁区和忌讳，许子东却大胆涉足、游刃有余。

但许子东被人熟知是作为《锵锵三人行》的常驻嘉宾，2015年搜狐文化约他开设音频节目《子东时间》，2017年集结成同名图书。搜狐音频刚停，腾讯视频接力，直播他在岭南大学的现代文学课程，然后就有了这本新书《许子东：现代文学课》，这本书的封底有音频和视频扫码，读累了，可以听，听累了，还可以看视频，在出版界和学术界，这样集"文字、视频、音频"三合一的图书也属首创。2017年他和喜马拉雅合作《细读张爱玲》，今年（2018年）五四青年节，他又和北大出版社在喜马拉雅开播音频节目《重读鲁迅》。他的《书生之见》和早些年出版的《越界言论》也在喜马拉雅以音频节目现身。

不过他说自己非常清醒，笑称北京直播的170多万，只有17万是冲他的书来的，后面的零是冲着客串主持的梁文道，梁文道现身帮他"虚涨"了收视率，这个数字是借着《锵锵三人行》停掉之后观众的盛情，要是那天窦文涛也去的话，可能收视就冲两百万去了。他清楚地知道自己是借电视的光，而不是借文学的魅力。

许子东说，目前文学仍是弱势群体，一本书印到上万就很开心了，他的"现代文学课"起印三万册，为了卖书得到处秀一秀。他的"现代文学课"出版后，一些院士、行家和学界朋友评价，既跟内地的教材不一样，又跟美国也有区别，是从香港出发打量中国现代文学的"第三种角度"，因此具有特殊的学术价值。

上电视：我不"变声"行不行？

许子东在2000年上电视做《锵锵三人行》的嘉宾时，周围的很多学者朋友批评他。他们认为，你只要面对大众媒体发声，话筒变了，观众变了，天长日久，你就会"变声"。许子东不信这个邪，他一路提醒自己，也有点较劲：我不"变声"

行不行？他想：就像鲁迅希望铁屋中多一点人起来呐喊一样，知识分子的最高使命不就是忧国忧民吗？为什么十个人看的就是好的，一万个人看的反倒不好了呢？

许子东说，最早上《锵锵三人行》时，节目的小编曾提醒他，每次带两个笑话来。结果发现：有时根本没有时间说，有时说完了自己还觉得别扭。后来就想明白了，也豁出去了："我不玩这套了，我就讲我上课说的话，最多就是憋得说不出去。"

没想到，慢慢地、活生生地，他和梁文道把这个节目变过来了，后来惯于插科打诨的窦文涛也变得跟他们同声同气了。因为文涛发现：讲段子没用，讲美丽女生没用。看《锵锵三人行》的观众显然不是听笑话来的，观众貌似更需要常识、理性的价值和判断。这要感谢网络，观众会及时回馈，有时就是一句话引发的，而观众的支持是实在的。电视节目为什么活得时间久会变成一种光荣？在海外也一样，好的电视剧一直拍续集，说明节目有收视，可以满足一定的受众需要，也说明观众没有疲倦。

许子东觉得电视上的声音一般分两极：一种是高调的说教型，一种是娱乐，在这两者中间，有一个真空地带。《锵锵三人行》就是生活在这个地带的第三种声音。如果堵掉这种声音后，电视里只剩下两种声音：要么就是主旋律，要么就是娱乐。就好比一个人在生活当中，只有上课受教育和打电子游戏机的选择，连餐桌上跟家人聊天的自由都没有。他觉得《锵锵三人行》最成功的是模拟家人和朋友吃饭时聊天的模式，态度高不上去，也不会低下来，是平视的，三观是最自然、最家常的，既不说教，也不企图传播。

有趣的是，《锵锵三人行》无意间成为无数观众吃饭时的"下饭菜"，停播后，很多人觉得午饭和重播的午夜断顿儿了，抓耳挠腮，寝食难安。

他自己也没有想到，在那里装装书生，也可以被人认可，成为社会的一种声音。如果这样的途径可行的话，像他这样的学者多了，很多人怕进去被染缸污染，会损坏他的学术研究，或者起不了什么作用。

许子东作为实验的小白鼠反倒证明：第一学者在电视上是能起作用的，可以扩展明星的内涵；第二跨界也不会损害你的学术，照样可以做研究。

录《锵锵三人行》节目时，许子东曾因学校反对停过一阵，上搜狐音频节目，后面又因为学校的反对停掉了。

说到反对的理由，许子东说，他们有个零和游戏的原理，认为你在这方面花的时间多了，肯定在学术研究上的时间不够用。事实上，跨界以来，许子东的学术研究不仅一点儿也没受影响，这几年反倒接二连三出书，成绩斐然。

说到跨界的好处，许子乐觉得面对大众媒体的历练，学会把任何复杂的思想用最通俗的语言表达出来，你要是跟人家说不通，说明你没有想清楚。现在很多人写论文，贩卖概念，搬弄术语，一直在绕圈子，绕了一通也没绕清楚，其实要旨三言两语就说完了。

许子东觉得视频直播的意义是出了书后才算完成，才有价值。现在网络传媒这么发达，到处喊内容荒，直播大学老师的课堂无疑是一个重要的待开发的领域。

目前，许子东在岭南大学开的现代文学有两门课，一门是偏20世纪20年代的，还是一门是偏20世纪三四十年代的，还讲当代文学，另外开设张爱玲的选修课，他希望退休前再开一次鲁迅专题。

学术创作上，2018年准备完成《重读鲁迅》的书，也准备开写当代小说史。

最大困惑：香港大学以西方评审为宗旨

许子东现在困惑最大的是香港大学的学术评审制度，完全以西方评审为宗旨。香港有一个评香港所有大学老师的学术成果的RAE测评，每六年评一次，评审有四个标准：最高的是世界重要（world important），第二是国际优越（international ascendance），第三种叫国际认可（international recognition），第四种叫地区跟国家认可（regional and national recognition），第一等7分，第二等4分，第三等1分，第四等0分。

在医学科学方面做到世界重要和国际优越还有可能，一到中文历史和哲学行业，麻烦就大了。

按说他发表在中国社会科学院《文学评论》上的文章，

应该是国家认可吧，可是按照这个测评，是带侮辱性的 0 分。在国内出版学术专著同样是 0 分，有同事在新西兰的杂志上发表一篇文章就能达到第二级，拿到 4 分。

他曾在香港报纸上写过一篇文章批评这个事件，香港的一些中文教授也对这种测评方法提出意见，可惜 2018 年香港各大学还用这个方法测评。

2008 年，许子东在岭南大学任中文系主任，系里教授评的分数不好，校长找他，把评委会名单印给他，让他看这些评委是不是好学者。他一看，30 多个评委，几乎没有内地的评委，台湾中文系的教授都没有，大多是外国名校背景，包括哈佛、剑桥、牛津、斯坦福，评委是好学者，但评委的学术背景大多研究中国历史和古代文化的，外国汉学家很少研究近现代文学的。香港浸会大学有个评审透露评分方法，一篇论文交给评审里面的任意两个人，这两个人看后写出意见，打个分数，就是终评结果。

这样一来，很有可能研究张爱玲的一篇论文会传到一个研究魏晋历史的外国评委手里，他对张爱玲本身不熟悉，评判的公正和准确就打了折扣。对于提供图书专著的教授，评委会要求每个参评的作者对自己送选的学术图书写一两千字的英文提要。有人揣度评委主要参照标准就靠一两千字的英文提要，读中文书全书的可能性很小，再说也可能读不懂。

这样的评审制度对香港的文史哲学科极不公平，而整个大学的制度却是围绕着这个评审制度建立的，学术项目资金和学术计划全部围绕评审分数来。香港八个大学都有中文系，现在大学中文系年轻的老师，本来研究《左传》，现在要写英文论文，请专家帮忙润色，千方百计到新西兰、澳大利亚的杂志发表，才能得分。

说小一点，这个评审制度正在损害香港大学教育的发展，尤其是中文教育的发展。说大一点，就是去中文化，去中国化，中文系里教中文的教授地位在下降。现在香港的一些大学每次招人都是从美国招，因为这样的人写得了英文论文，可以在国外的刊物发表，不会拉低系里的评分。

退一步讲，RAE评审制度提到了一个词叫"impact"，它的定义是在学术以外的影响，学者做的不是传统的学术研究，但是它产生的冲击和影响力可以达到"impact"的效果，其实说来说去，还是强调知识分子的社会角色和功能。

如果RAE的评审眼光不狭窄，按这点来评，许子东觉得他的跨界产生的"impact"，效果还是值得一提的。可是结果谁又知道呢？

——发表于2018年9月4日《深圳商报》

林沛理 /

在香港认真写评论就等于不断树敌

几乎每位港台作者及其作品的引进都会在内地引发不小的震动。这一次,来的是香港资深文化评论人林沛理和他的作品《反语》。2011年8月由中国人民大学出版社出版。

林沛理曾任牛津大学出版社总编辑,他的《反语》提供了一个香港文化批评的样本,虽然作者是以香港为标本,针对的是香港的文化乱象,但内地读者却像找到知音般读得痛快淋漓,这也可以反照出内地文化批评的缺失。相对林沛理的纵横捭阖,所向披靡,我们有太多的话语禁区。《反语》中的西学功底,正是内地学者的短板。

闾丘露薇在《反语》的序中称林沛理是一个唱反调的人,是一个说话"带骨"的人。而这种"带骨"的表达既需要深厚的功力,需要有理有据,还要有教养,更需要有一双热切的关注社会民生和现实的眼睛,而这一切也是内地批评者所缺少的。

恪守"批判性距离"

林沛理《反语》提供的最可贵的经验是一种清醒的批判意识和他在生活中恪守的"批判性距离"。他自称自己是一个"局内人之中的局外人",是一个都市的边缘人和漫游者。在香港这个充斥商业文化的大都市,他总远离热闹的边缘,睁着洞察的眼睛。

在香港,他自成一派,特立独行。批评是他观照世界,透视世界的一种手段,更是他对香港爱之深恨之切的另类表达。目前在内地只出了一本《反语》的林沛理收获了不少读者,豆瓣有一个林沛理小组,他发表的有关电影和文化现象的评论更散见于各种论坛,在网上,他的拥趸甚众,他的图书内地出版计划也在洽谈中。

事实上,《反语》是他出的第九本书。这本书的内地版比香港版早了一个月,之前已经出版的有《影像的逻辑与思维》《香港,你还剩下多少》《能说"不"的秘密》《破谬·思维》及《精彩的偏见》《英文玩家》,最新的一本书是《玩起中文》。

从这些书名上你可以看出,他除了是一个警惕的批评者以外,还是一个洒脱的"玩家",他写专栏、办杂志、当出版社副总、做电台主持人,还是香港艺术发展局的委员,2011年香港书展推介的作家就是他。他西学功底深厚,毕业于香港大学社会科学系,拿到的是学士学位,是典型的香港制造的评论人。

做电台主持观照香港世情百态

作为电台主持人的林沛理,每逢星期二,就会去香港电台第一台主持一档《讲东讲西》的节目。2011年10月18日晚,记者拨通林沛理的电话时,他正在前往电台的路上。

港台两地的学者和文化人很多在电台客串主持人,在网络时代,即时沟通非常方便迅速的当下,广播这种传统的只闻其声不见其人的传播手段为什么会吸引这批社会精英呢?林沛理说,他喜欢做电台节目,跟电台作为一种大众传播的特性有关——电台是非侵扰性的媒体,能够与其他媒体和活动共存。听电台节目,根本就是一种介乎无意与细心聆听之间的活动。节目内容最好是不着边际的闲聊,或者尽在不言中的悠扬乐韵。轻弹浅唱,本来就是电台节目的原型。他的电台听众主要是一批二十多岁到五六十岁的知识分子。

他认为近年来,香港的电台节目与其轻弹浅唱的传统渐行渐远,香港人的压力越来越大,怨气越来越重,而电台与听众互动直接,加之实时反应的能力,使它越发成为公众议政论政、发泄不满的理想平台。

香港人喜欢说话,香港的电台喜欢做清谈节目和"烽烟节目",林沛理从他们的谈话当中可以看到香港人的文化素质与香港社会的文化底蕴。他认为,香港人谈话的特色是音量大而内容单薄。特别是年轻的一代,既没有深刻的感受,又不懂得怎样操控语言,说话时总是尽量使用几个懒惰的形容词和副词来加强语气，时刻保持距离的林沛理透过电台主持人身份继续观照香港的世情百态。

因"洁癖"双语杂志《瞄》停刊

在闾丘露薇眼中，林沛理不单是一个批评者，还是一个文化推广者，最有力的证据就是香港的高端双语文化杂志《瞄》（《Muse》）的兴办，该杂志于 2007 年 2 月创刊，林沛理作为主编，从一开始就知道这份杂志在香港不会有出路的。这种明知山有虎，偏向虎山行的行径倒与他一向操反语的性格非常契合，他最初的想法《瞄》努力要做到的，是一本"有深度的人办给有深度的人看"的文化杂志。所谓深度，包括思想水平与语文能力。他一直认为，最能够欣赏《瞄》的读者，必然中英文俱佳，既能够读完动辄四五千字的专题报道和人物素描；也可以读懂那些语带相关的"中文元素"。他们看杂志，不只是为了"攞料"（read for information），更加是为了"攞灵感""攞刺激"和"攞意念"（read for ideas）。换言之，《瞄》一直以来，都是按照一个由来已久的优质出版概念来设计内容，假设一群有文化修养和对知识充满好奇的读者存在，即所谓大众或非专业读者。

《瞄》2010 年最终停刊，停刊的原因或许缘于林沛理的"洁癖"，《瞄》从一开始就被林沛理调转方向，不受香港商业文化的影响。到最后停刊，也是因为他认为好的杂志不应该用接受捐款的方式，应该是依靠读者，而读者不是去创造的，而是去发现的。

林沛理感叹，现在看来，我们是大大高估了这群读者在香港的数量。这样的读者在香港肯定存在，但也肯定离足以令高质素文化杂志持续发展的临界质量甚远。

对话林沛理：**在香港写评论等于不断树敌**

◇不效忠权贵也不逢迎大众

问：你在香港文化圈是不是一个游离者或者边缘人？在香港熟人文化圈里，批评会不会左右为难？

答：我形容自己是一个"局内人之中的局外人"，我刻意与本地文化界保持距离，我称之为"批判性距离"，绝少酬酢，也从来不参加任何业界的团体和组织。身为评论人，我既不效忠权贵，也不逢迎大众。

熟人文化的特点是动辄划分敌我，你不是朋友，就是敌人；不是熟人，就是外人。你批评别人的作品，就是没有义气，就不是朋友。所以在香港认真写评论，就等于不断树敌，是很累、很消耗精力的事情。

问：想了解一下香港文化圈的批评生态、环境、尺度、效用。你在香港和内地都写专栏，能否比较一下两地文化批评生态的差异？

答：香港最畅销和最有影响力的报纸和杂志都有鲜明的政治立场和利益考虑，写违反它们立场、危害它们利益（通常指广告收入）的东西迟早会被封杀。最大的问题是只有极少数的读者懂得分辨评论的好坏。香港的所谓评论，多为印象主义式的表达意见，只重喜恶，不讲逻辑。内地写专栏，有一些禁忌，往往未能畅所欲言。但印象中，读者比较重视评论，与评论人的对话能力也比香港的读者强。

◇文化评论在香港早被边缘化

问：香港文化批评在媒体的地位如何？媒体上批评稿件占的篇幅和比例如何？电台和电视台有没有类似的栏目？

答：香港是消费社会，能够促进消费、指导消费的"评论"自然有最大的生存空间，故此在报章杂志中占最多篇幅的往往是影评和食评。另一类有市场的评论是政评和社论，因为这通常代表报纸和杂志的立场。所谓文化评论——指从文化的视角解读现象和探讨本质，在香港早已被边缘化，读的人不多，写的人更少。

香港的电台和电视台极少沾手文化评论，这反映了它们对香港人品位、判断力与耐性的评价。比较起来，由于电台的性质比较小众，要迎合市场的压力没有那么大，所以在某些时段还是可以制作一些知识含量比较丰富的节目。

◇内地读者对知识有一种饥渴

问：你曾提到"最好的城市评论，像罗兰·巴特写纽约，根本就是评论者写给城市的情书。"照此推论，《反语》也是你写给香港的情书，我想问这封情书是单相思还是互通心曲？

答：我想我对香港的爱是一种"恨爱"，即爱之深，责之切，所以经常流露出一种"恨铁不成钢"的愤慨与无奈。

问：《反语》是你在内地出版的第一本书，有收到内地读者的反馈吗？如果有，与香港读者的比较有何异同？

答：有，收到不少电邮，也在网上读到不少评论。内地读者对知识有一种饥渴，这是香港读者没有的。他们重视有深度、有理论基础的文化评论，他们未必会同意你的观点，但总会有兴趣和耐心让你把要说的话说完。

◇龙应台问："最近骂我什么？"

问：你既有"反骨"，说的又是"反语"，读者倒是看痛快了，对你自己的生存有没有影响？毕竟，乌鸦总不如喜鹊受欢迎。

答：说我特立独行也好，被人孤立也好，反正我已经习惯了保持独立与清醒。我总觉得，一个真正知道思想力量的所谓知识分子，应该是平静、恬淡和默默无闻的。

问：书中你批评龙应台的《大江大海一九四九》,后面有文章提到你与龙应台见面后用英语大聊特聊。我好奇的是你俩见面是在你批评她前还是后?如果是批评后,见面会不会尴尬?龙应台对你的批评有没有回应?

答：没有尴尬。从前见面,龙应台会问我:"最近有没有骂我?"现在见面,她会问我:"最近骂我什么?"可是,她从未回应我的批评,文字上没有,口头上也没有。我想中国的知识分子,心底里是不相信"真理会越辩越明"的。

——发表于 2011 年 10 月 20 日《深圳商报》

董启章 /

香港文学的孤独守望者

2010年5月16日,董启章在深圳文博会现身,为他的小说《自然三部曲》的第一部《天工开物·栩栩如真》在内地的出版首次亮相助阵。因为他的小说中有不少广东话,所以该书优先选择有粤语基础的深圳和广州开始推广。推广会后,董启章接受了记者的专访。

从媒体热捧的情形看,董启章很有可能成为今年内地出版界推出的一匹黑马,在香港只印了5000册的《天工开物·栩栩如真》在内地首印1.5万册,两个多月出版社的货已发完。他独特的写作方式和"异质"的小说,让他在出道初起就横扫了港台两地文学界的不少大奖,同时也受到港台两地文学圈的高度评价。

以哈佛大学王德威教授为首的"红楼梦奖·世界华文长篇小说奖"评审团对于《天工开物·栩栩如真》如此评价:"这是一部构思绝佳的作品,以人物之间关系来构筑一部家族史和香港史,恰如其分又匠心独运地写出了香港这座城市特有的历史风貌。"

在更多读者眼中,董启章犹如香港文学的孤独守望者,在物欲横流的城市坚守着一份文学情怀,并且充分享受着文学创作给他带来的快乐和幸福。

◇文学一定要有自我怀疑和批判

问:香港的文学生态不好,尤其是长篇小说。其实内地的小说生态也好不到哪里去。小说如果想走红或者畅销,不是跨界就是寄生,与影视联手,好像只有被影视剧改编才算成功。你写小说时有没有考虑这些因素?

答:我写作从来不考虑到作品的改编,反倒是尽量写一个不能被影视改编的小说。我希望我的小说只靠文字来表达,而不是图像。文学只能用文学的方式才能表达得更充分。不过香港也有写小说写得看上去像剧本,有画面的,像李碧华,不过她本来也写剧本,这样写也有好处。

问:读完《天工开物·栩栩如真》发现你是一个不会轻易放过自己的作家,在小说中,你的主人公都很苛刻,遇到一件事情会翻来覆去地追问,不断纠缠和剖白。

答:其实生活中,我对自己追问得更厉害。文学一定要有自我的怀疑、批判。我一旦发现得到了最后的答案,就开始疑问,自我推翻,再疑问。情况很严重,有时发现要发表自己的意见或者写评论很困难。

1994年到1995年,我写过很多意见类的评论,后来发现有一个意见就怀疑,不仅是评论写不了,连散文和诗也写不出来,但是这种怀疑写进小说里就很自然。不过,自我怀疑和反思并不等于没有立场。

问:你喜欢的和受到影响的作家大多来自西方,你在香港有没有接受传统文学的教育?是否受中国传统文学的滋养?

答:我在传统文学方面受的影响不是很强。中学的时候喜欢中国文学,因为遇到一个非常儒雅的好老师,觉得古典文学很美。上香港大学一开始念的是中文系,但是老师的教学很古板、很机械,像中学老师的教法。因为当时也念英文系的课,接触到外国文学非常新,教授的方法不同,所以大学二年级就转系去念比较文学。香港大学的制度很奇怪,根据你选修的课程决定你是什么系。

不过我获"台湾联合文学小说新人奖"的短篇《少年神龙》就是看了中国古代神话故事后写的,与中国古代文学也有关系,应该说受到过中国传统文学的影响。

◇双声部结构在香港并不新鲜

问:《天工开物·栩栩如真》的封面标了"二声部小说",对内地读者来说比较新鲜,你是怎么想到用这个结构的?

答:双线结构在香港并不新鲜,也不是我发明的,香港的小说家用得比较多。有一篇《双声》的长篇小说是多头的，有三到四个不同的线索，在港台文学里这样的例子非常多。

我这篇小说的结构主要受两个人的影响，一个是刘以鬯，他有一篇小说叫《对倒》，写一男一女从旺角出发，一个是长篇，一个是短篇，合在一起。另外还有梁秉钧的《剪纸》，也是多声部的，这两本书的结构对我选择二声部影响很大。

问：你在小说《体育时期》的序言里感谢作家出版社的编辑对这样一部充满"异质"的小说表示兴趣和支持。现在内地媒体也基本认定你的小说是"异质"的，但判定的基础是"语言"用了大量的粤语，"异质"仅仅是语言吗？

答：语言是非常重要的。但还有其他，包括人物、性格、状态、反映、思考和行动都是非典型的，小说里充满了异质的东西。

问：你的"异质"是不是刻意拉开与读者的距离？

答：流行的文学可以很直接被读者认同，形成共鸣。而我的文学希望与读者保持一点距离，进入有困难，但最后也是能得到同感，只是过程曲折。因为阅读是有一定困难的，不单是一种享受，读者要投入、要付出、要辛苦，就像爬山一样，最后到达山顶的那种快乐你也一样可以感受到。

◇满意的人物我希望他能重生

问：你在小说中创造的人物都很长寿，翻开《体育时期》

发现《天工开物·栩栩如真》中的"不是苹果"又出场了。

答：这是重复与变奏的关系。再次出现的不等于这一个。我每次写一个人物，进入他的世界，每个人物都带着完整的性格。如果我对创造的这个人物很满意，感觉和他很亲密，就不希望他消失，不希望他的生命结束。所以就会让他在下一部作品里重生。

还有就是每一个人物包含有很多的东西，我如果没有用尽他的可能性或者还有没发挥的东西，就会把他放到下一部中。如果把所有的人物都联系起来，其实是写一大本书。法国的巴尔扎克写的《人间喜剧》就是一部大的小说，相同的人物在不同的小说中进进出出。

问：《天工开物·栩栩如真》虽然写的是香港百年史，但人物在历史的大环境和大背景下，受到的影响并不是太大，你的人物都是非典型、非主流的，有点像侯孝贤的《悲情城市》，历史不管怎么变，日子还得照样过。

答：我对有历史性的东西有怀疑，我留意太普通没有价值的东西进入。写香港有太多的陈词滥调了，我想避开，从一个平实平凡的角度，但可以看到香港的历史和生活。我的态度很明显，只能"唉"这样叹一口气。

◇不理读者，不是说我不在意读者

问：你说过写作时你不理读者。

答: 简单说不理读者有点高调,应该说不介意有多少读者。不过我的不介意是因为我在台湾和香港文学圈里有一定的读者基础,有出版社出我的书,有这个背景,所以我可以这样说。假设我不知名,也没有被认可,还能不理读者吗?大概不能。

问: 写续集会不会觉得压力很大?

答: 通常第二部都没有第一部卖得好。第二部出来后,有评论认为我搞乱了,弄混了,但我没有受到影响,我不理这些评论。我不理读者不是乱写,而是对读者负责。对他们的要求得有回应,想给他们一些更好的东西,里面有我的心血和投入。

问: 第二部《时光繁史·哑光之瓷》什么时候在内地出版?第三部什么时候写完?

答: 第二部也交给了世纪文景,时间看他们。2009年底第三部的上半部《学习时代》在台湾出版,下半部已经写了20万字。现在我要停一停,看看书,想一想,不应该太急。大约2010年9月份重新写,要写两年的时间。

问: 2010年你的两本小说先后在内地出版,媒体报道很热,角度很多。如果由你自己来推介作品给读者的话,你会怎么说?

答: 写小说是作者通过文字建立一个世界的模型,读者通过小说走进去,与自己的生活做参照,去经历、去反照自己的现实生活。一个读者如果希望进入这个作品,他会得到很多。我在香港演讲时有一个女大学生跟我说,你千万不要理我们读者,让我们去追你。我真的很感动。

——发表于2010年5月19日《深圳商报》

任　祥 /

我绝对不是名媛，我是农妇

2012 年 7 月 27 日上午十点半，在深圳火车站附近的香格里拉酒店咖啡厅，下午将要在关山月美术馆讲座的任祥老师接受了记者的专访。记者刚提到"台湾名媛"的称呼，任祥就断然摇头否定说："我绝对不是名媛，我是农妇。"媒体称她为"台湾第一才女"，任祥也觉得绝对是过誉，在众多的身份中，她更喜欢被称为"姚太太"。

2012 年 4 月底，任祥的《传家——中国人的生活智慧》一书由新星出版社推出了大陆版，这部被誉为"美的百科全书"图文并茂，分别以春、夏、秋、冬四册呈现中国人的生活智慧。任祥希望读者通过阅读让"我们的心意，能融入善念的大海，永不枯竭，代代相传"。

任祥是京剧名伶顾正秋和台湾前"财政部长"任显群的小女儿，南怀瑾和圣严法师的学生，也是和杨祖珺同期出道的第一代台湾民歌手，十六岁就出了两张民歌唱片。她还是建筑

师姚仁喜的妻子,以及三个孩子的妈妈。论职业,她是珠宝设计师,二十几年来设计过许多美丽的作品。

任祥花费了五年时间完成这套结合文字、图像与生活体会的著作,这使她又多了一个身份:作家。任祥说:"我希望传承给后代的,是生活中快乐的、美丽的、正面的事物。所以书中画面的撷取、文字故事的撰写等,大多经过精心的美化与编排。"她强调,"我只是导演这一套书的人,绝不是文字中描述的那个不可能的'完美女人'。请外界不要误会。"

女儿、妻子、母亲,任祥从自己的三重身份出发串联起全套书的内容架构,以创新的写作手法梳理中华的传统文化,宣扬家庭价值与环保养生,为读者描绘了一张崭新的生活地图。全套书分春、夏、秋、冬四部分,每个季节分别对应一本书,以"气氛生活""岁时节庆""以食为天""匠心手艺""齐家心语""生活札记"六个单元，展现日常生活中的中国文化精粹。这套图书延续了台版设计的装帧风格，以暖色调为封面，配以青黑外盒，外表惊艳，内容却是厚重而活泼的生活。

任祥希望读者体会到"我们的精致生活并不只留存于博物馆"，从而"对自己所拥有的珍贵血液感到骄傲，对我们厚实的文化底蕴深深地叹服"。

◇哪个女人不贪小嘛！

问：张立宪写的《传家》出版过程中提到你的性格，说你的家人朋友用了很多矛盾的字眼来形容你，比如说你会花钱，很大方，只为别人想，不太会计算，但同时又很会讨价还价，你认可的是哪些？

答：我在《传家》的《夏》中有一篇文章"家人的沟通与鼓励"，你直接批评小孩子，孩子会不太愿意接受。吃饭时你说他拿筷子的方法很难看，这会很伤他。所以我就想了一个办法，家里有人过生日了，我会让过生日的人躺在一张大纸上，在纸上画出他的形状，然后让家人朋友在纸上的空白处写下对他的评价。这时就可以写下来比如"吃饭的时候拿筷子的方法比较奇怪"，这张纸要在门上贴一年。

问：读你的书能感受到你宣讲传统文化的急迫心理，但是行动起来却是矛盾的。在台湾，你们送孩子去读国际学校，现在孩子要出国留学了,你又赶紧塞传统的东西到他们的背包中。现在看来当初的选择是对的吗?

答:正因为有矛盾,才有了我的这本书。当初很多台湾孩子念国际学校,我才有了比对。如果只有传统学校,我不会有比对,只能一路接纳。现代学校教育采用填鸭的方式,我先生没上小学,他是在家里完成的小学教育,所以他很反对填鸭教育。我们从国外回来之后一时不适应台湾生活,一切都是矛盾之下的促成体。所以最后选择让孩子上国际学校,可是焉知非福?现在看,也不是错误的设计。

◇我从来没有怀疑过传统文化的价值

问:你母亲说你是"十八般武艺,样样稀松",你说母亲是个"小虎妈"。家教很严,走路有声音都会打过来,还要罚跪。蒋勋好像小时候也有这样的经历,每天写不完字被罚,后来他一路逃走,在国外才感受到传统文化的美好,慢慢回归。你有没有这样的心理?

答:我没有想过逃,我没有资格逃。我从来没有反感过,没有拒绝过,没有怀疑过传统文化的价值。我的父母在某一方面很严格,但在很多时候也是开明的。我的朋友说我是"裹小脚"的。我深深觉得传统文化是对的,像裹着小脚活在一个全方西化的社会中。

问:你十六岁出唱片,父母说你不能以此为生。然后你去学服装设计。那时候有怨过吗?

答：我是传统的个性，家里管得严些，但我也有自己的看法，比起娱乐界，设计界要好玩多了。我没有强烈的反抗。我的父母和我沟通的方法也蛮好，我没有遭受到非常强烈的冲击。如果我像蒋勋一样，每天被逼写多少字，估计我也早就逃了。

◇父母要琢磨自己的底线

问：你强调父母的威严和规矩，但你自己对孩子好像很宽松？

答：我很擅长让人了解我。对孩子我可以温柔，但有个底线是不可触碰的。我和先生经常琢磨这条线在哪里，但是这条线也在节节败退。我再三呼吁，做父母的要让孩子知道你的底线在哪里。我和先生有协议，我们不在孩子面前吵架。父母亲要以身作则，不能任性。

问：你让女儿要收敛，说女人温柔比能干更重要，这个很反现代呀！

答：那要看人，我的女儿是小女强人型的，所以我这样说。如果她很内向，我就会鼓励她向西蒙·波伏娃学习。父母要知道孩子的弱点，不要护短。外国人无止境地鼓励孩子，并不见得适用于每一个家庭。美国虎妈蔡美儿引起了这么大的讨论，就是因为她擅于发现孩子的缺点，她把女儿的卡片退回去，因为孩子画得太马虎，我觉得这种教育方法在我们家也很正常。但是外国人吓坏了，这就是文化上的差异。中国人易子而教，能看到孩子的缺点，家长要有这种胸襟。

问：你先生说过，一个男人一生要做四件事：生个孩子、种棵树、盖栋房子、写本书。你觉得女人一生要做哪些事？

答：我觉得是一样的。盖房子能体会因果关系，种树可以从中感受自然，写书能完成一个完整的思索过程。生孩子的过程让人学会收敛自己，现在大多数人不知道收敛自己。有了孩子可以引导我们走到正常的生活纪律中。

◇以情为墨写成的《传家》

问：无论是台湾版还是大陆版的《传家》，口碑都非常好，但也有人认为《传家》是一本中国式的茶几书，有点浅显，你怎么看？

答：我的书是留给下一代的，所以当然要做得漂亮，这样才能吸引人读下去。我的文章内容强调的是一种态度，有人读了很感动，也有人没有共鸣，这也很正常。但《传家》跟别的茶几书不一样的是，这是有感情的文字，是以情为墨写成的。

问：写完《传家》后会不会有一个真空期？接下来会有什么大动作呢？要知道读者都是得陇望蜀的。

答：肯定会。写《传家》的时候，小儿子刚刚高中毕业，大儿子满二十岁，大女儿刚刚结束大学生活，这时对三个孩子都是很重要的里程碑阶段。接下来有什么庞大的计划，我也不知道，也许是写给孙子吧。中国缺少吸引人的图画书，我想用图画的形式给孙子讲些什么，以一个祖母的身份。

——发表于2012年7月31日《晶报》

王小波 /

纪念他,但千万别把他当神!

"三月谈海子,四月说小波",近年来渐成风潮和惯性,也许是对现有的诗人作家越来越失望的缘故。

2007年4月11日是王小波去世10周年的日子,这个在生前默默无闻的人,死后却备享盛名,不仅成为一代知识分子的代言人,新一代网络文化偶像,甚至越来越被神圣化,几乎所有的思想文化网站都有他的作品集,所有的思想文化类BBS也有关于他的版块,他的思维方式影响了不少人,他的文体成为无数写作者仿效的目标。他的粉丝们甚至爱屋及乌,汇聚在他妻子李银河的门下。

他的书也经历了截然不同的冰火两重天:生前为了出版小说,他几乎踏破铁鞋,结果只出版了两本书:1994年的《黄金时代》,被认为格调不高;1997年他又出了一本薄薄的杂文集《思维的乐趣》,影响也不大。

在他死前,他期待了很久,跑了26家出版社,最终被花城出版社接受的《时代三部曲》只赶得上印制出封面，放在他的遗体上跟着他一起火化，而他呕心沥血的那些文字依然在出版的某一个流水线上静静等待，无法与他以图书的形式再次相逢。

他死后十年后，他的图书却成了书商的宠儿，几乎咳唾成珠、点石成金。凡印上他名字的作品，由不同的出版社一出再出，他的情书和他早年的作品也成了出版社的抢手货。

王小波，这个非主流的作家后来几乎成了一个攻势凌厉、横扫国内外的中国当代文学代言人。

有读者认为，王小波的一生与他所钟爱的卡夫卡有着鬼使神差般的相似。他们的写作生前都处在"业余"级别，写出的东西不被认可，难以发表；毕生都游离于正统的文学圈子之外，几乎是默默无闻；都在四十多岁时悄然辞世，生前才华不得充分彰显，却赢得身后盛名，哀荣无限，被抬升到大师巨匠的高度，成为文学界和思想界聚焦的热点。

一批知识分子视王小波为偶像，推崇他的文字风格、自由思想，也珍爱他表里如一的生活方式，他们步王小波后尘，辞去公职，走上了一条自由之路。但是十年过去了，不管王小波的追随者有多少，王小波仍然只有一个。

怀念是因为短缺

王小波走了十年了，但是笼罩在他身上的光环不仅没有淡弱，反而随着时间的流逝越来越散发出耀眼的光芒。按经济学原理，珍贵的原因之一就是稀缺。

为什么一个生前籍籍无名的作家，身后会受到越来越多人的关注和喜爱？王小波越来越被人们怀念，也许正是因为现今世界像他那样身体力行的"自由主义知识分子"越来越少，像他那样奉"有趣"为写作圭臬的小说家越来越少，像他那样把常识说得明白如画又趣味横生的人也越来越少，像他那样有天马行空的想象力和思想深度的杂文作者更是难得一见。

我们不妨借助国外的眼光来打量一下王小波的地位。一家美国报刊的文章如此评价："王小波是中国当代最特立独行的作家，也是深受读者喜爱的作家。王小波作品中对中国社会的尖锐批判和惊世骇俗的性描写曾引起广泛争议，并引发了一场持久不衰的'王小波热'。王小波荒诞不经的想象力和妙趣横生的叙述方式在英语世界里当会赢得更多会心的微笑。"

在外国评论家眼里惊世骇俗的性描写，在我们的读者和评论家甚至出版社的编辑眼里曾经是：格调低下、语言粗鄙，甚至有的人认为"太黄"。但在李银河看来，王小波写的性是非常干净的，貌似粗鄙的语言后面，是一种难以抵达的优雅。在他的哥哥王小平眼中，小波的东西，虽然有时语涉男女之事，但品位高绝，绝非写"皮肉滥淫之蠢物"（曹雪芹语）眼中的色情描写。

中山大学文学教授也是王小波好友的艾晓明曾感叹：读

小波的小说，我常常想，这种小说是为我这样的读者写的。我一直希望当代中国的文学中有这样的小说，它能在智力上启发我的智能，在语言上给我快乐和美感，它能延展人的记忆和想象，与世界上享有盛誉的其他小说相比毫不逊色。

只可惜眼下，无论在思想界，还是文学界，王小波这样的人太少，在一个缺乏大师的时代，怀念王小波这样的开路先锋自然会成为每年四月的例行主题。

被误读和神化的王小波

作为一个公众人物，免不了被符号化，当王小波的独立独行、自由、智慧、有趣和品位不期而然地与当下的时尚要素相吻合时，王小波的流行和被神化就自然难免，而他被误读的可能和事实也就随之成倍放大。王小波生前被一种无知笼罩，无人识，死后又被一种光芒笼罩，同样是无人识，无人知。

要知道，王小波首先将自己看成是小说家，但是，到他死的时候，他的作品也没有进入主流文学的视野之内。生前王小波没有单位，也没有加入作协，他说过："听说有一个文学圈，我不知道它在哪里。"现在他仍然是一个局外人。生前曾有两项与文学有关的奖项光顾过他：电影剧本《东宫·西宫》获阿根廷国际电影节最佳编剧奖，而且他还是唯一一位两次获得"台湾联合报系文学奖中篇小说大奖"的中国大陆作家（1991年《黄金时代》、1995年《未来世界》）。这两个奖项在生前并没有给王小波推销他的小说带来任何实际的用处。正如他死后，他的思想和作品仍然没有引起思想界和文学界的接受和关注。

一般来说，思想深刻的作家总是郁郁寡欢，得不到认同，然而王小波却同时拥有深刻的思想和广大的读者，王小波作为文人，其天职就是写作。作为严肃作家，他写下的是一些具有超越性的文字，是与凡俗生活有些距离的文字。王小波这种有独特智慧和思想的作品，再加上他天马行空的文风，注定只能是小说中"少数派"，但事实恰恰相反。一个特立独行的人在死后居然成了被模仿、被吹捧的偶像。在程度上难以理解和消化的王小波，在这个快餐社会居然会变成一盆被快速吞下的速食面。

北京电影学院教授、文化思想评论家崔卫平，在回答记者提出的王小波及其作品在其生前并没有得到足够重视的原因时，崔认为：王小波的随笔还是被广泛阅读的，至于小说，就需要批评家有足够的准备。另外，就一般读者而言，我不认为现在这个社会拥有成熟的小说读者。这也倒说明了王小波的独创性。很快就被理解和消费了，那还有什么意思？用艾晓明的话来解释，就是："王小波无视禁忌的顽童心，他的幽默反讽才能和想象奇趣，远远超出这个时代的某种文学理解力。"李银河也透露：原来王小波说过，我的书有两万人读就满足了。

一个自认为的少数派、在评论家眼中的严肃作家，却成了一个畅销和流行作家，成为一种文化偶像，这真是一个莫大的反讽。

假如王小波还活着

喜欢王小波的人会问：假如王小波还活着，将会怎样？答案比较悲观。王小波曾在杂文《知识分子的不幸》中透露："知识分子最怕活在不理智的年代。"

回顾文坛这十年，诗人往裸体和梨花体奔了，身体写作成了女作家横空出世的招牌，性成了她们手中的唯一武器。结果十年不到的时间，这些身体写作者不断生产出一堆堆垃圾，喧嚣一时，过后无人问津。文学从女色时代进入男色时代只是转瞬之间的事儿。文学评论更是放弃了思想和学术的探讨，直接升级为人身攻击和谩骂。这样的时代，就算王小波活着，又能如何？

王小波曾说："当我和别人讨论文化问题时，我以为自己的审美情趣、文化修养在经受挑战，这方面的反对意见就如飞来的子弹，不能使我惧怕；而道德方面的非难就如飞来的粪便那样使我胆寒……所以，假如有人以这种态度论争，我要做的第一件事，就是逃到安全距离之外，然后再好言相劝：算了罢，何必呢？"可惜的是，现在道德的帽子大得还是足可以一手遮天。他还说，对一位知识分子来说，成为思维的精英，比成为道德精英更为重要。只可惜思维精英对我们来说还是一个奢侈短缺品。

王小波曾说："我看见有人在制造一些污辱人们智能的

粗糙的东西就愤怒，看见人们在鼓吹动物性的狂欢就要发狂。"而这个时代让他愤怒和发狂的事儿却俯拾皆是。如果王小波再多二十年，他的成就是否会更大，我们无法断定，但遭遇的麻烦可以断定是少不了的，让他想逃到安全地带的冲动会再一再二，接连不断。

事实上王小波在关于21世纪的描述中早就预言："理想主义的光芒已经黯淡，人类不再抱着崇高的理想，想要摘下天上的星星，而是把注意力放到现实问题上去。当一切都趋于平淡，人类进入了哀乐中年。"

好一个哀乐中年！这个时代好像缺少了太多静下心来思索的人，也缺少对大大小小的建设者给予一份应有的敬意，反而对横空出世的破坏者给予无穷无尽的敬仰，我们忘记了的是：放纵之后，我们路向何方？破坏之后，我们想要一个什么样的世界？

"假如这世上没有有趣的事我情愿不活。"王小波曾经说。

我相信，面临这样的时代，他宁愿在诗意的世界里固守。

一位喜欢王小波的网友善意地提醒："王小波的意义已经无法再被抹杀，这是一件幸事。但他的意义应该在于他是一个先锋，是一个伟大的开拓者，他要后来的人们沿着他的小路继续拓宽前行，而不是要别人将他的石像摆在路上阻塞交通。"

纪念他吧，但千万别把他当神！

——发表于2007年4月9日《深圳商报》

范 用 /

匆匆过客，终成归人

2010年9月14日17时40分，著名出版家范用先生因肺功能衰竭于协和医院逝世，享年87岁。范用生前曾留有遗嘱，交代家属他去世后不搞追悼会，不搞遗体告别式，遗体捐献给相关医疗部门。

他的子女发布的讣闻中转述他留下的话："匆匆过客，终成归人。在人生途中，若没有亲人和师友给予温暖，将会多寂寞，甚至丧失勇气。感谢你们！拥抱你们！"

一个对中国的新闻出版事业做出过许多贡献的人，一个对中国的思想解放和改革开放输送了许多理论炮弹的人，他的离去，人们不会轻易忘记。

三联出版社的副总编汪家明是范用晚年生活中走得最近的人，他透露9月15日上午开会基本定下来，由三联出版社和人民出版社一起，9月18日将在国家新闻出版广电总局的会议楼里为范用召开一个追思会，采用大家自由发言的方式来纪念老社长的离去。

汪家明眼中,范用是一个不太爱讲话的人,除了喝点酒讲书的时候,他自认是一个打边鼓的人,事情都是他组织起来,但他不争主要位置,像《读书》一样,他能把好多力量串到一起,把很多很厉害的人集合在一起。就像沈昌文在《知道》里曾说,《读书》初创,董秀玉上面是包遵信,包遵信上面是史枚,史枚上面是倪子明、陈原,再上面是陈翰伯,你看不出范用在哪里,可是实际上他是《读书》的灵魂,大家都听从他的指挥。

在三联出版社作者的眼中,范用更是功德无量。唐弢曾说:"没有范用,就没有我这本书。(指《晦庵书话》)"同样,没有范用,也不会有行销两百多万册的《傅雷家书》,不会有图文并茂的王昆仑《红楼梦人物论》、全本的巴金著的《随想录》、季羡林的《牛棚杂记》。你可能没有读过范用自己出的几本小书,但你的书房里不可能没有三联的图书,他的出版风格早在不知不觉中潜移默化地影响了一代出版人。

他是一个纯粹的出版家

和范用名字联系紧密的刊物有两种,一种是《新华文摘》,另一种就是20世纪80年代在文化圈中意义不凡的《读书》。除此之外,《傅雷家书》《随想录》《牛棚日记》等的出版也是出自范用之手。

汪家明最早在山东画报出版社，因为出版老照片与范用结缘，后来又开始做老漫画，这下爱漫画成痴的范用有了用武之地，他不仅给他们提供了大量的资料和线索，还把自己的精心收藏悉数贡献出来。像四本一套的鲁迅编的麦绥莱勒的连环画，是他十三岁买的，现在取出来还像新的一样。范用喜欢封面设计，汪家明也喜欢，这一老一少有许多共通之处，一来二去，两人因书结缘。

晚年范用编辑出版了不少图书，翻开来看，都是汪家明做的责编，《爱看书的广告》《叶雨书衣》《漫画范用》，包括现在汪家明还没编辑完成的《书痴范用》，这本书的稿子是范用给汪家明的，书也是范用让他编的，遗憾的是书还没编完，人就走了。汪家明说，按原计划这本书会在2010年底出版，但现在范用的去世可能加快节奏，也可能增加一些新的稿件，最快两个月后就会出版。

在汪家明的眼中，范用是一个纯粹的出版家，一个为书而活着的人，他和作者是好朋友，他关心图书的一切，从纸张到封面，甚至图书的页码他都不会放过。

"他是那种见到好书恨不得搂在被窝里的人，他是一个真正的爱书人，没有任何的名利观，也没有任何的附加值，只是出于爱而爱。现在范用走了，再也没有这样的爱书人了。"汪家明感叹。

他是一位亲切和善的师长

当时的《读书》主编贾宝兰在电话中告诉记者,虽然她知道范用一直身体不好,但听到他离去的消息还是觉得非常突然,脑袋一片空白。在她的心中,范用是目前出版界很有影响力、贡献也非常大的出版家。在学界很有影响力的《新华文摘》和1979年创办的《读书》杂志也是由范用一手操办的。

在她看来,范用是一个名副其实的出版家,一本书从选题开始到内文的设计,到装帧和封面,范用都有自己的想法,现在大家都知道三联出版社的封面设计署名"叶雨"的均是出自范用之手,其实很多没署名的封面设计他也参与了,很多书是他与美编共同商讨的结果。从开本到正文设计,可以说是一丝不苟。

范用对年轻人的亲切和善尽人皆知。贾宝兰回忆说,她是1982年进《读书》杂志的,当时归范用直接领导。范用要求她先从两件小事做起:一是每天要交一幅大字,因为做编辑不能把字写得七歪八扭,二是要学会包装,给作者寄书的时候不能包得七歪八扭。在这一点上,范用堪称典范,无论是范用写的字还是包的书,熟悉的人一眼可以认出,是绝无仅有的"范用式"。

贾宝兰说,一丝不苟对范用来说,只觉得不够,绝对不会过。

在生活中,范用特别关心年轻编辑。贾宝兰说,她们当初经常去范用家吃饭,师母做的饭特别好吃,其实关键不在吃,而是营造了一种很融洽的氛围,让他们体会到出版人和作者之间不是要出书了才联系,而是平时一直要有感情联络。

贾宝兰说,范用手把手带出很多年轻人,像沈昌文和董秀玉。当时范用退休也是想让位子给年轻人,让他们放手干事情,这也说明他的心胸和境界。

他是身材并不高大的巨人

上海人民出版社的总编辑王为松眼中,范用是一个身材并不高大的巨人,他对出版界的贡献和推动,是后人难以超越的。

王为松说自己跟范用并没有打过多少交道,只是跟着陈子善见过他两次,但是作为出版界的同行,他深受范用的影响。

王为松说,范用把小开本看作启蒙大众文学、振兴民族文化的桥梁,现在上海人民出版社陆续推出的精装小开本的图书,无疑是受了范用的影响。

他是好玩的爱书人

上海华东师范大学教授陈子善是三联作者之一。他和范用打交道不是很多,但是认识范用很早,1985 年,在浙江富阳郁达夫去世 40 周年的研讨会上,他和范用认识了。当时范用约他编郁达夫的《卖文买书》,不过等到书出版的时候,范用已经退下来了。后来在交往过程中,有几件事让陈子美善印象很深。

有一次聊天,陈子善抱怨,他从事现当代文学研究,海外的一些朋友寄资料过来,经常被海关没收,他很苦恼。范用听了后说,我有一个专用的邮箱,你可以寄到那里,从来不查的。陈子善说,印象中好像也没有麻烦过他,毕竟寄给范用,还得再转寄给他,但是作为一个后学,前辈愿意帮忙的热忱让他感觉很温暖。

在陈子善看来,范用亲切、和蔼、好玩,不仅是出书人和编书人,更是一个爱书人,他业余也做图书出版装帧。陈子善去过范用以前和现在的家里,两个爱书人碰到一起,谈起书来,范用一个劲儿地讲,陈子善说自己只有听的份儿。

陈子善说范用领他专门去参观他的书房,知道他眼馋什么,会搬出他的宝贝来,新文学的孤本或者是签名本。陈子善说,他性子很急,几乎是迫不及待地搬出来让他看。

还有一个小细节让陈子善记忆深刻,他知道陈子善喜欢猫,有一次把韩美林寄给他拜年的一张画有猫的明信片转赠给陈子善。

陈子善遗憾的是,范用有一次写了一封信给他,托他找一篇年轻时写的散文,可能发表在镇江的一家刊物,陈子善找了半天没找到,他觉得有负老人之托。

——发表于2010年9月16日《深圳商报》

后记 /

《文化广场》二十年三件事

在《深圳商报·文化广场》待了将近二十年,发生了很多事,留下深刻印记的有三件。

《论语》采访:让我找到了读一辈子的经典

2008年4月23日世界读书日之前,当时的部门领导,也就是给我写序的胡洪侠(人称大侠)以北大李零教授向读者推荐的四本传统经典《论语》《老子》《孙子兵法》和《周易》为题,策划了"重读经典"专题,找四个专家学者谈阅读经典的意义,以及入门的途径,为的是给读者展示一条走近经典的独特线路。

我不记得这个任务是什么时候布置的,准备时间又有多长,但到现在我都记得把家中各种各样的《论语》注释版本,在长长的餐桌上铺摊开来,一一对照读来的情形。

我大学读的是中文系新闻专业，虽然在学校学过先秦文学，但直到这个时候，才是人生第一次从头到尾读通读完这部有着两千多年历史、仅有 1.5 万字的《论语》。当我读到"食不言，寝不语"这句话时，像被雷击中一样，因为这六个字正是我家老奶奶从小耳提面命、一再念叨的家规。原来大字不识的老奶奶念叨的家规居然是从《论语》来的。这让我吃惊不小。接下来更多熟悉的成语、俗语接踵而至，我这才明白，这部我错过这么多年的《论语》，原来早就融入了我们的血脉，在我们的身体里流淌了这么多年，外化为社会风俗礼仪，几千年流传至今。

作家陈忠实说过，要用一辈子写一本"垫棺做枕"的书。

作为读者，如果能找到一本需要一辈子来读的书，何其幸运。

这次采访让我遇上了《论语》，也遇上了我可以读一辈子的书，这本书我后来反复看，常读常新。后来客串"木卫二文化"的讲师，开始讲《论语》《老子》都是这次打的底子，开启的思路。

《论语》专题，我采访的是儒家新派代表陈明，他提到程树德的《论语集释》时，我因为查过不少资料，也能接上话。陈老师在电话那边顺嘴表扬，够专业，其实不知道我只是急就章。

《老子》专题采访的是写过《老子演义》的学者止庵，采访同样也很顺利，与我前期功课做得扎实有关。

都说记者工作是"万金油",什么都知道一点儿,又什么都不精通,再说记者的工作属性总是急急忙忙追着新闻跑,没有深入学习的环境,可是我的经历却正好相反,因为工作,认真读了很多书。

现在想来,一个人能被工作滋养,是蛮幸运的一件事。

《读书》三十周年专题报道,先下笨功夫

《读书》创刊于1979年4月10日,到2009年4月10日,正好是三十周年,对这本影响了知识界、文化界非常重要的刊物,如何致敬?大侠开会策划报道,分配了四个专题,四个人四个版。

是的,那个年代我们部门策划专题起步就是整版,三千到五千字,日子相当阔绰。

我年龄大,打头阵,负责写头版内容,大侠给我的要求是把《读书》的创刊号与最新的一期通读后对比,透过两期相隔三十年的杂志,从栏目、作者、风格,分析《读书》三十年的变化。当然不是我自说自话,要遍访海峡两岸暨香港、澳门、台湾的文化学者和名家,让他们发言。

我采访的香港学者是梁文道,内地很多读者觉得《读书》给他们打开了一扇通往西方学术和思潮的窗,梁文道却觉得20世纪80年代的《读书》对他只有观摩价值,他反而喜欢汪晖和黄平时代的《读书》,虽然这两个阶段《读书》的可读

性下降了,但多了理论和社会科学的东西,至少看到内地有先锋的学者出来发声,能让他学到很多东西,尤其是汪晖热衷宣传的东亚文化让他受益良多。

兼听则明,我这篇文章的调性,就因为梁文道这把尺子的均衡,重新评校正了一下立场。

完成这个选题首先要下笨功夫,需要从头到尾认真读完两本杂志,发现差异、列出问题,认真思考,完成一个策划感觉就像完成一个硕士论文题目一样,个人的成长和进步是必须的,有种被逼着被推着往前走的感觉。

版在,题有,速来。基本可以概括纸媒曾有的黄金时代和一去不复回的奢华岁月。

一万字的述评,长度也是一种力量

每年 11 月一年一度的"深圳读书月"来临,它是城市的大聚会,但对我们文化记者来说,却是一年一度的磨难月,每年为了报道的新角度绞尽脑汁,尤其到了 2009 年,深圳读书月要迈入第十个年头时,需要一个回顾。

记得那段时间,大侠一开会就反复强调做新闻要避开"烂苹果"。一旦发现新苹果,就要先下手为强,不仅要冲上去吃第一口,而且要从各个角度把新闻打捞得干干净净,渣子都不剩。写完报道要制造出李白搁笔的困境:"眼前有景道不得,崔颢题诗在上头。"不能给别人留丝毫下嘴的余地。

如果你慢了一步,苹果被别人啃了一口,占了先,接下来不管你做得再充分再全面也像啃烂苹果一样,各种不爽。新闻就是要一步先,才能步步先。

我当时是部门里惟二的文化评论员,每逢重大文化事件就得冲上前线,配合主力部队发声。这次大侠给我布置了一个超硬的骨头,让我写读书月这十年的回顾总结,在一个建市仅有三十年的现代化城市,起了什么样的作用,这项创举和奇迹是如何起头,又如何坚守的?让我不能再用老资料,不能再说老腔调,要大量发掘历史资料,从第一届读书月的历史开始写起,贯穿起来,用事例来具体说明读书月给这个城市带来的变化。一句话,要有新材料,上天入地去找,要有理论高度,还要有事实支撑,更要有新的提法,要凝练,要提升。

关键词是:要写一万字的大长篇。

我当时听得脑袋轰轰轰,一句话,逼死人不偿命。

以前动辄写五千字左右的,按说对一万字不是个事情,但是这次要的是一万字的述评,还诸多要求。要知道当时我们记者一个月的作务是一万字,让我一篇稿件完成一个月的任务,不是不可能,是太难了。

我遇到了这辈子当记者最大的门槛。

时间给了,题目有了,要求很具体,剩下的就靠自己了。

我那段时间基本淹没在资料的海洋中,写"深圳读书月"先得从了解深圳的历史和发展开始,不知道搜了多少资料,一点点往下载，一点点往起拼。

以前写稿总被编辑抱怨话痨，稿子出来总要和编辑讨价还价，不舍得稿子被删，哪怕缩小字号能保留全文。现在机会来了，一万字的盘子等你码，才发现字字千钧，第一次觉得一万字像一座山，要跨过有多难。

那段日子非常煎熬，我第一次清晰地掂量出了文字长度的力量。

大侠属于甩手掌柜，布置了题目只是开例会时问一下进度，有一次问找到哪些新素材，我把搜罗到的念叨了几句，大侠听了说，起码和以前的不一样，继续。大侠从来不追稿，他知道编辑会替他追。

我不记得那篇稿件如何完成的，但交出一万字的长稿后，人像脱了层皮似的，连走路都觉得有点飘。

大侠看完全稿很兴奋，标题按市委宣传部部长的意见改成了"高贵的坚持　执着的守望"，稿子准备分上中下三篇连发三天，第一天报题的时候被老总发现，直接从"文化广场"的头版提拔到《深圳商报》的一版。报纸头版何其金贵，三篇文章占据了核心位置，但有一小部分文字就被甩到后面版面了。第二天看见报上的版面，我觉得文章分割得有点可惜。大侠也说，早知道还不如在我们自己的版面上，可以完整呈现。那时候当记者，只需要认真写稿，交出好稿子，编辑和部门领导会合力做最好的版式，我们根本不用操心版面的事情。

三篇稿子发完后，有一天同事喊我接电话，接起来是市委宣传部打来的，转达部长的表扬，说这三篇述评写得好，有高度、有见识。我在电话这头脸红耳赤，不知道该怎么接腔，只记得说了谢谢。

采访作家的技巧：读者永远比记者更受欢迎

现在收录书中的这些稿子，比起万字长文硬骨头来，都是日常小菜。但每一篇的出笼并不容易，有人曾问过我，你采访这些名人和作家难吗？有什么技巧？

我说，真的有技巧。作家对记者的态度可能百花千样，但可以保证的是每个作家都会真心诚意善待他的读者。我的技巧是先做读者，再做记者。

我完成的这些采访，通常都会提前读过他们的书，带着问题去采访，采访过程中时时提醒自己，作为记者要有公众意识，不能只局限于读者的小我中。所以往往一篇报道，打着读者的旗号开路，再加上记者的好奇、观察、感受，每一次采访都是非常愉快的过程。

借着《深圳商报·文化广场》的招牌，采访了不少文化名人、专家学者。那时候，我希望每次采访结束，稿件发表，会因自己的努力让"文化广场"的招牌更亮一些，可信度更高一些，生怕给这块金字招牌抹黑。

都说文无第一，武无第二，部里人多，各人风格不同，每周例会，大侠总会如数家珍般指名道姓，提醒年轻记者学这个学那个,这个的文风,那个的观点,感觉他手里攥着一把王炸天牌,而你正是其中之一,那种感觉真的好极了!

当时外界对稿件的反馈,好多都是开会时从大侠那里听来的,比如他说凤凰卫视杨锦麟《有报天天读》读了我的一篇评论,他很高兴,接下来连着追看了几天,发现没再读了。有一年读书月期间,陈子善老师来当评委,看到我发在报上的一篇有关张爱玲的评论,打听何许人,大侠略带得意说,他们华东师大未必有这样的选手。

其实都是一星半点,偏偏夸自己的就记得特别牢。

日子久了,不免露出马脚。

有一次,大侠派我去采访一位台湾来的著名国学大师。我说,我看过他的书,连句读都点不对,怎么能称得上大师?我不去。

大侠噎在当地,气得开骂:我们是报社,你是来当记者的,不是研究学问的,有没有搞错?我厚着脸皮就是不去,他只好另派了人去。

这本书整理过程中我其实蛮怀疑,不知道这一束文字收集起来,除了对我,对读者和他人有没有意义?

我找大侠帮我写序,因为他是最合适的人选,没有之一。他现在是《晶报》总编辑兼报业集团出版社社长,事务繁多,但一听说是我在"文化广场"的旧文字整理出版,觉得是好事儿,答应得很痛快,要支持。还要了我的书稿,看过内容后才动的笔。

　　大侠的序言在他忙完"深圳读书月"后终于来了。

　　读完后，我一直悬着的心踏实了，也知道自己找对了人。他不仅肯定了报纸文字的文献价值，给这些稿件找到了集合的理由，认为这些文字是为自己也是为时代备案存档。像大侠说的那些没有被时间的风口吹散的文字，重新集中在这里。

　　我在重读过后，觉得它们仍有生存的意义和价值。

　　因为书不会老，书里的人和事会和书一直在，读者也会一直在。

杨青

2020 年 3 月 20 日于深圳